僕には世界がふたつある

CHALLENGER DEEP

NEAL SHUSTERMAN

ニール・シャスタマン

金原瑞人　西田佳子〈訳〉

集英社

僕には世界がふたつある

ロバート・ウッズ先生に

本書は愛の力で書き上げたもので、完成までに何年もかかりました。真っ先に、わたしの子どもたちにありがとうといわせてください。ブレンダンの協力がなければ、この本は書けませんでした。ジャロッドは、最高の動画広告を作ってくれました。娘のジョエルとエリンはさまざまな意見を出してくれましたし、ふたりの人間としての素晴らしさにも感激しています。編集者のローズマリー・ブロズナンと副編集者のジェシカ・マクリーシュに、最大の感謝を捧げます。ハーパーコリンズのみなさんにも多くの助力をいただき、感謝しています。アシスタントのバーブ・ソベルとジェシカ・ウィドマー、わたしの日常のスケジュールや講演のスケジュールを管理してくれてありがとう。オレンジ郡の創作協会のみなさん、長年にわたるサポートと論評に感謝しています。全米精神疾患患者家族会（ＮＡＭＩ）のみなさん、多大な手助けをありがとうございます。最後に、大切な友人たちへ。いいときも悪いときもいつもそばにいてくれてありがとう。

みなさん、ありがとうございました。無限の愛を贈ります。

ILLUSTRATIONS
BY BRENDAN SHUSTERMAN

1　とって食うぞ、とって食うぞ

わかっていることがふたつある。その一——そこにいたということ。その二——そこにいたなんてあり得ないということ。

相いれないふたつの真実を同時に存在させるのは、ジャグリングに似ている。ジャグリングで一定のリズムを保つためには、ボールがもうひとつ必要だ。三つ目のボールは、時間。この時間というやつが、僕たちの思っている以上に無茶な働きをしてくれる。

時刻は午前五時。見ればわかる。部屋の壁には乾電池の入った時計があって、カチカチ音をたてているからだ。その音が耳障りで、枕を押しつけて音を消さずにいられないこともあるくらいだ。それはともかく、いま、ここでは午前五時だが、中国のどこかでは午後五時だ。ということは、世界的な視野を持てば、相いれないふたつの真実を受け入れることが可能になる。ただし、自分の考えを中国に送っても、必ずしもうまくいかないということは、すでに学習済みだ。

隣の部屋では妹が寝ていて、そのむこうの部屋では両親が寝ている。父親はいびきをかいている。そのうち母親が父親を肘で押すと、父親はむこうを向く。そうすれば、夜明けくらいまではいびきをきかずにすむ。こんな日常にこそ大きな安らぎがある。

道路をはさんだむかいがわの家で、スプリンクラーが動きだしてしゅうしゅう音をたてる。時計のカチカチいう音が聞こえなくなる程度には大きな音だ。開いた窓から、霧になった水のにおいもしてくる。塩素が少々、フッ素がたっぷり入った水道水のにおい。この町の芝生には虫歯がないってわけだ。素晴らしい。

同じ「しゅうしゅう」でも、ヘビの音とはちがう。

妹の部屋の壁にはイルカの絵が描いてある。ひどいことなんかくわだてそうもない動物だ。

それに、かかしの目はなにも見ていない。

それはわかっていても、どうしても眠れない夜もある。ジャグリングのことで頭がいっぱいになってしまうからだ。ボールをひとつ落っことしたら、どうしよう？　いや、その先は考えるのも恐ろしい。なぜなら、船長がじっと待っているからだ。船長はすごく辛抱強い。いつでも待っている。ずっと前から待っている。

船より前から、船長はいた。

この旅は船長とともに始まる。たぶん、船長とともに終わるんだろう。始まりと終わりのあいだにあるのは、風車で作る小麦粉があるだけ。けどそれは、巨人がパンを作るために粉にした骨かもしれない。

足音をたてるな。巨人が目を覚ます。

2　果てしなく深いところ

「果てしなく深いんだ」と船長がいう。口ひげの左端が、ネズミの尻尾《しっぽ》みたいにぴくぴく動く。

「潜って潜って、何日も潜らないと、底まで行けないくらい深い」

「海溝の深さはわかってるはずです」僕は思い切って指摘した。「いままでにも、底まで潜った人たちがいるし。僕、知ってます。深さは十一キロくらいです」

「でたらめをいいやがる」船長はばかにしたようにいった。「おまえみたいな栄養失調の子犬野郎は、自分のぬれた鼻のことくらいしかわかってないんだ」自分の表現が気に入ったというように、笑い声をあげる。船長は海上の生活が長いので、風雨にさらされた顔はしわだらけになっているけど、もじゃもじゃの黒いあごひげの下に隠れている。笑うとしわがのびて、首の筋肉や筋がもりあがる。「たしかに、あそこへ潜っていって、海底を見たというやつらもいるにはいる。だが、そんなのは嘘《うそ》だ。やつらときたら嘘まみれだ。埃《ほこり》まみれの絨毯《じゅうたん》は、なぐって埃を吐き出させる。嘘まみれの連中もおんなじだ」

船長にいわれたことを深く考えるのはやめた。けど、なんとなく不安でしょうがない。もしかしたら、なにかきき逃したことがあるのかもしれない。なにか大事なこと。当たり前すぎて気にも留めないようなこと。気づいたときにはもう手遅れ、そんなことをきき逃したんじゃないだろうか。

「あそこはとにかく深い」船長はいう。「ちがうっていうやつがいても、絶対に信じるな」

3　確かめてみろよ

よく見る夢がある。僕はキッチンのテーブルに寝そべっている。電気が明るくてまぶしいくらいだ。電化製品はどれも真っ白でぴかぴかしている。そんなに新しくないのに、新しいふりをしているみたいだ。プラスチックの本体のところどころにクロムめっきの部品がついてるけど、ほとんどはプラスチックだ。

僕は動けない。動きたくないのかもしれないし、動くのが怖いのかもしれない。この夢は、見るたびにちょっとずつちがう。まわりにはいろんな人がいる。いや、人のふりをしたモンスターだ。モンスターたちは僕の頭のなかに入ってきて、そこにある僕の好きな人たちの顔を盗んで仮面にしてつけている。僕にはちゃんとわかっている。

モンスターたちは、笑ったり、僕には意味のわからないことをしゃべったりしている。僕はやつらの偽の顔にじろじろ見られて、動けずにいる。やつらは僕のことをやたら大事にしてくれるけど、もうすぐここからなくなるものを大事にしているだけかもしれない。

「まだ早いんじゃない？」母さんの顔をしたモンスターがいう。「もう少し待ったほうがいいわ」

「確かめる方法はひとつしかないな」父さんの顔をしたモンスターがいう。まわりから笑い声が起こる。笑い声はモンスターたちの口から出たのではない。仮面の口は動かないのだ。笑い声は、やつらの頭のなかから出てくる。目のところの穴から毒矢を放つみたいに、やつらは、僕に向かって笑い声を投げつけてくる。

「そうしよう」別のモンスターがいった。モンスターたちの腹が鳴る。山が崩れるような、すごい音だ。四方から手が伸びてくる。今日のごちそうを、鋭い爪で八つ裂きにしようとしている。

4　つけこまれるぞ

この旅はいつから始まったんだろう。ずっと前のような気もするけど、それはあり得ない。はじめての旅じゃないってことがわかってるからだ。前回の旅は、先週だったかもしれないし、先月だったかもしれないし、去年だったかもしれない。ただ、僕が十五歳だってことはまちがいない。この木造のおんぼろ船に何年も乗っているのに、僕はまだ十五歳だ。ここでは時間の流れかたがちがう。前に進むんじゃなくて、横に進む。カニみたいに。

ほかの乗組員のことはあまりよく知らない。前は知っていたのに忘れただけかもしれない。というのも、みんな、あまり個性がないからだ。乗組員のなかでも年長の人たちは、海で一生を過ごしてきたみたいに見える。いってみれば、この船ではいわゆる〝お偉いさん〟で、船長と同じく、ハロウィーンの仮装行列によくいる海賊みたいな感じだ。歯をわざと黒く染めて、地獄の入口で「トリック・オア・トリート」と叫んでいる。おかしくて笑ってしまいそうだけど、僕は笑わない。手首につけたプラスチックのフックで、目をえぐりだされてしまうから。

僕みたいに若い乗組員もいる。いろんな悪さをして、温かい家庭から放り出された子もいるし、冷たい家庭から放り出された子もいるし、もともと家庭なんかなかった子もいる。親の陰謀ってやつは恐ろしい。いつでもどこでも子どもを監視している。

男子も女子もいる。忙しく働いて、僕にはろくに話しかけもしない。「邪魔だぞ」とか「あたしのものに触らないで」とかいうのがせいぜいだ。どうせみんな、守らなきゃならないようなものなんて持っていないのに。僕がなにか手伝おうとしても、みんな、逃げていったり、僕を押しのけたりする。おまえなんかに手伝いたいといわれるだけでうっとうしい、とでもいわんばかりだ。

船にはかわいい妹も乗っているような気がしてならないけど、乗っていないのはわかってる。そういえば、妹に算数を教えてやるはずだった。頭のなかでは、妹がいつも僕のことを待っているように思えるんだけど、僕は妹の居場所を知らないし、妹のところには行ってやれない。そんなこと、できるわけがない。

乗組員はみんな、船長に常に厳しく監視されている。みんなにとって船長は、よく知っているような、あまり知らないような、不思議な存在だ。僕のことをなんでも知っているように見えるけど、僕は船長のことをなにも知らない。

「おまえたちにはいつでも目を光らせておくのが、わたしの仕事なんだ」船長は僕にそういう。

船長は眼帯をして、オウムを飼っている。オウムも眼帯をして、首から身分証のバッジをぶらさげている。

「僕、船に乗ってる場合じゃないんです」僕は船長にいった。前にも同じことをいったような気がする。「中間テストがあるし、レポートも出さなきゃならないし、部屋は汚れた服でいっぱいだし、友だちがたくさんいるし」

船長は口をつぐんだまま、答えない。オウムがいった。「トモダチできる、たくさんできる、ココでもできる！」

すると、若い乗組員のひとりが僕に耳打ちした。「オウムを相手にするなよ。つけこまれるぞ」

5　僕はコンパス

感じたことを言葉にすることはできない。できるとしても、その言語はほかの誰にもわからない。僕の感情はいろんな言語で話す。喜びから怒りから恐怖から皮肉めいた冗談に変わる。両手を広げて飛行機から飛びおりるとき、最初は自分は空を飛べると確信しているのに、飛べないとわかって、しかもパラシュートも持っていなくてそれどころか服も着ていなくて、下を見ると人々がみんな双眼鏡を持って笑っていて、すごく恥ずかしい思いをしながらまっさかさまに落ちていく、そんな感じだ。

航海士は、心配はいらないという。僕がよく暇つぶしに落書きをしている羊皮紙を指さして、こういった。「きみの気持ちを線と色であらわしてみな。色《カラー》、襟《カラー》、叫び《ハラー》、金《ダラー》——きみの絵は素晴らしい。僕の心をつかんで、こっちを見ろと大声で呼びかけてくる。僕の航海図は海の道を示してくれるが、きみの絵は、その道をどうやって進むかを教えてくれる。ケイダン・ボッシュ、きみがこの船の羅針盤だ。きみこそが羅針盤だ！」

「僕が羅針盤なら、すごく出来の悪い羅針盤だよ。北がどっちかもわからない」

「わかるさ。簡単だ。海では、北はいつも自分の尻尾を追いかけてる」

昔、仲のよかった友だちを思い出した。自分がいまどっちを向いていても、その方角が北だと信じているやつだった。あいつのいうことは正しかったのかもしれない。

航海士は僕のルームメイトになりたいといった。僕の前のルームメイトはなにもいわずにいなくなってしまったから、どんな人だったかほとんどおぼえていない。船室はひとりで使うのにも狭いから、ふたりで使うのは本当に大変だ。「きみはいちばんまともな乗組員だからね。ほかのやつらは、ろくでなしばかりだ」航海士はそういった。「きみはまだ、海の冷たさに心をやられていないからだろう。それに、才能がある。才能《タレント》、かぎ爪《タロンズ》、勘定《タリー》、嫉妬《エンヴィー》——そのうち、船に乗った全員がきみの才能に嫉妬するぞ。おぼえておけ！」

航海士は、いままでに何度も海を旅したことがあるそうだ。そして、先を見る目を持っている。つまり、誰かを見るとき、その人を見ているのではなく、その人のむこうにあるものを見ているということだ。僕たちとはまったく次元がちがうものを見ている。たいていの場合、見ているのは人間じゃない。海図を作るのに忙しいからだ。海図といっても、本人が海図と呼んでいるだけで、数字や言葉や矢印がたくさん書いてあって、たくさんの星印を結ぶ線がたくさん引いてあって、僕がいままでに一度も見たことがない星座みたいに見える。

「海の上じゃ、空だって地上とはちがうんだ」航海士はいう。「星の並びかたの変化に気をつけてなきゃだめだぞ。並びかた《パターン》、土星《サターン》、土曜日《サタディ》、日曜日《サンディ》、日時計《サンダイアル》。ちゃんと見てないと、日にちが数えられなくなるからな。わかったか？」

「ううん」

「岸から船に《ショア・トゥー・ボート》、船からヤギに《ボート・トゥー・ゴート》。それが答えだ。ヤギはなんでも食べてしまう。世界のすべてを消化して、自分のDNAにしたあと吐きだして、そこは自分の縄張りだと主張する。縄張り《テリトリー》、遺伝《ヘレディティ》、異端《ヘラシー》、うわさ《ヒアセイ》——、僕の話をきけ《ヒア・ホワット・アイ・セイ》。ヤギのしるしを見つけたら、船の目的地もわかる。なんにでも目的がある。ヤギをさがせ」

航海士は頭がいい。頭がよすぎて、そばにいるだけで頭が痛くなってくる。

「僕はどうしてここにいるんだろう」僕は航海士にきいた。「なんにでも目的があるなら、僕がこの船にいる目的はなに？」

航海士は海図のところに戻って、なにか言葉を書きこんでから、矢印の上に新たな矢印を何本か描き足した。矢印のぶんだけ、航海士の思いが重なっているんだろう。それがどういうものなのか、ほかの人にはわからない。「目的《パーパス》、ネズミイルカ《ポーパス》、イルカ《ドルフィン》、戸枠《ドアフレーム》、入口《ドアウェイ》。きみは世界救済の入口なんだ」

「僕が？　本当かな」

「僕らがこの列車に乗ってるのと同じくらい、まちがいない」

6　大変なんだもの

入口があって、ドア枠があって、妹の部屋の壁で踊っているイルカがいて、僕はその部屋の入口に立っている。イルカは七匹。僕が描いてやったんだからまちがいない。クロサワ監督の『七人の侍』のイメージだ。妹が大きくなっても、七人の侍を好きでいてほしい。

今夜、イルカたちは僕をにらみつけている。イルカは侍とちがって刀なんか持てないのに、いつもよりずっと恐ろしい。

父さんが妹のマッケンジーを寝かしつけている。マッケンジーはもう寝る時間だけど、僕はまだ起きていていい。僕は十五歳になったばかり。妹はもうすぐ十一歳。僕の寝る時間まではまだ何時間もある。けど、寝る時間になっても寝ないかもしれない。たぶん寝ない。今夜は眠らない。

母さんは一階でおばあちゃんと電話をしている。天気やシロアリのことを話しているのがきこえる。僕の家はシロアリに食いあらされているそうだ。「家をテントでおおって駆除する方法もあるけど、あれは大変なんだもの」母さんの声がする。「もっといい方法があるはずよ」

父さんはマッケンジーにおやすみのキスをした。振りかえったとき、部屋の中とも外ともいえない場所に立っている僕の姿を見た。

「ケイダン、どうした？」

「べつに。ただ……ううん、なんでもない」

父さんは立ちあがった。マッケンジーは横向きになって、壁のイルカたちと向き合った。夢の国に入っていこうとしている。「なにかあったら話してくれよ」父さんがいう。「なにを話してもいいんだぞ。わかってるな？」

僕はマッケンジーにきこえないように、小さな声でいった。「うん、ただ……学校の子のことで……」

「なんだ？」

「なんとなくなんだけど……」

「うん？」

「その子……僕を殺そうとしてるみたいなんだ」

7　チャリティの底

ショッピングモールに行くと、寄付金を入れるバケツがあった。黄色くて大きなじょうごみたいなのがついている。恵まれない子どもたちのために、ってやつだ。考えただけでも気分が暗くなる。「外国の戦争で手足を失った子どもたちのために」とかなんとか書いてある。投入口に硬貨を入れると、硬貨は一分間ほど大きなじょうごのなかをぐるぐる回る。からんからんというリズミカルな音がだんだん速く高くなっていって、硬貨は下の穴にどんどん近づいていく。すべての運動エネルギーをじょうごの口が飲みこんでしまうと、警報音みたいな爆音が響きわたる。その音がやむと同時に、硬貨はじょうごの中心にある闇の底に吸いこまれていく。

僕はあの硬貨だ。叫び声をあげながら、じょうごの穴に落ちていく。落ちていくのを引きとめようとするのは、僕の運動エネルギーと遠心力だけだ。

8 現実を見つめる

「おまえを殺そうとしている？　どういうことだ？」父さんが二階廊下に出てきて、妹の部屋のドアを閉めた。奥のほうにあるトイレの弱い明かりが、廊下をおそるおそる照らしている。「ケイダン、大事な話だ。学校の子に脅されているんだったら、ちゃんと話してみなさい」

父さんはそこに立ったまま、僕の答えを待っている。ああ、いわなきゃよかった。母さんはまだ下でおばあちゃんと話している。相手はおばあちゃんなのかな。いや、本当はほかの誰かと、僕の話をしてるのかもしれない。シロアリの話はなにかの暗号だ。けど、どうしてそんなことをするんだろう。いや、それは変だ。やっぱり母さんはおばあちゃんと、シロアリの話をしているにちがいない。

「その子のことを先生に話したか？」

「ううん」

「なにをされた？　はっきり脅されたのか？」

「ううん」

父さんは深く息を吸った。「そうか。はっきり脅されたわけじゃないんなら、それほど深刻に考えなくてもいいかもしれないな。その子は学校に危ないものを持ってきているのか？」

「ううん、わからないけど。あ——そうだ。ナイフを持ってるかも」

「見たことがあるのか？」

「ううん。けど、そう思う。ナイフを持っていそうな子なんだ」

父さんはもう一度深く息を吸ってから、髪の薄くなった頭をかいた。「なにをいわれたのか、正確に教えてくれないか。その子にいわれた言葉を全部思い出してみろ」

記憶の奥深くまでさぐってみたけど、言葉は見つからなかった。「いわれたことが問題なんじゃなくて、いわれなかったことが問題なんだ」

父さんは会計士で、典型的な左脳タイプだ。物事をきっちり分析して考える。そんな父さんらしい言葉が返ってきた。「意味がわからんな」

僕は振りかえって、壁に貼った家族の写真を触った。写真が斜めになった。いやな感じがしたので、すぐに写真を元に戻した。「いいんだ。たいしたことじゃないから」僕は父さんから離れようとした。階段をおりて、下の部屋に行きたい。母さんが電話でなにを話しているのか、ちゃんとききたい。けど、父さんにそっと腕をつかまれた。そうされると、もう動けない。

「ちょっと待て」父さんはいった。「わかるように説明してくれ。その子のことが怖いんだろう？　なにかの授業でいっしょになる子なのか？　その子の行動を見ていると、なにかされそうで怖くなるってことなのか？」

「ううん、同じ授業はとってないよ」

「じゃあどうしてその子のことを知ってるんだ？」

「どうしてかな。廊下でときどきすれちがう」

父さんはうつむいて、なにか考えてから、また僕を見た。「ケイダン……相手は知らない子で、言葉で脅されたことはなくて、ときどき廊下ですれちがうだけなんだろう？　どうしてその子に殺されるなんて思うんだ？　その子もおまえのことを知らないかもしれないじゃないか」

「うん、そうだね。ストレスかな」

「気にしすぎなんだよ」

「そうだね、気にしすぎだね」口に出してみると、自分がすごくばかげたことをいっているのがわかった。たしかに、その子は僕のことさえ知らないんじゃないか。僕も、その子の名前も知らない。

「高校に通っていると不安になることもある」父さんがいった。「いやなこともいろいろ起こる。おまえのような子は苦労するだろう。しかも、よりによってそんなことを考えてしまうとはな！だが、誰だって、ときには現実をしっかり見つめなきゃだめだ」

「うん」

「どうだ、少しは安心したか？」

「うん、大丈夫。ありがとう」

けど、父さんは、歩きだした僕をずっとうしろから見つめている。僕が不安なままだとわかっているんだろう。父さんも母さんも、僕がこのごろ怯《おび》えているのに気がついてる。父さんは、僕はスポーツをはじめるべきだと思っている。あれこれ心配するエネルギーを運動で使ってしまえということだ。母さんは、僕にはヨガがいいと思っている。

9　最初でも最後でもない

海は四方八方に広がっている。僕たちの前にも、うしろにも、右にも、左にも、ずうっと先まで広がっている。僕たちが乗っているのはガレオン船。現代よりずっと暗い時代からこれまでに、百万回もの航海で風雨にさらされてきた船だ。

「ガレオン船のなかでは最高級の船なんだぞ」船長にいわれたことがある。「こっちが船を信頼してれば、思ったとおりのところにちゃんと連れてってくれる」

よかった。というのも、いまは誰も舵《かじ》を握っていないから。

「名前はあるんですか？」僕は船長にきいた。

「名前なんかつけたら沈んじまう」船長はいった。「名前をつけられた船は海より重くなって、海の底に沈んじまう。難破船にきいてみろ」

主昇降口《メインハッチ》の上のアーチ部分に、板がとりつけてある。板には焼きごてで「おまえは最初の乗組員でもなければ、最後の乗組員でもない」と書いてある。それを読むと、自分は大勢のうちのひとりに過ぎないんだ、という思いと同時に、自分は選ばれた存在なのだ、という思いがわいてくる。不思議な感じだ。

「コイツの声がきこえるか？」オウムがハッチの上にとまって、僕にいった。オウムはいつも僕を監視している。

「いや、べつに」

「もしなにかきこえたら、全部どこかに書きとめておけ」

10　恐怖のキッチン

僕はほとんど毎晩、白いプラスチックのキッチンを訪れる。細かいところは毎回ちがっているので、今夜の夢はどんなふうに終わるのか、予測することができない。全部同じだったら、少なくとも次になにが起こるかわかるし、最悪のことが起こる前に、覚悟を決めておくことができるのに。

今夜、僕は隠れている。キッチンには、隠れられるところなんて少ししかない。僕が身をひそませているのは、最新の冷蔵庫。震えながら船長のことを考えた。僕は船長に、臆病な子犬と呼ばれている。誰かが冷蔵庫のドアをあけた。女だ。見おぼえのない仮面をつけている。女は首を横に振った。

「かわいそうに、寒かったでしょう」女は大きな水差しからコーヒーを注いだ。けど、僕に勧めてくれるわけではなく、僕のおへそに手を突っこんで、冷蔵庫の奥にあるミルクを取りだした。

11　どんなにいやなものにだって、美しい一面がある

主甲板《メインデッキ》の下に、乗組員の船室が並んでいる。船の外から見た感じよりも、なかは広い。あり得ないくらい広い。長い廊下がどこまでもどこまでも続いている。

船体やデッキは板張りだ。板と板の隙間は、いやなにおいのする黒いタールでふさいで、水が漏れないようにしてある。船のなかでも、ここがいちばんくさい。なにかが腐ったようないやなにおいだ。生きているものから時をかけて抽出されたタールが、まだ分解されきっていないようなにおい。汗と体臭と、足の垢《あか》を凝縮したようなにおい。

「命のにおいだ」なんのにおいかきいたとき、船長は誇らしげにいった。「形を変えつつある命のにおいというべきかな。だが、命であることには変わりない。潮溜《しおだま》りの水も、こんなにおいがするだろ。なにかが腐ったようないやなにおいだが、同時に、すがすがしいにおいでもある。岸に打ち寄せる波のしぶきが鼻の穴に入ってきたら、いやな気持ちになるか？　ならないよな！　やっぱり海はいい、と思わせてくれるにおいだ。夏のビーチのにおいを嗅ぐと、心がすうっと落ち着くだろう？　あれだって、海の生き物が腐っていくにおいと大差ない」船長は、ほらこのとおりとでもいうように、深々と息を吸いこんだ。「どんなにいやなものにだって、美しい一面があるってことだ」

12　買い物ごっこ

僕や友だちが小さかったとき、ショッピングモールに遊びにいって、やることがなくて飽きてくると、〝殺人鬼の買い物ごっこ〟という遊びをやった。まずターゲットを選ぶ。ひとりで歩いている買い物客でもいいし、ふたり連れでも、家族連れでもいい。けど、ひとりで来ている人のほうがやりやすい。それからみんなで、その人がなんのためにモールに来たかを考え、ストーリーを作りあげる。僕たちがたいてい思いつくのは、斧《おの》かチェーンソー、あるいはその両方だ。ストーリーには地下室か屋根裏部屋、あるいはその両方が登場する。あるとき、足を引きずって歩く、やつれた顔のおばあさんをターゲットにした。そのおばあさんが、本日の連続殺人鬼というわけだ。考えたのはこんなストーリー。おばあさんはショッピングモールで買い物をしすぎて自分で運べなくなり、配達サービスを利用する。それから、配達の男の人を家でつかまえて、男の人が運んできてくれた商品を使って殺す。家には買ったばかりの凶器がずらりと並び、地下室か屋根裏、あるいはその両方にも、配達の係員の死体がたくさん詰めこまれている。

そんなわけで、僕たちはそのおばあさんを二十分間にわたって尾行した。楽しくてしかたがなかった。そのうちおばあさんは刃物の店に入って、大きな肉切り包丁を買った。遊びがますますおもしろくなった。

おばあさんが店を出るとき、僕とおばあさんの目が合った。僕がおばあさんをわざとじろじろ見ていたからだ。きっと気のせいだけど、おばあさんの目つきは、残酷で悪意たっぷりに見えた。あの目つきは、あれ以来ずっと忘れられない。

　最近、あの目つきをした人がそこらじゅうにいる。

13　下なんてない

　リビングの真ん中に立って、ふかふかだけどつまらないベージュ色のカーペットに、爪先をめりこませた。

「なにやってんの？」学校から帰ってきたマッケンジーがそういって、バックパックをソファに放りなげた。「そんなところに突っ立って」

「耳をすませてるんだ」

「なにかきこえる？」

「シロアリの音」

「シロアリの音なんて、きこえるの？」マッケンジーは気味悪そうにいった。

「たぶんね」

　マッケンジーは、黄色いフリースのコートについた大きな青いボタンをいじっている。ボタンをとめていれば寒さと同じようにシロアリも防げると思っているみたいだ。それから、おそるおそる壁に耳をあてた。たぶん、静かな部屋の真ん中に立って耳をすませているより、そのほうがよくきこえると思ったんだろう。しばらくそうしてから、マッケンジーはいった。まだ少し不安そうだ。「なんにもきこえないけど」

「大丈夫だよ」僕はなだめるようにいった。「たかがシロアリだから」当たり前のことをいっただけなのに、妹の不安は解消したらしい。妹はキッチンにおやつを取りにいった。

僕は動かなかった。シロアリの音はきこえないけど、振動が伝わってくる。シロアリのことを考えれば考えるほど、はっきり伝わる。すると、そのことばかり考えてしまう。今日は気が散ってしょうがない。見えるものじゃなくて、見えないものが気になる。壁のなかや足の下にうじゃうじゃいるものの気味悪さに、興味をひかれてしまう。家の木材をゆっくり食い尽くす虫のようなものが、今日は僕の心に巣食っている。

それはいいことなんだ、と自分にいいきかせた。シロアリのことを考えていれば、学校で起こるかもしれないことや起こらないかもしれないことを、ぐるぐる考えつづけなくてすむ。シロアリが気を紛らせてくれているんだから、しばらくはこうしていよう。

目を閉じて、足の裏に気持ちを集中させた。

足の下には、安全でしっかりした地面がある。けど、それは幻想に過ぎない。家は自分たちのもののような気がするけど、そうじゃない。まだ銀行にローンを払っているんだから。じゃあ、どこまでが自分たちのものなんだろう。土地？　いや、それもちがう。土地の所有権は持っているけど、鉱物の所有権は持っていない。じゃあ、鉱物ってなんだろう。土に含まれるものすべてだ。それが価値のあるものだとしても、あるいはいつか価値が出るものだとしても、基本的に、それは僕たちのものじゃない。僕たちに所有権があるのは、価値のないものだけだ。

じゃあ、僕の足の下にあるのはなんだろう。土地が自分たちのものだという嘘。その嘘のほかにはなにがある？　神経を集中させると、感じられる。カーペットの下にコンクリートの板があり、その下には、二十年前に重機で固めた地面がある。さらにその下には、この先誰にも知られることのない失われた日々がある。戦争や動物や、バクテリアの抜き打ちテストに合格できなかった免疫系のせいで滅んだ文明の名残《なごり》。有史以前の生き物の骨や貝殻もある。さらに深いところまで意識を送ると、岩盤があって、気泡がある。地球が、長く、往々にして悲しい生命の歴史を消化したとき、おなかを痛めた名残の気泡だ。神様の作った生き物たちが凝縮されて岩になり、それがさらに、黒いどろどろしたものになる。人間はそれを地中から吸い出して、車のなかで燃やす。こうして、かつて生きていたものが温室ガスになる。温室ガスだって、永遠に黒いどろどろしたもののままでいるよりましなんじゃないかと思う。

もっと深いところまで潜っていこう。冷たい地面とはうってかわって、ものすごい熱に包まれる。赤熱のマグマ、さらには白熱したマグマが渦巻いている。圧力もすごい。外核があって、内核があって、さらにその中心部に向かって重力がかかっている。さらに進むと、重力が逆方向にかかるようになり、熱と圧力が弱まっていく。どろどろのマグマが固い岩盤になる。花崗岩《かこうがん》や沈澱《ちんでん》鉱物や骨やゴミやミミズやシロアリをかきわけていくと、そこは中国の田んぼかなにかだろう。

つまり、〝下〟なんて概念はまちがってる。〝下〟は結局〝上〟になるんだから。

目をあけて、ちょっと驚いた。僕はリビングにいる。中国の田んぼと僕の家をつなぐ完璧な配管があるにちがいない。けど、僕のいろんな思いをその配管で中国に送るのは危険かもしれない。僕の思いが地中の熱や圧力を受けて増幅されたら、中国の田んぼに出るとき、地震が起きるかもしれない。

こんなのは僕のくだらない妄想だって、わかってる。けど、翌日の朝も、その次の日の朝も、そのあともずっと、朝になるとひそかに胸をどきどきさせて、ニュースをチェックしている。中国で地震が起きていないだろうか。

14　どこにも行けない

何人もの乗組員たちが、怯えた顔で、船のなかの知らないところに入っていっちゃだめだぞ、という。そんなことをいわれても、僕は探検せずにはいられない。僕はなぜか、放っておけばいいものをわざわざ調べたり触ったりしたくなってしまう。こんな立派なガレオン船に乗っているんだから、探検しない手はない。

ある朝、デッキでの点呼には行かず、早起きして船を探検することにした。クルーデッキの薄暗い廊下を歩きはじめた。手には羊皮紙の束を持ち、思ったことを絵にして記録していった。

「すみません」いままで見たことのない乗組員を見かけて、声をかけた。船室の暗がりにじっとひそんでいた。大きな目のまわりにマスカラがべたべたついている。真珠のチョーカーがすごくきつそうだ。苦しくないんだろうか。「この廊下の先はどうなってるの？」

その女子は、なんだろうという目で僕を見た。「この先もなにも、廊下はここまでよ」そういって軽く身をかがめ、ドアをばたんと閉めた。僕はその姿を絵に残すことにして、暗がりに戻っていったときの顔を羊皮紙に描いた。

果てしなく続く廊下を歩きながら、どれくらい歩いたかを知るために、梯子《はしご》の数を数えていった。一、二、三、……十までいった。けど、廊下はまだ続いている。僕はそこであきらめて、十番目の梯子を登って上のデッキに出た。そこは船の真ん中のハッチだった。なるほど、クルーデッキのどこにある梯子を登っても、同じハッチに出てくるようになっているんだ。廊下を二十分も歩いたのに、結局どこにも行けなかった。

真上の横木にオウムがいる。僕をからかいたくて、ここから出てくるのを待っていたみたいだ。

「オマエはどこにも行けない」オウムがいう。「わかったか？　わかったか？」

15　移動した実感がない

船上での僕の仕事は〝安定役〟だ。それをいつ命じられたのかはおぼえてないけど、船長の説明はおぼえてる。

「海の上で船が傾くのを感じたら、傾いた反対側に行け。右舷なら左舷へ、左舷なら右舷へ」

つまり、ほとんどの乗組員がやっているのと同じように、船の上をあっちへこっちへ、船の傾きを打ち消すように走りまわるということだ。そんなことをしてもなんの意味もないのに。

「僕たちの体重くらいじゃ、どこにいたって変わりはないんじゃありませんか。こんなに大きな船なんだから」僕は船長にきいた。

船長は血走った目で僕をにらみつけた。「船の底荷になりたいのか？」

僕は口をつぐんだ。船長のいう〝底荷〟を見たことがある。船員たちが貨物倉のなかに隙間なくぎっしり詰めこまれていた。船の重心を低くするためだという。船に乗っていてもなんの仕事もできないとわかったら、底荷の一部にされてしまう。それがいやなら、文句をいわずに黙っていたほうがいい。

「目的地に近づいたら」船長にこういわれたことがある。「乗組員を何人か選びだして、特別チームを作る。大事なミッションのためだ。与えられた仕事に精を出していれば、おまえみたいなろくでなしでも、特別チームに入れるかもしれんぞ」

特別チームに入りたかったというわけじゃないけど、デッキの上を走りまわっているだけの仕事よりはよさそうだと思った。一度、マリアナ海溝まではあとどれくらいですかと船長にきいたことがある。来る日も来る日も同じ海しか見えなかったからだ。どこかに近づいているようには思えなかったし、どこかから離れているようにも思えなかった。

「見えるのは水平線だけだからな。移動した実感がないのも当然だ」船長はいった。「だが、マリアナ海溝に近づけば、わかる。不吉な前触れがあるからな」

不吉な前触れって、どんなことだろう。僕はあえてきかなかった。

16　掃除係

海が凪《な》いでいるときは、船の上を走りまわる必要がない。そんなとき、僕はときどきカーライルとデッキで遊ぶ。カーライルは掃除係だ。真っ赤な髪を、モモの産毛《うぶげ》みたいに短く刈りそろえて、船に乗っているほかの誰より人なつこく笑う。子どもじゃない。おとなだけど、高級船員ではない。自分の時間を持っていて、自分なりのルールを持っていて、船長にあれこれ命令されることがない。この船では、まともな頭を持っている唯一の人間だ。

「俺は進んで掃除係をやってる」いつだったか、カーライルはそういっていた。「必要な仕事だろう？　みんなはずぼらだし」

今日、カーライルの濡《ぬ》れたモップからネズミが出てくるのが見えた。ネズミはデッキの物陰に駆けこんで、見えなくなった。

「いまいましいやつらだ」カーライルはモップをバケツの濁った水に浸して、デッキを掃除しはじめた。「退治しても退治しても、顔を出してきやがる」

「古い船にはネズミがいるものだよ」僕はいった。

カーライルは片方の眉をつりあげた。「ネズミ？　おまえ、あれがネズミだと思ってんのか？」

ネズミじゃなかったらなんなのか、カーライルはいわなかった。たしかに、走るのが速いし、すぐ物陰に隠れてしまうから、実際はなんなのかわからない。なんだか不安になったので、話題を変えた。

「船長のこと、教えてくれないかな。わからないことがあるんだ」

「船長は船長だ。知っておくべきことは全部、もう知っているはずだ」

けど、そのいいかたには、なにか含みがあった。ほとんどの乗組員が知らない情報を、カーライルは知っている。ただ、それが知りたかったら、もっと具体的な質問をしなければならないんだろう。

「船長は、どうして片目が見えなくなったの？」

カーライルはため息をついて、あたりを見まわした。誰にも見られていないことを確認してから、小声で話しはじめた。

「俺の知ってるかぎりじゃ、船長の前にオウムが片目になったらしいぜ。どうやら、オウムは片目を魔女に売ったらしい。ワシになるための魔法の薬を作ってもらおうとしたんだ。ところが、魔女はオウムをだました。薬を自分で飲み、ワシになって飛んでいったんだ。オウムは、自分だけ眼帯をするのはおもしろくないと思い、船長の片目を爪でえぐりだした」

「嘘だ」僕はにやにやしていった。

カーライルはまじめくさった顔で、泡まじりの水をデッキにぶちまけた。「これ以上の真実があるもんか」板の隙間のタールが、水にびっくりして少し引っこんだように見えた。

17　ぜひとも見てみたい

航海士がいうには、カラスの巣から世界を見ると、「慰《コンフォート》め、鮮明《クラリティ》さ、施《チャリティ》し、貞操《チャスティティ》」が得られるそうだ。

正解をふたつ選びなさい、という問題だったら、僕はAとBを選ぶ。けど、航海士の人柄を考えて、Dをマークするのがよさそうだ。

カラスの巣は小さな丸い樽《たる》のような形をしていて、メインマストのてっぺんに作られている。マストに登って様子を見るとしたら、ひとりか、せいぜいふたりまでだろう。僕は、ひとりで考えごとをするにはよさそうな場所だと思った。けど、僕はいつも、ふたりぶん以上の考えごとをしてしまう。

マストの静索《シュラウド》には何本ものラットラインが水平に張られていて、屍衣《シュラウド》のようになっている。夕方、そのぼろぼろのラットラインを縄梯子がわりにして登っていった。夕陽《ゆうひ》の名残が水平線にゆっくり消える。太陽がいなくなったんだからもういいかなというように、見たこともない星が輝きはじめた。

シュラウドとラットラインの格子模様は、上に行くほど密になって、登りにくくなっていく。やっとのことで、マストのてっぺんにとりつけられた、小さな木製の樽にたどりついた。いや、小さいというのは嘘だ。後甲板《クオーターデッキ》と同じで、離れてみると小さいというだけだ。樽は、直径三十メートル近くあった。たくさんの乗組員たちがベルベット張りの椅子にふんぞりかえり、派手な色のマティーニを飲み、遠い目をして、スムースジャズの生演奏をきいている。

「おひとりさまですか？　こちらへどうぞ」ウェイトレスがそういって、ベルベット張りの椅子に案内してくれた。そこに座ると、月明かりに照らされた海を眺めることができる。

「飛びこみ志願者かい？」隣の椅子に座っている、青白い顔をした男がいった。手にした青い色の飲み物には、きっと放射能がある。「それとも、ただの見物かい？」

「頭をすっきりさせようと思ってきたんだ」

「じゃ、なにか飲むといい」男は自分の飲み物を指さした。「自分の飲み物が来るまでは、これを分けてやる。ここに来たら、自分に合うカクテルを見つけなきゃならないんだ。それができないやつは鞭《むち》でしたたかにぶたれて、ベッドに寝かされる。子どもの歌はもうおしまいってわけさ」

まわりを見ると、十人くらいの人たちがいる。なんとなくぼんやりしているのは、幻覚を見ているんだろうか。「カラスの巣に、どうしてこんなにたくさんの人がいるんだろう」

「伸縮性っていうのが基本的な概念だな」男がいう。「だが、輪ゴムを日に当てておくと、そのうち切れてしまう。カラスの巣も同じだ。よく伸びるからって、いい気になって使っていると、そのうち壊れて、元のサイズに戻ってしまうだろうな。そのときなかにいるやつは、みんなつぶれてしまう。血も骨もなにもかも、木の節穴からぎゅうっと絞りだされるんだ。粘土遊びでもやってるみたいに」グラスを高く持つ。「そんな光景をぜひとも見てみたいもんだ！」

ちょっと離れたところでは、青いつなぎを着た乗組員が、カラスの巣の縁をよじのぼり、両手を大きく広げると、ジャンプした。あれはまちがいなく死ぬ。僕は立ちあがって見おろしたけど、もうなにも見えなかった。まわりの人たちはみんな、礼儀正しく拍手をしている。バンドは『オレンジ色の空』を演奏しはじめた。空はもう薄暗く、青痣《あおあざ》みたいな色になっているのに。

「どうしてみんな、じっと座ってるんだよ?」僕は声をはりあげた。「いまの、誰も見てなかったのか?」

隣の男は肩をすくめた。「飛びこみたいやつは飛びこむだけさ。われわれは彼らの勇気を讃《たた》えて、彼らの人生に祝杯をあげるのみだ」男は何気なく横を見た。「ただ、水面はすごく遠いから、落ちる瞬間は見られない」カクテルの残りを飲みほした。「見てみたいんだがなあ!」

18 謎の灰皿

僕を殺したいと思っている子なんかいない。

毎朝、中国の地震のニュースがないかさがしたあと、自分にそういいきかせる。休み時間に教室を移動するときもそうだし、僕を殺したいと思ってるけど僕のことを知らないように見える子とすれちがうときも、同じことを自分にいいきかせる。

「気にしすぎだよ」父さんはそういっていた。そうかもしれないけど、気にしすぎちゃいけないってことは、少しは気にするべきってことだと思う。気分が落ち着いているときは、変なことを考える自分をたたきのめしたくなる。その子が僕に敵意を持っていると思うなんて、ばかだ。けど、気分が落ち着いているときに、自分をたたきのめしてやりたいと思うなんて、それも変だ。

「余計なことを考えるのはやめなさい」母さんにはよくそういわれる。母さんは瞑想《めいそう》が好きで、食べ物に関してはロー・ヴィーガン派だ。他人の歯にはさまった肉をとる仕事をしてるから、肉は食べたくないんだろう。

余計なことを考えないっていうのは、いうほど簡単じゃない。前にとった陶芸の授業のとき、実感した。先生はなんてことのない手つきでろくろを回して壺《つぼ》を作っていたけど、ろくろを回すのはすごく精密な仕事で、技術もいる。粘土の塊をろくろの中心に置いて、両手をぶれないように添えると、親指を粘土の真ん中に押しつけて、くぼみを少しずつ少しずつ広げていく。けど、僕が何度やっても、壺はいびつな形になってしまう。直そうとするとますますひどい形になって、そのうち口の部分が裂けたり、横の部分が崩れたりする。そうしてできあがったものを、先生は「謎の灰皿」と呼んだ。粘土のバケツに放りこむしかなかった。

自分の宇宙がいびつな形になって、それを元に戻すための経験を積んでいなかったら、どうなるだろう。結局は負け戦。そのうち宇宙は崩れて、自分の人生も、巨大な謎の灰皿になってしまう。

19　ほどけてきたザーゴン

金曜日の放課後には、友だちのマックスとシェルビーと僕の三人で集まることがある。コンピュータのRPGゲームを作るつもりで二年もがんばっているんだけど、完成にはほど遠い。いちばんの理由は、三人がそれぞれ、自分の得意分野にどんどん詳しくなっていくせいだ。それまで作りかけていたものが子どもっぽくて素人っぽく見えてしまうので、いつも最初から作りなおさなきゃならなくなる。

リーダーはマックスだ。マックスはいつも、僕の家でいつまでも粘っていて、うちの父さんと母さんに、もう帰りなさいと叱られる。三人のうちでいちばんコンピュータに詳しいけど、自分の家のコンピュータはゴミ同然で、一メートル以内に近づいて「画像」とささやいただけでクラッシュしてしまう。

シェルビーはアイディアをどんどん出してくる。「ストーリーの問題は解決したわ」ある日の午後、シェルビーはいった。三人が集まるときにいつもいう科白《せりふ》だ。「体と一体化した武器を持たせるのは少なめにしようよ。でないと、どのバトルもスプラッタになりすぎてつまんないでしょ」

「スプラッタのどこが悪い？」マックスがいった。「おれは好きだな」

シェルビーは、賛成してよというように僕を見た。けど、そうはいかない。

「僕も好きだよ、スプラッタ。まあ、女子にはきついかもな」

シェルビーは僕をにらみつけて、新しいキャラの特徴をリストアップした紙を二、三枚投げつけてきた。

「キャラデザイン、よろしく。ちゃんとした装備で、一発で死なないようにしてよね。とくにザーゴン。ザーゴンはストーリー上、重要なキャラにしようと思ってるから」

僕はスケッチブックを開いた。「会話がオタクっぽくなってきたらやめようって約束したよね？　今日の会話はオタクそのものだと思う」

「なにいってんの！　そんなの、去年からずっとそうじゃない！　あんたってそんなことを気にするようなガキだったの？　オタク上等よ。どうしてもやめるっていうなら、ほかのデザイナーをさがすだけ」

シェルビーの物言いには、毎度ほれぼれする。ほれるといっても、男女がどうこうっていう意味じゃない。僕たちはお互い、そんな気はちっともない。友だちとして大好きだから、気まずい思いをするようなことは避けたいと思っている。それに、この三人で仲良くしていると、いいこともある。シェルビーを通して、マックスと僕の好きな女子のことがいろいろわかるし、シェルビーには好きな男子のことを教えてやれる。そういうのがすごくうまくいってるから、この関係は大切にしたい。

「ねえ、あたしたち、このゲームで生きてるわけじゃないでしょ。こんなの、ただの趣味じゃん。使う時間だって、一ヶ月に何日かだし。そんなことでそこまで人目を気にしてたら、神経がまいっちゃう」

「だよな」マックスがいう。「シェルビーの場合、ほかのことで神経がまいってるし」

シェルビーはマックスの肩を思い切り叩《たた》いた。マックスの持っていたワイヤレスのマウスが、部屋の隅まで飛んでいった。

「待てよ」僕は声をあげた。「こんなことで終わりにしたら、うちの親に怒られるよ。いつも、責任感を持てってうるさくいわれてるんだ」

シェルビーは冷やかな目で僕を見た。というより、僕をにらみつけた。「いいから、手を動かしたら？　全然描いてないじゃない」

「インスピレーションがわいてくるのを待ってるんだ」本当はインスピレーションなんて関係なかった。僕はひとつ深呼吸をして、シェルビーの書いたキャラ一覧に目を通した。そして、真っ白なままのスケッチブックに目をやる。

困ったことに、僕は空白を見ると絵を描きたくなる。空っぽの箱を見ると、ものを入れたくなる。だから、真っ白なページを見ると、そのままにしておけない。真っ白なページが僕に呼びかけてくる。おまえの頭に詰まったクソをここにぶちまけろ、と。

はじめは、ただぐるぐると意味のないものを描いているだけだ。それがだんだん形になっていき、やがて作品になり、〝作品群〟になる。〝作品群〟なんて、ちょっと大げさかな。けど、それをいえば、クラスの何人かがかぶっているベレー帽だって大げさだ。頭のなかがクリエイティヴな発想ではちきれそうで、普通の帽子にはおさまりきらない、だからベレー帽をかぶっているんだ、といっているみたいだ。僕の〝作品群〟のほとんどはコミック系。いわゆるマンガみたいなやつだ。けど、そうじゃないのもある。最近は、描くものがどんどん抽象的になってきた。手が線を引くんじゃなくて、手が線に引っぱられているみたいだ。このごろは、描きはじめるときにいつもそのことを考えてしまう。線が僕をどこまで引っぱっていってくれるのか、知りたくてたまらない。

シェルビーの考えたキャラの絵をせっせと描きはじめた。描きながら、気が急《せ》いてしかたがなかった。色鉛筆を一本持って描きはじめた瞬間、ほかの色の鉛筆を持ちたくなる。見えるのは、いま自分の描いている線だけ。絵全体は目に入らない。キャラのデザインは大好きな作業だけど、今日は、描く喜びが目の前をするする逃げていくようで、つかまえられない。

ザーゴンのスケッチをシェルビーに見せた。シェルビーが考えたばかりの、非スプラッタチームのリーダーだ。

「雑すぎ」シェルビーはいった。「もっとまじめにやってくれないと――」

「今日はこれが精一杯なんだ。乗る日もあるけど、乗れない日だってあるんだ」僕はそういってから、つけたした。「そっちの設定がぬるいから、僕の絵もぬるくなるのかもしれない」

「もっとがんばってよ。前はもっと……きっちり描いてくれたじゃない」

僕は肩をすくめた。「そんなこといわれてもなあ。誰だって、作風は変わっていくものだよ。ピカソだってそうだ」

「いいけど。ピカソがゲームのキャラデザインをはじめたら、知らせてあげる」

三人はいつもこうやって衝突しながら作業をしているし、それも楽しみのひとつだ。けど、今日はちょっとちがう感じがした。シェルビーのいうとおりだと、心の底で思っていたからだ。僕の作風が変わったんじゃない。絵がほどけてきてるんだ。どうしてだかわからない。

20　オウムはいつも笑ってる

会議に出ろ、と船長にいわれた。目立たないようにしてたのに、どうして呼ばれたんだろう。

「おい、まずいんじゃないか？」船室を出ようとした僕に、航海士がいった。「面倒《トラブル》、騒ぎ《ハブル》、引きずって歩く《ホブル》、ガツガツ食べる《ガブル》──船長に食われた乗組員が何人もいるそうだ」

白いプラスチックのキッチンの夢を思い出した。けど、あの夢に船長は出てこない。

船長の〈待機室〉は船尾にある。船のいちばんうしろだ。船長がいうには、いままでに行った場所の思い出に浸るための部屋らしい。けど、船長は来ていなかった。いるのはオウムだけ。船長の散らかった机と、その横の地球儀とのあいだに渡されたとまり木にとまっている。地球儀はでたらめで、各大陸の大きさがめちゃくちゃだ。

「オマエ、よく来たな」オウムがいった。「座れ、座れ」

僕は座って待った。オウムはとまり木の端から端へ横歩きして、また戻った。

「それで、僕はどうしてここに呼ばれたの」僕はオウムにきいた。

「なにがききたい？」オウムはいった。「〝どうして〟呼ばれたのか、どうして〝オマエが〟呼ばれたのか、どうして〝ここに〟呼ばれたのか」

僕はいらいらしてきた。「船長は来ないの？　来ないなら──」

「オマエを呼んだのは船長じゃない。オレだ、オレだ」オウムは頭を上下させながら、机の上の書類に視線を向けた。「アンケートに答えろ」

「どうやって書けばいい？　ペンがないのに」

オウムは机に飛びおりて、散らかった書類を足でかきわけた。ペンが見つからないので、背中から青緑色の羽を一本引っこぬいた。机に落ちたその羽は、昔ながらの羽根ペンのように見えた。

僕はなんだか寒けがした。アンケートに回答を書きこみながら、羽根が肌に触れないように気をつけた。

「乗組員全員が答えるの？」

「全員だ」

「全部の質問に答えなきゃだめ？」

「全部だ」

「なんのためのアンケート？」

「重要なアンケートだ」

回答を書きおわると、オウムと向き合った。そして、ふと思った。オウムはいつも笑っているような顔をしている。イルカと同じだ。なにを考えているのか、さっぱりわからない。イルカは、人間の心臓を食いちぎろうとしているかもしれないし、サメを攻撃するときみたいに、体当たりで人間を殺そうとしているかもしれない。なのに、顔はいつも笑っている。だから人間は、イルカを友だちだと思ってしまう。妹の部屋の壁に描いたイルカもそうだ。妹は、あのイルカたちが襲ってくるかもしれないと知っているんだろうか。それとも、もう殺されてしまったんだろうか。

「オマエ、乗組員たちとはうまくやってるか？」オウムがきいた。

僕は肩をすくめた。「まあね」

「ミンナの弱みを教えてくれ」

「そんなこと、教えられるわけないよ」

オウムは口笛みたいなため息をついた。「アーア、今日は収穫なしか」僕からはなにも情報が得られないとわかったのか、オウムはとまり木に戻った。「今日のところはこれでおしまいだ。食事の時間だぞ。今日はクスクスとマヒマヒだ」

21　乗組員アンケート

以下の質問に回答してください。五段階の回答の目安は次のとおりです。

①　強くそう思う　②　完全にそう思う　③　強烈にそう思う
④　徹頭徹尾そう思う　⑤　どうしてわかるの？

この船は沈むかもしれないと、ときどき心配になる。　①②③④⑤
仲間の乗組員は、体と一体化した武器を隠している。　①②③④⑤
栄養ドリンクを飲めば飛べる。　①②③④⑤

我は神であり、神はアンケートになど答えない。　①②③④⑤
きれいな色の鳥がそばにいるのがうれしい。　①②③④⑤
死を思うとおなかが減ってくる。　①②③④⑤
靴がきついし、心臓が小さすぎる。　①②③④⑤
すべての答えは海の底にあると信じている。　①②③④⑤
ふと気がつくとゾンビに取り囲まれているということが、しばしばある。　①②③④⑤
ときどき、テレビの通信販売の声がきこえる。　①②③④⑤
水のなかでも呼吸できる。　①②③④⑤
並行宇宙または垂直宇宙、あるいはその両方を見ることができる。　①②③④⑤
もっとカフェインが必要だ。いますぐ。　①②③④⑤
死人のにおいがする。　①②③④⑤

22　マットレスは命を救ってくれなかった

家にテントをかけてシロアリ駆除をする二日間、家族でラスヴェガスにやってきた。車に乗っているあいだはずっとスケッチブックに絵を描いていたので、酔って気持ちが悪くなった。吐く一歩手前までいったけど、ラスヴェガスにいる人たちのほとんどは僕と同じ状態みたいだ。

ホテルは三十階建てで、ピラミッドの形をしていた。エレベーターが斜めに動く。ラスヴェガスはいろんなタイプのエレベーターがあることで有名だ。ガラス張りのもあるし、鏡張りのもある。シャンデリアがついていて、昇ったり下りたりするたびにそれが小さく震えるのもある。どのホテルも、やってきた宿泊客をいかに早くカジノに送り出すかを競っているようだ。早くやりたくてしかたがないという客のために、エレベーターのなかにスロットマシンを置いているホテルもある。

僕はやけに不安だった。理由はわからない。「食べなさい」母さんにいわれて料理を食べたけど、不安は消えない。「昼寝でもしたらどうだ」父さんは、小さな子にいうように、そういった。けど、やっぱりだめだった。ふたりとも、理由がわかったようだ。「ケイダン、それは社会不安というやつだ。乗り越えるしかない」僕は何度もそういわれた。けど、社会不安なんていままで経験したことがない。いままでの僕は、いつだって自信があったし、なにごとにも積極的だった。父さんも母さんも――そして僕自身も――これがもっと大きな問題のはじまりだということに気づいていない。見えているのは黒い先端だけで、その下には信じられないほど巨大で深く黒々としたピラミッドがあるんだ。

両親はカジノで半日楽しんで、それなりにお金をつかった。そして、お互いを非難しはじめた。

「ブラックジャックのやりかたも知らないのか！」

「わたしはルーレットのほうが好きだっていったでしょ！」

誰でも、悪いことは人のせいにしたがる。夫婦はそういうとき、お互いのせいにする。それが手っとり早い。しかもこのときは、ギャンブルで負けた上に、母さんのお気に入りの赤い靴の左のヒールが折れてしまった。母さんは変な歩きかたをしながらホテルに戻るしかなかった。ラスヴェガスの街を裸足で歩くなんて、絶対無理だ。燃える石炭の上を裸足で歩くほうがまだましだと思う。

ふたりが気を取り直してマッサージを受けにいっているあいだ、僕は妹といっしょに街の大通りをぶらついて、ベラージオホテルの噴水ショーを見物した。今日は妹といっしょにいるのが苦痛だ。妹がお気に入りのキャンディをずっとなめているからだ。青い指輪型のキャンディで、それをなめていると、ひどく子どもっぽく見える。本当はもうすぐ十一歳になるのに、もっと幼く見えるから、僕はベビーシッターをしているような気分になってしまう。口のまわりを青くした子を連れて歩くなんて、ものすごく恥ずかしい。

歩いていると、柄の悪い男たちが、風俗店の電話番号が書かれたカードを手渡してきた。誰にでも見境なく配っているようだ。そんなところに電話をするつもりはないけど、カードを集めるのはおもしろい。野球カードみたいだ。ただし、印刷されているのは下着姿の女の人。メジャーリーグ全部の野球カードより、こっちのほうがずっといい。

大通りに並ぶ建物のなかに、昔MGMグランドホテルだったところがあるのがわかった。MGMグランドホテルといえば、昔、大火事があったところだ。そんな歴史を背負ったままだと商売にならないので、会社はそこを別のホテルチェーンに売却して、新しいホテルを建てた。『オズの魔法使い』に出てきそうな、巨大な緑色の建物。ギャンブルのできる大聖堂だ。古いほうのホテルは、いまは別の名前になって営業を続けている。あの火事ではたくさんの人が死んだのに。

高層階の窓から、地面に置かれたマットレスに飛びおりた人もいた。マットレスは命を救ってくれなかったそうだ。

僕たちの泊まっているホテルはどうだろう。もし火事になったらどうなるだろう。ガラスでできたピラミッドからどうやって脱出すればいい？　窓は開かない。考えだしたら止まらなくなってきた。通りにいる柄の悪い男のひとりが、こんなけばけばしいカードを配る仕事なんてうんざりだと思って、ホテルに火をつけるかもしれない。僕はそう思って、男のひとりに目をやった。するとその顔に、火をつけるのはおれだよ、と書いてあった。危ないぞ、という声がはっきりきこえたような気がした。ホテルに戻っちゃだめだ、といっている。その男が僕を見ている。いや、その男だけじゃない。ほかの男たちも僕を見ている。風俗店のカードを配っている男たちは、みんなぐるなのかもしれない。もうホテルには戻れない。戻ったら、本当に火をつけられてしまう。そこで僕は、妹をうまくいいくるめて、立ち止まらせずに歩かせた。足が痛いとめそめそしてたけど、かまわない。理由もいわず、歩きつづけた。妹を守れるかどうかは僕にかかっている。急にそんなふうに思えてきた。

「シーザーズ・パレスを見にいかないか」妹にいった。「かっこいいホテルなんだってさ」

シーザーズ・パレスの敷地に入ると、少し安全になったような気がした。古代ローマの百人隊長をかたどった、巨大な石像がいくつもある。鎧《よろい》を着て、ホテルの入口を守っている。単なる飾りだとわかっていても、柄の悪い放火魔たちから守ってくれているようで、安心感があった。

ホテルの中には、香水やダイヤモンドや革製品や毛皮製品の店が並んでいた。そのあいだにも、石像がひとつ立っている。ミケランジェロのダビデ像を大理石で作ったレプリカだ。ラスヴェガスにあるのはレプリカばかり。エッフェル塔、自由の女神、ヴェニスの街並み。実在するものの偽物たちが、観光客の目を楽しませている。

「あの人、どうして裸なの？」妹がいった。

「なにいってるんだ。あれはダビデだろ」

「ふうん」ダビデって誰、ときかれなくてよかった。妹からは別の質問が来た。「手に持ってるの、なに？」

「ぱちんこだよ」

「え、あれが？」

「昔の投石器なんだ。ダビデはあれを使ってゴリアテを倒したんだよ」

「ふうん。ねえ、もう行こうよ」

「ちょっと待って」僕はまだそこから動けなかった。ダビデ像の目に魅入られていたからだ。ダビデの体には無駄な力が入っていない。王国は昔から自分のものだという自信があるのだろう。しかし、顔には不安があらわれている。隠そうとしているけど、不安でたまらないのだ。ダビデは僕と同じだ、という気がしてきた。あちこちにモンスターがひそんでいるのに、持っているぱちんこだけじゃ、敵をすべて倒すことができない。

23　八・五秒

華やかなラスヴェガスを訪れた最初の夜、両親は少し酔っぱらっていた。

カジノで大損したのは誰のせいかという喧嘩《けんか》は、もう終わったらしい。そんな喧嘩はやめてハイになろう、と考えたようだ。そして物理的にもハイをめざした。

ラスヴェガスのホテルにはどれも、客寄せの目玉がある。規模がいちばん大きいのは、ストラトスフィア・タワーだ。この建物は百十三階建てとのことだけど、数えかたがおかしいんじゃないかと思う。さすがはラスヴェガス、商売のためには、ワンフロアを大きくしたり小さくしたりしてしまう。まあ、それでもすごく高いとは思う。コンクリートのほっそりした塔の上のほうに、ガラス張りの丸い王冠がついている。エレベーターの係員によると、ここのエレベーターは西洋社会ではいちばん速いとのこと。ラスヴェガスはエレベーターの街だ。

王冠部分の四階は回るレストランになっていて、音楽の生演奏がきけるラウンジもある。客は赤いベルベットの椅子に座って派手な色のカクテルを飲んでいる。放射能が入っていそうだ。タワーには遊園地みたいな乗り物もある。ひとつは、百八階ぶんの高さを一気に落下する、フリーフォール・マシンだ。下にはマットレスさえ敷かれていない。そのかわり、マシンにはカメラがとりつけられていて、乗客が死を疑似体験するところを撮影してくれる。家に帰ってリビングでくつろぎながら、その八・五秒間を目の前で再現することができるのだ。

「あれをやってみないか？」父さんがいった。「いまなら列ができてない」

はじめは冗談だと思ったけど、父さんの目がきらりと光るのを見て、本気だとわかった。父さんはめったに酔っぱらわないけど、たまに酔っぱらうと、絵に描いたような悪ガキになってしまう。

「僕はいいよ」答えてそこから離れようとしたけど、父さんに腕をつかまれた。家族でやろうという。割引クーポンもあって、ひとりぶんのお金でふたり乗れるそうだ。ふたりぶんで四人乗れる。悪くない。

「ケイダン、リラックスしろ。宇宙に身を任せろ」

父さんは六〇年代のことはリアルには知らないけど、アルコールが入ると、ばりばりの共和党員の顔を捨てて、ウッドストックをうろついていたヒッピーのようになってしまう。

「なにが怖い？」父さんがいう。「百パーセント安全なんだぞ」

目の前で、青いつなぎを着てハーネスをつけた人が、空中に飛び出していった。姿が見えなくなる。そのまま二度と帰ってこないんじゃないだろうか。人々の喝采がきこえる。僕は指先の感覚がなくなっていった。

「落ちて死んだ人はいないのか？」青白い顔の男が、派手な色のカクテルを持って、バンジーの係員にきいた。そして仲間と笑い声をあげる。「見てみたいなあ！」

「家族全員でやるか、誰もやらないか、どっちかだ」父さんがいうと、妹が僕を責めはじめた。お兄ちゃんのせいで、いつもいろんなことがだめになっちゃう、とかなんとか。母さんはくすくす笑っているだけだ。マルガリータを飲んで、十二歳に若返ってしまったらしい。体は四十歳だけど。

「ケイダン、やろう」父さんがいう。「いまを生きるんだ。一生思い出して楽しめる」

よし、わかった。たった八・五秒だ。

逆らうのをやめた。三対一じゃあどうしようもない。そのとき、父さんの目を見て、気がついた。風俗店のカードを配っていた、僕たちのホテルに火をつけようと思っている男たちと同じ目だ。うちの父さんって、本当は何者なんだろう。どこかの秘密結社のメンバーだったりして。僕の人生そのものが、見せかけの作り物なのかもしれない。ラスヴェガスに作られたヴェニスの街みたいに。その目的は、僕をここに連れてきて、バンジージャンプをやらせ、殺すことなんだ。じゃあ、ここにいる人たちは？　自分の考えがすごくおかしいってことは頭のどこかでわかってるけど、「もしかしたら」という思いを捨てることもできない。怖い映画を見たあと、ベッドの下やクローゼットのなかをチェックするときの思いと似ている。

あれよあれよというまに、青いつなぎに着替えさせられた。つなぎのことをジャンプスーツとも呼ぶけど、その理由が生まれてはじめてわかった。僕たちは宇宙飛行士のチームみたいに、ジャンプ台に出ていった。一番は妹。地球上でいちばん勇敢な人間だということを証明したいんだそうだ。次に母さんのハーネスにケーブルがつけられた。くすくす笑っていた母さんが甲高い悲鳴をあげる。父さんは僕のうしろで待っていた。僕は三番目ということか。父さんは、僕を先に飛ばせないと、ひとりだけエレベーターで下りていくだろうとわかっているらしい。

「おもしろいぞ。楽しんでこい」

楽しめるはずがない。心の隅にいてベッドの下をのぞいていた、生き物のような雲が、いまは地面からわきあがる霧のようになって、僕の脳の上にたれこめている。エジプトで最初に生まれた男の子に死の天使が訪れたように。

たいして興味はないというふうに、ストラトスフィア・タワーの王冠のガラス越しにみんながこちらを見ている。きちんとした服を着てエスカルゴを食べ、放射能入りのカクテルを飲み、回るレストランを楽しんでいる。そのとき、気がついた。僕は今夜のお楽しみの一部なんだ。みんな、サーカスの客みたいに、誰かが落っこちて死ぬのを見たいとひそかに思っているんだ。

胸がどきどきするとか、そういうレベルの不安じゃない。ジェットコースターが最初にてっぺんまで登って、いよいよこれから落ちるというときにアドレナリンが出てくる、あの感じともちがう。僕は確信していた。まちがいない。係員は、僕のハーネスにケーブルをつけるふりをしただけだ。僕は高速で地面に落ちて、強烈な痛みで死ぬ。みんなの目を見ればわかる。わかるのが痛い。その痛みだけで死んでしまいそうだ。落ちて死ぬことそのものより、そっちのほうがつらい。そのつらさを終わらせるために、飛んだ。

叫んで、叫んで、叫びながら、タワーの横をどんどん落ちていく。底無しの黒い穴に落ちていく。やっぱりそうだった、僕はこうなることになっていたんだ——これからずっとそう信じつづけるんだろう。ところが、八・五秒後、落ちるスピードがゆるんで、タワーの下で待っている係員たちが迎えてくれた。驚いたことに、僕はまだ生きている。けど、体の震えが止まらない。この夜の経験でひとつだけ楽しいことがあったとしたら、僕のあとに飛んだ父さんが、落ちる途中で吐いたということだ。けど、地獄のブラックホールに吸いこまれそうになった記憶は、消えることがない。なにかとんでもないものの縁に立っているという感覚に、いまもまだつきまとわれている。

24　自分だけのものだなんて思うな

悪夢から覚めた。どんな夢だったか思い出せない。船がすごく揺れている。低い天井からぶらさがったランタンも激しく揺れて、黒い影が上下左右に動く。影も波打っているかのようだ。船全体がきしむような音を立てて、苦しい苦しいといっている。船体を形づくる板は汗を流しながら収縮を繰り返し、哀れな黒いタールを押しだそうとしている。タールはその場に踏んばって、うめいているようだ。

航海士は、僕の上の寝台から下を見おろした。平気な顔をしている。船はいまにもばらばらになって、怒りの海に消えようとしているのに。

「悪い夢を見たのか？」航海士がいう。

「うん」僕はかすれる声で答えた。

「キッチンの夢か？」

いわれて驚いた。キッチンの夢のことなんて、話したことはないのに。「どうして知ってるの？」

「誰だって、白いプラスチックのキッチンにはときどき行くものなんだ」航海士がいう。「自分だけのものだなんて思うな。みんなのものなんだ」

トイレに行くことにした。廊下の先にある。両足が、地面に鎖でつながれたような感じがする。腕も鎖で壁につながれている。それでなくても船がひどく揺れているので、トイレにたどりつくのに十五分もかかってしまった。

ようやくベッドに戻ってくると、航海士は紙切れを上から落としてきた。線や矢印が何本も書いてある。矢印の指す方向はばらばらだ。

「出口《ウエイアウト》、家に入らない《ステイアウト》、家から出ない《ステイホーム》、帰り道《ウエイホーム》」航海士はいった。「今度キッチンに行くときは、その紙を持っていくといい。出口がわかるから」

「こんな紙、夢のなかになんて持っていけないよ」

「なら、せいぜい苦しむんだな」

25　許可しない

「オレの絵を描け」オウムが僕のスケッチブックを見ていった。「オレを描け」僕は従うことにした。

「ポーズをとってよ」僕がいうと、オウムは横木の上で羽づくろいをして、くちばしを高く上げて胸を張り、羽をふくらませた。僕はゆっくり時間をかけて描いた。できあがった絵をオウムに渡す。湯気のあがるウンチの絵だった。

オウムはしばらくそれを見てから、いった。「オレの弟はこんな感じだ。もちろん、ワニに食われたあとの姿だが」

それをきいて、僕は楽しくなった。今度は本当にオウムの絵を描いてやった。眼帯やなんかもちゃんと描いた。

ところが、船長がこれを見ていた。オウムが満足げな様子でどこかに飛んでいったあと、僕は色鉛筆とスケッチブックを没収された。ただし、描くのに使った手までは切られずにすんだ。噂《うわさ》によると、義足をつけた乗組員は、デッキでサッカーをしているのを見つかって、脚を切られたとのことだ。

「絵の才能を持つことなど、許可しない」船長はいった。「なんの才能も持っていない乗組員が気を悪くしたらどうする」

才能を持つことに、許可もなにも関係ないと思う。けど僕は頭を下げて、船長に頼んだ。「船長、お願いです。絵を描く才能を持つことをお許しください」

「考えておこう」船長はオウムの似顔絵を見て、鼻にしわを寄せると、絵を海に放りなげてしまった。それから、湯気のたつウンチの絵を見た。「まあ、悪くないかもしれんな」ウンチの絵も、海に捨ててしまった。

26　いまいちなものすべて

午前中、カラスの巣にいる僕に、バーテンダーが声をかけてきた。カクテルを作ってくれるという。今日は飛びこみ志願者がいないので、人はまばらだ。

「これはあなたのカクテル、あなただけのカクテルですよ」バーテンダーは僕の目をじっと見た。

僕がうなずくとようやく満足したのか、棚の酒瓶や薬瓶を手にとった。すごい速さで作業が進む。手が三本以上あるんじゃないかと思ってしまうほどだ。錆《さび》の浮いたシェイカーにすべての材料を入れて、振りはじめた。

「なにが入ってるの?」僕はきいた。

バーテンダーは、ばかなことをきく客だな、という顔をした。答えが返ってくることを期待すること自体が愚かなのかもしれない。「生ゴミ、スパイス、いまいちなものすべて」

「たとえば?」

「牛の軟骨。ゴキブリの背骨」

「ゴキブリに背骨はないよ。無脊椎動物だからね」

「たしかに。だからこそ希少価値があるんですよ」

オウムがやってきた。はるか下方にあるデッキから飛んできて、バーのレジにとまる。レジを見て、僕はお金を持っていないことを思い出した。バーテンダーにそういった。

「かまいませんよ」バーテンダーはいった。「保険金から引いておきます」混ぜた液体をクリスタルのシャンパングラスに注いで、僕にくれた。赤や黄色の泡が立っているけど、その二色は混ざらない。ラーヴァライトみたいなカクテルだ。

「飲んじゃえ、飲んじゃえ」オウムがいう。頭をちょっとかしげて、眼帯のないほうの目で僕をじっと見ている。

ひと口飲んだ。苦いけど、すごくまずいってわけじゃない。バナナとアーモンドの風味がかすかにする。「ようし、一気に飲むぞ」そういって、ひと息で飲みほした。空になったグラスをカウンターに置く。

オウムは首を上下に振って、うれしそうにしている。

「よくやった！　オマエは一日に二度、カラスの巣に来ること」

「来たくないときは？」

オウムはウィンクした。「カラスの巣のほうが、オマエのところにやってくる」

27　手を殺菌している人たち

うちの家族は、だいぶ前にニューヨークに行ったことがある。便利なところにあるホテルは予約でいっぱいだったり、何キロもの肉を宿泊料金がわりに差し出さなきゃならなかったりするので、普通の観光客が行かないような、辺鄙《へんぴ》な場所にあるホテルに泊まるしかなかった。

クイーンズを太っちょの男にみたてると、僕たちが泊まったホテルは、男の左の腋《わき》の下あたりにあった。

クイーンズのなかの、フラッシングと呼ばれる地域だった。〝顔面紅潮《フラッシング》〟なんて、ひどい名前だ。ニューヨークの街を作った人は、ほとんどのニューヨーカーがそうだけど、すごい皮肉屋だったんだろう。

かいつまんでいうと――ニューヨーカーならそんないいかたをするだろう――どこに行くにも地下鉄に乗らなきゃならなかったし、それがまた、いちいち大冒険だった。たしか、一度はスタテン島にたどりついてしまった。スタテン島には地下鉄なんか通っていないはずなのに。メトロカードの残額があっというまになくなってしまう。改札を通るたびにデジタルのお金が差し引かれていくシステムだ。父さんは、トークンと呼ばれる真鍮《しんちゆう》のコインを改札口に入れていた黄金時代のシステムをなつかしがっていた。自分の旅を手に握って実感できたそうだ。

母さんは地下鉄の乗りかたにすごくうるさかった。降りたら、ハンドソープを使ってよく手を洗うこと。ほかの人たちと目を合わせないこと。

旅の一週間のあいだに、僕はニューヨークの群集からいろんなことを学んだ。不潔な人もいれば、いつも手を殺菌している人もいる。通りを歩いていると、自分たちの頭上高く摩天楼がそびえているのに、ニューヨーカーたちはそれを見あげもせず、せかせか歩いていくということがわかった。すごい人込みのなかを、よくもあんなにすいすい歩いていけるものだと思う。テフロン加工の上着でも着ているんだろうか。だから他人とぶつからずにするする歩いていけるんだろう。

地下鉄では、がたがた揺れながら駅から駅へ移動していく車両のなかで、誰もがじっと立っていなければならない。他人と目を合わせないというだけでなく、自分だけの世界にこもっているということだ。見えない宇宙服でも着ているみたいに。高速道路を走る車に乗っているようなものだけど、電車のなかでは、パーソナルスペースがすごく狭い。服の外側一、二センチというところか。ニューヨーカーたちは、どうしてあんなにぎゅうぎゅう詰めの社会で暮らしていけるんだろう。何千人もの人たちに文字どおりぴったり取り囲まれているのに、完璧にひとりだ。当時の僕にはとても想像できなかった。いまはだいぶわかるようになったけど。

28　ピーナッツバターの虹

シロアリ駆除が終わった。歓楽都市ラスヴェガスで見聞きしたことは、あまり思い出さないようにしている。そのほうが気が楽だ。けど、家にいても落ち着かない。つい部屋のなかを行ったり来たり歩いてしまう。理由なんかなにもないのに。歩いていないときは、絵を描いている。絵を描いていないときは、考えている。そうするとまた歩きだしてしまって、歩くのをやめるとまた絵を描くことになる。殺虫剤が家のなかに残っていて、その影響を受けているんじゃないだろうか。

ダイニングテーブルに向かって座った。目の前には、色鉛筆やオイルパステルや木炭が広げてある。今日は色鉛筆にしよう。そう思ったけど、鉛筆を強く握って、紙に強く押しあてたら、芯が折れてしまった。何度やっても折れる。芯だけでなく、鉛筆そのものも折れる。折れた鉛筆はうしろに放り投げた。のんびりしている暇はない。

「マッドサイエンティストみたいね」母さんがいった。

その言葉が耳に入ったのは、母さんがそれをいった十秒後だった。返事をしても遅いので、しなかった。どっちにしても、返事なんかしている暇はない。頭のなかに、描きたいもののイメージがある。形が変わってしまう前に、紙に描いてしまいたい。早くしないと、頭のなかにいろんな色の線がたくさんあらわれて、イメージがばらばらになってしまう。針金のチーズカッターでチーズが切られるみたいに。このごろ、僕の絵からは形らしい形がまったくなくなってしまった。適当にぐちゃぐちゃ描いたものにしか見えない。けど、本当はちゃんと意味がある。ほかの人がそれを見て、意味を理解してくれるだろうか。なにか意味があるはずだと考えてくれるだろうか。意味もないのに、こんなに強い力をこめて絵を描くわけがない。内なる声はどうしてこんなに頑固に、外に出ることを嫌うんだろう。

赤紫色の鉛筆が折れた。放り投げて、朱色の鉛筆を持つ。

「その絵、いや」妹の声がする。スプーンですくったピーナッツバターをキャンディみたいになめながら、そばを歩いていった。「なんか気持ち悪い」

「心の声に応じて描いてるだけなんだ」そう答えたとき、ふっとインスピレーションがわいた。手を伸ばして、妹の持っているスプーンに親指を押しつける。指についたピーナッツバターを、弧を描くようにして紙になすりつけた。

「お母さん！」妹が叫ぶ。「お兄ちゃんがあたしのピーナッツバターで絵を描くの！」

母さんが答える。「あなたが悪いのよ。ごはんの前にピーナッツバターなんか食べちゃだめでしょ」

そういいながら、母さんはキッチンから僕のほうを振りかえって、僕の絵を見た。屋外用のストーブから熱が伝わってくるように、母さんの気持ちが伝わってきた。僕のことを心配している。ほんの少しだけだし、僕にはどうしようもない。けど、母さんはいつでも僕を案じている。

29　友だちがシルク語でしゃべりだす

ランチタイム。僕は仲間といっしょだけど、いっしょじゃない。いっしょに座ってはいるけど、いっしょにいるという実感がない。昔は、どんな友だちとでも仲良くなれた。人によっては、小さなグループにいると安心するものらしい。友だちというしゃぼん玉に守られている感じがするんだろう。だから、めったにしゃぼん玉の外に出てこようとしない。僕はそういうふうに感じたことがない。テーブルからテーブル、グループからグループに自由に行き来できる。スポーツ好きの子たちとも、頭脳系の子たちとも、流行に敏感な子たちとも、バンドをやってる子たちとも、ローラースケートを履いた子たちとも、仲良くできる。僕もみんなに好かれているし、受け入れられてるから、カメレオンみたいに、どこにでもなじめる。だから、いまこうして友だちといっしょにいることは、不思議でもなんでもない。もっと大きいグループのなかにいるとしても、ちっともおかしくない。

友だちはみんなランチをあっというまに平らげて、話をして笑ってる。けど、僕の耳にはそれが入ってこない。わざときかないようにしてるわけじゃない。ただなんとなく、みんなの会話についていけない。みんなの笑い声がすごく遠くからきこえる。耳に綿でも入れているみたいだ。このごろ、そういうことが多くなってきた。みんなが英語を話しているのが嘘みたいだ。僕の知らないインチキ言語――シルク・ドゥ・ソレイユのピエロがしゃべるでたらめな言葉みたいにきこえる。シルク語だ。たいていは僕もいっしょにその言葉を話せるし、いっしょに笑うこともできる。みんなのなかにまぎれて、足並みを揃《そろ》えて歩くことができる。けど今日は、そんな気になれない。みんなよりちょっとだけ空気を読むのが得意なテイラーが、僕がぼんやりしてるのに気がついて、腕をぽんと叩いてきた。

「ケイダン・ボッシュ、どうかしたのか？　なにぼんやりしてんだよ」

「天王星《ユーラナス》の軌道を回ってた」僕が答えると、みんなが笑った。そこから、おしっこ《ユーリン》がどうのこうのという下品なジョーク合戦がはじまったけど、僕にはそれもシルク語にしかきこえなかった。また自分の世界に入ってしまっていたからだ。

30　ハエの動き

乗組員の仕事は、デッキの上を行ったり来たりすることだ。とくに精を出すでもなく、そんな仕事をだらだらやっているとき、船長は舵の前に立って、僕たちを見おろしている。牧師みたいにもったいぶったしゃべりかたで、船長流の独特な知恵とやらを僕たちに授けてくれる。

「自分は恵まれていると思うことを、十個あげてみろ」船長がいう。「十個思いつかないやつは、足りないぶん、手の指を切り落としてやる」

オウムが乗組員ひとりひとりの肩や頭に乗って、十個ちゃんと数えているかを調べていく。こんな話をして、船長はどうするつもりなんだろう。

「橋は燃やせ」船長がいう。「渡る前に燃やしてしまえ」

航海士が、いやなにおいのする汚物の樽に腰かけた。もとは食べ物が入っていたはずだけど、漏れてくるにおいからして、食べ物はとっくに腐って、なにか別のものになってしまっているようだ。航海士は、樽のまわりを飛ぶハエの動きを見て、新しい海図を描いているところだ。「ハエの動きは、星の動きよりよっぽどあてになるんだ。ハエは複眼だからね」

「単眼と複眼で、なにがちがうの？」僕は思い切ってきいた。

わかりきってるじゃないか、といわんばかりに航海士がいった。「複眼《コンパウンド・アイズ》は嘘を混同する《コンファウンド・ライズ》」

これだから、船長と航海士は仲がいいんだろう。

オウムが僕の肩にとまった。いつものように、デッキを行ったり来たり歩いているときだった。「オマエ、しっかりつかまってろ！　しっかりつかまってろ！」眼帯をしていないほうの目で僕の耳のなかをのぞきこむ。のぞきながら、何度も頭を上下させる。「まだそこにあるようだな。よかったな！　よかったな！」

どうやら、僕の脳みそのことをいっているらしい。

オウムはほかの船乗りのところへ行って、耳をのぞきはじめた。低いため息のような声がもれる。脳みそが気に入らないんだろうか。いや、脳みそが見つからなかったのかもしれない。

「恐れるべきは恐怖心のみだ」船長が舵の前から話しかけてくる。「まあ、ときには人食いモンスターに出会うこともあるだろうけどな」

31　一体全体

殺虫剤の成分はすっかり消えてくれたようだけど、僕はまだシロアリのことが頭から離れない。抗菌せっけんのせいでスーパー耐性菌ができるように、家をテントで覆って虫を駆除したら、スーパー耐性シロアリができるんじゃないか？　スケッチブックを抱えて、リビングにある、ニューエイジっぽいロッキングチェアに座った。この椅子は妹と僕が赤ちゃんだったころから家にあった。母さんがここに座って、僕たちにおっぱいを飲ませてくれたそうだ。感覚のどこかにこの椅子の記憶が残っているんだと思う。ここに座って椅子を揺らすと、なんとなくゆったりした気分になれる。ただし、ありがたいことに、母さんのおっぱいの記憶は、時間のトンネルのむこうに消えている。

なのに今日は、この椅子に座っても気分が落ち着かない。奇妙なことばかり思いついて、それが頭のなかでどんどん大きくなっていく。頭のなかにあるものを絵にしてみようか。描いた絵が、頭のなかに住みついたスーパー耐性シロアリを退治してくれるかもしれない。

しばらくして顔を上げると、母さんがそばに立って、僕を見ていた。どれくらい前からそこにいたんだろう。視線をおろすと、スケッチブックは真っ白なままだった。なにも描けていない。もしかしたらと思ってページをめくってみたけど、やっぱりない。シロアリはまだ僕の頭のなかにいて、出てこようとしない。

僕の顔に不安があらわれていたんだろう。母さんがいった。「一体全体、なにを考えてるの？」話したくなかったので、逆にききかえした。「一体と全体って、なにがちがうの？」

母さんはため息をついた。「そんなのただの語呂合わせよ」

「その語呂合わせを考えた人をさがして、きいてみないとね」

母さんは首を振った。「勝手にしなさい」そして離れていった。僕は考えごとをつづけた。なにを考えてるのか、誰にもいいたくない。

32　価値がなくなる

なにかで読んだことがある。ペニー、つまり一セントというお金の単位は、そのうちなくなってしまうそうだ。銀行の残高は五セント刻みになり、噴水に銅貨を投げるのは禁止される。ものの値段も、五セント刻みにするように法律で決められる。そのあいだの半端な数字は許されない。許されないといっても、なくなりはしないだろう。みんながどんなに否定しても。

ニューヨークの地下鉄でトークンが使われなくなり、磁気のカードが導入されたのと似ている。じゃあ、トークンをどうしたらいい？　使いみちのない真鍮のコインの山なんて、スマウグの出来の悪い弟でさえ欲しがらないだろう。都会の地価はすごく高いから、そんなものを大切にしまっておいても、天文学的な家賃がかかるだけだ。きっとマフィアを雇ってイースト川に捨てたんだと思う。メトロカードの採用に賛成した、都市設計者の死体といっしょに。

ペニー硬貨の価値がなくなったら、ペニー硬貨に関する考えもすべて、価値がなくなってしまうんだろうか。なんだか悲しくなってくる。これまで、黄色いじょうごをぐるぐる落ちていった何十億個もの銅貨もすべて忘れ去られてしまうのか。銅貨を思う人間の気持ちはどこへ行くんだろう。行き場はどこかにあるはずだ。

33　弱さが体から抜けていく

陸上部の入部テストを受けることにした。そうでもしないと、あれこれ考えてばかりだし、友だちからも孤立してしまう。父さんはすごく喜んでくれた。これが僕のターニングポイントになる、とひそかに思っているみたいだ。不安ばかりの日々が終わると思っているんだ。このときを待ちこがれていたんだろう。けど、僕がまだ不安にさいなまれていることに、父さんは気づいていない。僕はもう大丈夫だと父さんが思えば、僕は本当に大丈夫になる、そう思っているんだろう。太陽エネルギーと同じだ。反対派を抑えさえすれば、これから何世代にもわたってエネルギー問題で困らなくなる、そう思っているんだろう。

「おまえは小さいころから足が速かったからな。脚も長いし、ハードルが向いてるんじゃないか？」

父さんは高校生のときテニス部にいた。当時の写真もたくさんある。アディダスの、ぴちぴちすぎて恥ずかしいくらいの短パンをはいて、頭にはヘッドバンドをつけている。当時は長かった髪も、いままでのあいだに、ほとんどが排水口に流れていってしまった。

「コーチが、どこに行くにも自分の足で歩くか走れっていうんだ」僕は両親にいった。いまの僕は、学校へも毎日歩いていっている。足の裏に、たこやまめができてきた。足首がいつもずきずき痛い。「そういう痛みは悪くない」父さんはそういって、どこかの有名なスポーツマンの言葉を借りてきた。「痛いのは、弱さが体から抜けていく証拠だ」

いっしょに出かけていって、高いランニングシューズと、いままで持っていたのより上等な靴下を買ってもらった。最初の試合にはかならず行くから、と両親はいってくれた。仕事を休むことになっても絶対行くよ、と。すごくありがたいけど、ひとつだけ問題がある。僕は結局、陸上部には入らなかった。

嘘をついたわけじゃない――少なくとも最初は。実際、部活もやった。けど、練習したのは三日間だけ。できる限りの努力はしたけど、なんだか合わない気がした。このごろは、自分が地下鉄みたいなしゃぼん玉のなかにいるような感じがする。おれたち仲間だよな、みたいなグループのなかにいたり、なにかのチームに加わっていたりすると、その感覚が強くなる。昔から、父さんからは「なにごとも、途中で投げ出すな」といわれてきたけど、本当に加わったわけじゃないところから抜けるだけなんだから、途中で投げ出したことにはならないと思う。

そんなわけで、いまは走らずに歩いて家に帰っている。昔は、歩くことは移動手段のひとつに過ぎなかったけど、最近は手段でもあり目的でもあるようだ。空白の部分を絵で埋める作業に似ている。誰もいない歩道を見ると、そこを歩かずにいられない。続けて何時間も歩くこともある。足のまめが痛んだり、足首がずきずきするのは、それだけ歩いているからだ。それに、歩いているといろんなことがわかる。目に見えるものは少ないけど、感覚でわかる。すれちがう人と僕との関係。木々のあいだを飛び交う鳥たち。いろんなものに意味があって、それに気づくかどうかは自分次第だ。

ある日、雨のなか二時間歩いた。パーカーはずぶ濡れ。体の芯まで冷えきっていた。

「陸上部のコーチに文句をいってやらなきゃ」母さんはそういいながら、僕に紅茶をいれてくれた。「こんな土砂降りのなかを走らせるなんて、ひどいわ」

「母さん、やめて。僕は赤ちゃんじゃないよ！　部活のみんなが同じことをやってるのに、僕ひとりやらないわけにはいかないんだ」

いったいいつから、嘘をつくことがこんなに簡単になったんだろう。

34　わたしのうしろで

「ケイダン、おまえの根性をためしてやる」船長がいった。「根性があれば、いわれたとおりにできるはずだ」大きな手を僕の肩に置いて、痛いくらいにぎゅっとつかんだ。そして船の前方を指さした。

「バウスプリットが見えるな?」船首から突きだしている、マストみたいなポールを指している。嘘を二回か三回ついたあとのピノキオの鼻みたいだ。「太陽と潮風にあたって、あのポールがずいぶん傷んできた。そろそろ磨いてやりたいんだ」僕の手にぼろ布を一枚と、木材用の研磨剤の缶を押しつける。「頼んだぞ。無事生還したら、高級船員の仲間入りだ」

「高級船員になんてなれなくていいです」

「勘違いするな」船長の顔が険しくなった。「おまえに断る権利はない」

僕が渋っているのを見て、船長はどなった。「おまえ、カラスの巣に登ったんだってな。あのおぞましいカクテルを飲んだそうじゃないか。おまえの目を見りゃわかる!」

僕は船長の肩にいるオウムに目をやった。オウムは首を振っている。余計なことはいうな、といいたいんだろう。

「わたしに嘘はつくなよ!」

嘘はつかないことにした。「けど、その任務をちゃんとこなすには、研磨剤のもっと大きい缶が必要だし、布ももっと大きいのでないと」

船長は僕をにらみつけてから、笑い声をあげた。別の乗組員に、ちゃんとしたものを持ってこい、と命令する。

幸い、今日の海は穏やかだ。船が波を乗りこえても、舳先《へさき》はほんのわずかに上下するだけ。ロープをもらえなかったので、命綱をつけることができない。ポールにつかまってちょっとずつ移動しながら端まで行かなきゃならない。うまくバランスをとらないと、海に落ちてしまう。船の下に流されたら、船体にびっしりついたフジツボにこすられて、体がぼろぼろになる。

ぼろ布を片手に、研磨剤を反対の手に持って、ポールに跨《また》がった。太ももでポールを挟んで、落ちないように力をこめる。下は底無しの海。まず先端までいってから、ゆっくり戻ってくるのがいいだろう。それしかない。というのも、根元からぴかぴかに磨いていったら、滑って落ちてしまう。というわけで、慎重にポールの先端まで行くと、とりかかった。眼下の海のことは忘れろと自分にいいきかせる。腕が疲れて痛くなってきた。脚も痛い。作業は永遠に終わらないように思える。けど、やっとのことでスタート地点に戻ってきた。

気をつけて体の向きを変え、船と向き合った。すると船長が満面の笑みで立っていた。「完璧だ！　さあ、早くこっちに来い。ぐずぐずしてると海に飲まれるぞ。役立たずだと思ってたが、少しは役に立つんだな」僕をじゅうぶん痛めつけて満足したのか、船長は立ち去った。

僕はそのとき、ちょっといい気になっていたのかもしれない。あるいは、僕が落ちなかったので、海がへそを曲げていたのか。ポールから舳先に戻ろうとした瞬間、船が大きく揺れた。僕はポールから滑り落ちた。

僕のみじめな人生もこれでおしまいか。そう思ったとき、誰かが僕の手をつかんでくれた。僕は腕一本でぶらさがった。手を離せば、下であの世が待っている。

顔を上げた。誰が助けてくれたんだろう。僕の手をつかんでいる手は茶色い。けど、褐色の肌とはちがう。生気のない色で、指は硬くてざらざらしている。手から腕へと視線を上げていくと、それは船のフィギュアヘッドだとわかった。美しい乙女をかたどった、舳先の彫刻だ。バウスプリットのポールの真下にある。感謝すべきか怖がるべきかわからなかったけど、怖いという気持ちは一瞬で消えてしまった。像がとても美しかったからだ。波打つ髪は船の木材と一体化している。上半身の細くなったところが船の舳先に取りつけてあるので、船全体が乙女の体の一部のようにも見える。顔は――いままでにこういう顔を見たことがあるとしたら、秘密めいたファンタジー作品だろうか。ああいうのに出てきそうな少女の顔をしている。考えただけで顔が赤くなってしまいそうな、そんな美しい少女の顔。

乙女はぶらさがった僕をじっと見た。マホガニーのような深く黒い目をしている。

「落としてやる」乙女はいった。「ものを見るような目でわたしを見た罰よ」

「けど、ものはものじゃないか」僕はそういってから、まずいことをいったと後悔した。これじゃ、死にたいといっているようなものだ。

「かもね」乙女がいう。「けど、もの扱いされるのは気分が悪いのよ」

「助けてくれないかな。お願いだ」命乞いなんてかっこ悪いと思ったけど、ほかにどうしようもない。

「考えてみる」

乙女は僕の手をしっかりつかんでくれている。考えていてくれるかぎりは、離したりしないだろう。

「わたしのうしろで、なんだかいろいろ起こってるみたいね」船首についたフィギュアヘッドの背後でいろいろ起こっているのは当然だ。

「うん」

「みんな、わたしの悪口とかいってない？　船長とペットのオウムは？　乗組員や、隙間にひそんでる悪魔は？」

「きみの悪口なんて、全然。少なくとも、僕が来てからはきいてないよ」

乙女はまだ満足しなかった。「見てないときのことは、なんにもわからないものね」べたついた、いやな口調でいう。オークの木の樹液みたいだ。それから、僕をまたじっと見た。「助けてあげる。そのかわり、わたしのうしろでなにが起こってるか、これからはちゃんと教えてね」

「了解」

「オッケー」乙女は手に力をこめた。僕の手にひどい痣ができそうだ。けど、それくらいどうでもいい。「じゃ、遊びに来てね。退屈しのぎにもなるし」意味ありげな笑みを浮かべた。「近いうちに、あのポールじゃなくて、わたしを磨かせてあげる」

乙女は僕を左右に振って勢いをつけてから、舳先に放り上げた。僕はデッキにどすんと着地した。

まわりを見る。誰もいない。デッキにいる人たちはみんなそれぞれ、ほかのことに夢中になっている。フィギュアヘッドの乙女は、これからも僕のピンチを救ってくれるかもしれない。

35　信じてもらえない

特別チームのメンバーが決まった。人数は六人。〈海図の部屋〉に集められた。ここは図書室みたいなもので、船長の待機室の隣にある。巻いて筒状にした海図がたくさんしまってあるけど、そのうちの何枚かには、航海士がいろいろ書きこんだ形跡があった。でこぼこのテーブルの両側に三つずつ、合わせて六つの椅子が用意されていた。僕の並びには航海士と、真珠のチョーカーをした女子が座った。むかいには、タヒチ湾みたいな青い髪をした女子と、神様が頬骨を作るのを忘れちゃったみたいな残念な顔をした男子と、こういう集まりにはひとりくらいいるだろうなという太った男子がいた。

テーブルの端には船長。椅子がないので、立っている。これも、僕たちを上から見おろそうという船長の作戦だ。うしろに下がっているランプのちらちらする光のせいで、テーブルに映った船長のぼやけた影が、船長の動きに合わせて動く。その動きは一致しているように見えて、ちょっとだけずれていた。オウムは海図を巻いたもののひとつにとまって、羊皮紙に爪を立てている。

掃除係のカーライルもいる。部屋の隅の椅子に座って、モップの持ち手をナイフで削っている。極細のトーテムポールでも作るつもりだろうか。みんなの様子を見ているけど、はじめのうちはなにも発言しなかった。

「われわれが乗っているこの船の下には、目に見えないいろんなものが存在する」船長の話がはじまった。「光のない、骨をも砕くほどの水圧がかかった深い海のなかには、謎が山ほどある。だが、おまえたちもよく知っているとおり、われわれがめざすのは山じゃなくて谷だ」

船長の片目が僕をとらえた。しゃべりながら、船長はここにいる全員とアイコンタクトをとっていた。それはわかっていたけど、海賊ふうのポエムをきかせる相手は僕と決めていたんじゃないか、そう思えてならなかった。

「海中の谷、海溝——なかでもいちばん魅力的なのはマリアナ海溝だ。そこには、この海溝の最も深く冷たい海淵《かいえん》がある。チャレンジャー海淵だ」

船長の肩で、オウムが翼をばたつかせた。「これまでオマエたちを観察してきた」オウムはいった。今日はヨーダみたいな声だ。

「そう、われわれはおまえたちの仕事ぶりを観察してきた」船長がいった。「そして、おまえたちこそ、この重大なミッションを遂行するのにふさわしいメンバーだと考えた」

船長がわざとらしく顔をしかめる。やれやれ、と僕は思った。きっとこれから芝居じみた説明がはじまるんだろう。

しんと静まりかえった部屋の隅で、カーライルがモップの柄に目を落としたままいった。「俺の存在なんて壁にとまったハエ程度のもんだってわかってっけどさ、こういうときは、六人がそれぞれの意見を出し合ったほうが、計画がうまくいくんじゃねえのかな」

「しゃべれ」オウムがいった。「オマエたち全員、その場所について知ってることを全部しゃべれ」

船長はなにもいわない。ちょっといらついてるみたいだ。オウムや掃除係のせいで、威厳が損なわれたからだろう。偉いのはわたしだぞというように腕組みをして、誰かがしゃべりはじめるのを待っている。

「じゃあ、わたしから」真珠のチョーカーの女子がいった。「深くて、暗くて、恐ろしいところだときいたわ。モンスターもたくさんいる。口に出すのも恐ろしい……」といいながら、モンスターの話をはじめた。そんな話、誰もききたくないのに。やがて、太った男子に話をさえぎられた。

「ちがうって。最悪のモンスターは海溝にいるんじゃない。海溝を守ってるんだ。そいつらのせいで、人間は海溝にたどりつけないんだってさ」

チョーカーの女子は、モンスターの話なんかやめようといいだした。本当は話したくてたまらないのに、途中で邪魔されたから苛立《いらだ》っているようだ。みんなの視線はもう、太った男子に集まっていた。

「続けろ」船長がいった。「みんなに話してやれ」

「そのモンスターがいるせいで、人間は海溝に近づけない。近づくと殺されちゃうからね。一匹の手を逃れても、仲間が待ってるから、勝ち目がないのさ」

「おもしろい」船長がいった。「よく話してくれた！　伝説に詳しいんだな」

「伝説ハカセ」オウムがいう。「伝説ハカセと呼ぼう」

「そうだな」船長が賛成した。「おまえは伝説のエキスパートだ」

太った男子はあわてて答えた。「ちょ、いや、僕、なんにも知らないって。これは前に船長が話してくれたから――」

「なら、学べ」船長は棚に手を伸ばした。そんなところに棚があったなんて、いま気がついた。船長は大辞典くらいの大きさの本をつかむと、男子の前にどんと置いた。

「おもしろい話をありがとよ」部屋の隅からカーライルがいう。ナイフで削った木片が床に落ちた。

船長は、青い髪の女子に視線を移して、話し合いに参加するのを待った。女子はその視線に応えてしゃべりだしたけど、目はそらしたままだ。船長と目を合わせないことが、権威に対する精一杯の反抗だと思っているのかもしれない。「沈んだ財宝かなんかがあるはず。でなきゃ、みんなが行きたがるはずがないもの」

「なるほど」船長がいった。「海で失われた財宝は、いちばん深いところに集まろうとするものだ。美しさに嫉妬した海によって奪われた金やダイヤモンドやエメラルドやルビーを、海底を這《は》って伸びる水の触手がつかみ、チャレンジャー海淵に引きずりこんでしまう。王様を誘拐する手間をはぶいて、王様の身代金を手に入れようってわけだ」

「誘拐《キッドナップ》、バンカー《サンドトラップ》、砂嵐《サンドストーム》、生命体《ライフフォーム》」航海士がいった。「チャレンジャー海淵で獲物を待つ生命体を見た人間はいない」

「じゃ、チャレンジャーって誰?」頬骨のない子がいった。

船長はその子のほうを見た。「質問をするからには、答えの見当がついているんだろうな」オウムを見る。「骨を持ってこい」

オウムは部屋の奥へ飛んでいき、小さな革袋をくちばしにくわえて持ってきた。

「おまえを予言者と呼んでやろう。この骨がなにをいいたいか、読み取ってみろ」

「これは」オウムがいった。「オレの父親の骨だ」

「ある晴れたクリスマスに、食った」船長が説明する。「誰も七面鳥になりたがらなくてな」

僕は唾をのんで、白いプラスチックのキッチンのことを思った。それから船長が僕のほうを見た。そうか。まだしゃべってないのは僕だけだ。ほかのみんなが話したことを思い返すと、怒りがこみあげてきた。船長が血走った片目で僕を見ている。オウムは頭を上下に動かしながら、僕がしゃべるのを待っている。このばかげた会話に、今度はどんなばかげた話が加わるのか、そう思っているんだろう。

「マリアナ海溝は」僕は口を開いた。「最も深いところでおよそ十一キロ。地球でいちばん深いところといわれてる。最深部はグアムの南西にあって、船長の地球儀には描かれてない」

船長は、まぶたがなくなってしまったのかと思うくらい、目を大きく見ひらいた。「それから?」

「最初に探検したのはジャック・ピカールとドン・ウォルシュ大尉。一九六〇年。トリエステという潜水艇を使った。モンスターも財宝も見つからなかった。それに、そこに財宝があるとしても、拾ってくることはできない。ただし、頑丈な釣鐘形《つりがねがた》潜水器があれば別。釣鐘形潜水器は、厚みが十五センチ以上ある鉄製の潜水艇で、バチスカーフと呼ばれる。だけどこの船は産業革命前に作られたものだし、そんな探検は無理だと思う。そういう技術がないんだから。つまり、財宝を手に入れようなんて考えるのは、時間の無駄ってこと」

船長は腕組みをした。「時代錯誤もはなはだしい。おまえ、そんな話をどうしてそんなに……」

「そのことでレポートを書いたことがあるからです。Aをもらいました」

「嘘をつけ」船長はそういって、カーライルに声をかけた。「掃除係。こいつがもらったのはAじゃなくてFだ。こいつの額に焼きごてでFって印をつけてやれ」

予言者と呼ばれた男子は含み笑いをし、伝説ハカセはううっとうなった。みんな、船長の言葉がただの脅しなのか本気なのか、見きわめようとしている。

「解散。生意気なFの野郎だけ、ここに残れ」

みんなはのろのろと部屋から出ていった。航海士は、かわいそうにという顔で僕を見た。カーライルはあわてて部屋から出ていくと、すぐに戻ってきた。かんかんに焼けて白煙のたつ焼きごてを持っている。さっきからすぐそこに用意されていたみたいだ。名前を知らない幹部のふたりが僕を隔壁《バルクヘッド》に押しつけた。僕はもがいたけど、逃げられなかった。

「悪く思うなよ」カーライルは真っ赤に焼けた焼きごてを構えた。五十センチ以上離れていても、熱が伝わってくる。

オウムが逃げていった。見ていたくないようだ。船長は、最後の合図を出す前に、僕の前に立って身を乗りだしてきた。息のにおいがする。ラム酒に漬けこんだ古い肉みたいなにおいだ。

「ここは、おまえの思ってるような世界じゃないんだ」

「じゃ、どういう世界なんですか」僕は恐怖に負けまいとしてきいた。

「まだわからんのか。ここは笑いの世界だ。涙の世界だ」船長はそういうと眼帯をはずした。目のところに痛々しい穴がぽっかりあいていて、そこにモモの種がひとつ入っている。「まあ、涙の世界ってことがほとんどだけどな」

そしてカーライルに命令した。僕のおでこにFのマークが押される。

36　船が迷子になってしまう

僕に焼き印が押されると、船長は穏やかになった。申し訳なさそうにも見える。といっても、詫《わ》びの言葉はいっさいなかった。僕のベッドのわきに座り、焼き印のついたおでこを冷たい水でぬぐってくれた。カーライルとオウムもときどきやってきたけど、長居はしない。船長がいるとわかると、すぐに帰ってしまう。

「悪いのはオウムだ」船長がいう。「それと、カーライルだ。これはあいつらが考えたことなんだ。わたしがそばにいないとき、おまえをいじめてばかりだろう?」

「船長がそばにいないことなんて、ありませんけど」僕はそういったけど、船長はそれを無視して、僕のおでこを拭いた。

「カラスの巣なんかに行っても、ろくなことはないぞ。変な薬を飲まされて、生気を悪魔に吸い取られるだけだ。いいか、おぼえておけ。あんなひどい飲み物を飲んでると、体のなかから腐っちまうぞ」

　カクテルを飲めといったのは船長のオウムなのに。僕はそう思ったけど、口には出さなかった。

「仲間がほしくて、あそこに登っていくんだろう？　いや、わかってる。人目を盗んで、そのカクテルとやらをデッキにぶちまけてみろ」

「おぼえておきます」僕は答えた。そのとき、舳先を飾る孤独な乙女のことを思い出した。船で起こることにしっかり目を光らせていてほしい、といわれた。船長にそのことをきくなら、いまだ。Ｆの焼き印のことで、船長は僕に引け目を感じているから。

「バウスプリットにいたとき、フィギュアヘッドを見ました。すごくきれいでした」

　船長はうなずいた。「たしかに、あれはみごとな芸術品だ」

「フィギュアヘッドは船を守ってくれると、かつての船乗りは信じていたそうですね。船長もそう思いますか？」

　船長の目には好奇心がのぞいていた。不審がってはいない。「彼女になにかいわれたのか？」

「木彫りの像ですよ」僕はあわてて応じた。「なにかいわれるなんて、あり得ません」

「そうだな」船長はあごひげをいじりはじめた。「彼女は、この船が目的地に着くまでのあいだに襲ってくるいろんなものから、われわれを守ってくれる。だからモンスターがあらわれても平気だ」

「そんなパワーがあるんですか？」

　船長は慎重に言葉を選びながらいった。「彼女は目がいい。ほかの誰も気づかないことに気づく。それが船のさまざまな空洞に響きわたって、来るべき大惨事への備えを強化してくれる。幸運の女神でもあるが、それだけじゃない。彼女の目は、ありとあらゆる海の怪物に魔法をかけることができるんだ」

「よかった。守ってくれてるんですね」僕はいった。これ以上は突っこまないほうがいい。なんでこんなことをきくのか、怪しまれると困る。

「彼女がいないと、船は迷子になってしまう」船長はそういって、立ちあがった。「今日の点呼には来いよ。問答無用だ」大股で部屋を出ていく。濡れタオルを航海士に向かって放りなげた。航海士は僕の火傷《やけど》の手当てなんかにはまったく興味がなさそうだった。

37 三つめの目

おでこの焼き印が痛い。頭痛も消えない。宿題に集中できない。ほかのことにも集中できない。痛みは止まってはぶり返し、そのたびに少しずつひどくなっていく。考えれば考えるほど頭は痛くなる。最近、頭の使いすぎなんだろう。シャワーを何度も浴びて、頭を冷やすことにした。オーバーヒートした機械に水をかけるようなものだ。三回か四回浴びると、気分がよくなってきた。

その後も何度もシャワーを浴びて、一階におりると、母さんに頭痛薬をもらった。

「ケイダン、薬の飲みすぎよ」母さんはそういいながら、タイレノールの瓶を渡してくれた。

「タイレノールは効かないんだよ」

「熱は下がるわよ」

「熱なんかないよ。頭が痛いんだ。おでこに三つめの目ができそうだ」

母さんは僕をじっと見た。どこまで本気でいってるの、という目をしている。僕はむっとしていった。「冗談だよ」

「わかってるけど」母さんは目をそらした。「あなたはいつもおでこにしわを寄せてるでしょ。だから頭が痛くなるんじゃないの？」

「ねえ、効くやつがいい」

「アドヴィルは？」

「いいよ」アドヴィルはまあ効く。ただ、効果が切れてきたときに、死ぬほど暗い気分になるのがいやだ。

マウンテンデューを一本持って、バスルームに行った。アドヴィルを三錠のむ。薬の瓶には一回二錠と書いてあるけど、そんなんじゃ効かない。鏡のなかの自分は、たしかに、おでこにしわを寄せている。母さんのいうとおりだ。力を抜こうとしたけど、できない。鏡を見て、なんだか不安そうな顔をしているなと思った。けど、妙だ。今日は不安なんかとくに感じていないのに。だけど最近は、感情が液体みたいになっている。自分でも気づかないうちに、勝手に形が変わっている。やっぱり不安だ。不安になっていることが不安だ。

38　ああ、鼻の長いやつだなあ

　こんな夢を見る。天井からぶらさがっていて、足から床まではほんの十センチくらい。ところが下を見ると、足がない。体が下に行くほど細くなって、ミミズみたいだ。僕は僕自身の幼虫で、暗い床の上にぶらさがっているらしい。けど、なににぶらさがっているんだろう。なにかにとらえられている。網みたいだけど、網じゃない。もっと生き物に近い。クモの巣みたいにべとついた感じ。網目も細かい。そう思ったとき、ぞっとした。こんなものを作れる生き物は、あれしかない。

　腕は動かせるけど、ありったけの力を振りしぼっても、動くのは二センチか三センチ。これじゃあもがいても無駄だ。とらわれている仲間がほかにもいるはずだ。けど、見える範囲にはいない。うしろにいるんだろうか。僕の視界は前方の百八十度だけだ。

　まわりは真っ暗だけど、真っ暗という言葉はしっくりこない。明かりがない。光も闇もなくて、あらゆるものに、重苦しい灰色がへばりついている。なにも生まれていなかったときの宇宙空間は、こんなふうだったんじゃないか。白いプラスチックのキッチンさえ、この夢には出てこない。

　光のない空間に、オウムがやってきた。すごく気取った歩きかたで近づいてくる。体の大きさが人間と同じくらいになっている。こんなに大きな鳥を目の前にすると、自分でも驚くくらい恐ろしい。翼の生えた恐竜みたいだ。あのくちばしなら、僕の首なんか、ほんのひと噛《か》みでぽきりだろう。オウムは例のニヤニヤ笑いを浮かべて、僕の情けない状態をおもしろがっている。

「オマエ、気分はどうだ？」

「もうすぐなにかが僕の血を吸いにやってくる。それを待ってるような気分だよ」僕はそう答えようとしたけど、口からは、それとはちがう言葉が出てきた。「待ってる」

オウムは僕の肩ごしに、僕のうしろのほうを見た。僕もそっちを見たかったけど、頭が動かない。

「ああ、あれか。鼻の長いやつだなあ！」

「鼻が長い？　どういうことだよ」僕はきいてから後悔した。意味なんかわからないほうがいい。

「鼻じゃなくて、牙だな。まあ、チクッとするだけで、あとはなにもわからなくなる。眠りに落ちるようなもんだ」

いわれたとおり、チクッという強い痛みを感じた。姿の見えない敵にどこを刺されたのか？よくわからない。背中だろうか。太もも？　首？　そして気がついた。あちこちをいっぺんに刺されたらしい。

「な？　そんなに痛くないだろう？」

恐怖がこみあげる前に、毒が一瞬でまわった。もうどうでもいい。なにもかもどうでもいい。僕は究極の平和のなかで、ゆっくりむさぼられていった。

39　マークシートの星座

科学のテストがある。僕にしてはめずらしく、勉強していない。テストなんて受けなくてもいいんじゃないかと思う。先生より僕のほうが物知りなんだから。僕は教科書に書いてないことまで、よく知ってる。あらゆる生物の内部構造を、細胞レベルまで知っている。僕はいろんなものの仕組みに気づいてしまった。宇宙の仕組みもわかってる。僕の頭には知識がいっぱい詰まってて、はち切れそうだ。脳にこれだけの知識が詰めこまれているのに、どうして爆発せずにすんでいるんだろう。僕の頭痛はそれが原因だったのか。僕の知識がどういうものなのか、説明するのは難しい。言葉ではとうてい表現できない。絵にすることはできる。それをだいぶ前から描いている。けど、僕がどんなことを知っているのか、話す相手は慎重に選ばなきゃならない。情報が広まることを望まない人たちもいるからだ。

「テストは四十分間。時間をうまく使うように」

くすっと笑ってしまった。先生のいいかたが、なんだか笑える。どうして笑えるのか、うまくいえないけど。

マークシートの答案用紙を受け取り、問題用紙を表に向けた瞬間、書いてあることがいつものテストとは全然ちがうのがわかった。本物のテストは、もっと深みがあるものだ。問題に集中できないのは、ちゃんと意味のある回答をしたいのにという苛立ちのせいだった。

答案用紙に並ぶ小さな丸を、鉛筆でぬりつぶす。そうしているうち、世界がどこかへ行ってしまった。時間もどこかへ行ってしまった。マークシートに隠されたパターンが見つかった。これで答えは全部わかった。そのとき――

「鉛筆を置いて。テストは終了。答案用紙をうしろから前に送りなさい」

いつのまに四十分もたっていたんだろう。自分の答案用紙の表と裏をみた。星座がたくさん描かれている。空にはない星座だけど、地上から見える星座よりも真実に近い。あとは誰かが星と星のあいだを線で結んでくれればいい。

40　海上の地獄

青い髪の女子は、財宝の女王と呼ばれるようになり、各地で沈んだ船から引き上げられたもののリストを大量に託された。そのすべてに目を通し、船の積荷リストと照らし合わせて、失われたままになっている財宝にはどんなものがあるか、明らかにしなければならない。そんなに大変な作業ではなさそうだけど、どの書類もぼろぼろなのが厄介だ。紙吹雪をつなぎあわせるような作業が必要だ。青い髪の女子は、くる日もくる日もそんな作業に明け暮れていた。

いまやみんなに伝説ハカセと呼ばれている肥満型の男子は、船長から押しつけられた分厚い本と格闘中だ。残念ながら、その本はすべてがルーン文字で書かれている。言語じたい、もう死滅したか、または一度も存在したことのないものかもしれない。

「こんなの、地上の地獄だよ」伝説ハカセは僕に愚痴をこぼした。口から出る前の言葉まできき
とることのできるオウムは、こういった。「ココは地上じゃなくて海上だから、海上の地獄とい
うべきだな」
チョーカーの女子はみんなのムードを盛りあげる係だけど、よりによってなんであの子が、と
いう感じだ。いつでも誰よりも陰気な子なのに。
「みんな死ぬのよ、死ぬときは苦しいでしょうね」何度もそういっていた。そのたびにちがう言
葉をつかうけど、いいたいことはいつも同じだ。ムードなんて盛りあがりようがない。
袋に入った骨を渡された男子は、占いが得意になった。船長になにかきかれると、オウムのお
父さんの骨を転がして、そこからなにかを読み取って答えを出す。
骨男子は僕にこっそり、あんなの適当にいってるだけだよ、と打ち明けてくれた。けど、曖昧
な言葉でしか答えないので、占いが当たったと思いたい人には、当たったと解釈できるようにな
っている。
「そんなことをしゃべって、僕が誰かにバラしたらどうするんだ?」僕はきいた。
骨男子はにっこり笑った。「大丈夫、きみはバラさない。バラしたら、金持ちの有名人になれ
ると予言された船乗りたちが、きみを海に放りこむからね」
つまり、乗組員全員を敵にまわすということだ。誰につかまって海に放りこまれてもおかしく
ない。なるほど、骨男子は頭がいい。
航海士は、僕とはじめて会ったときにやっていたことを、まだやっている。海図作りだ。海図

に意味や方向を見いだして、この船をマリアナ海溝に導こうとしている。

「船長が、きみになにか特別なことをやらせようとしている」航海士が僕にいった。「きみも気に入ると思う」航海士はいつもの四段変化をはじめた。「特別なこと《スペシャル・プランズ》」が最後には「腫れた分泌腺《スウォレン・グランズ》」に変化する。そして喉を痛そうにさすりはじめた。

「生意気な落第生にして、我が船の芸術家」船長が僕にいった。おでこの焼き印に関することをちょっといわれただけでも、あのときの痛みがぶりかえしてくる。ありがたいことに、船の上には鏡がないから、おでこを見ることはできない。ただ、触ればFの字がわかる。「おまえの仕事は、われわれの旅を絵で記録することだ」

「船長は文字よりだんぜん絵が好きなんだ」航海士が僕に耳打ちした。「字が読めないんだよ」

41　目をつけられる

船長は心の底から憎むべき存在だ。頭ではわかっているけど、憎むことはできない。どうしてかは説明できないけど、僕たちがめざす海溝と同じくらい深い理由がある。自分で持っていく光のほかはどんな光も届かない、そんな場所に隠れている。いまのところ、僕には闇しか感じられない。

船の舷から海を見た。ここはどれくらい深いんだろう。どんな謎が隠れているんだろう。荒れて波打つ海を長いこと見ていると、無秩序な波のなかに、見えてくるものがある。海のなかには無数の目があって、僕を厳しく観察し、値踏みしている。

オウムも僕を見ている。もったいぶった足どりで手すりを歩き、僕に近づいてくる。「深淵をのぞくとき、深淵もまたこちらをのぞいている」オウムがいった。「深淵がオマエに目をつけないといいな」

今日の海はジェットコースターそのもの。もうちょっとでコークスクリューみたいに渦を巻いたり、下手をしたらぐるぐる回転しはじめそうだ。船の揺れをいちばんひどく感じるのは、カラスの巣にいるとき。メインマストのてっぺんにあるので、メトロノームの錘《おもり》みたいに、前後左右に大きく揺れる。グラスをしっかり持っていても、カクテルはグラスのなかで波を打ち、少しこぼれてしまう。こぼれた液体は板の隙間の暗闇に吸いこまれて見えなくなる。

「生きてる」船上警備の水夫がいった。大砲担当のベテラン乗組員だ。両腕全体に気味の悪いタトゥーをしている。「生きていて、餌を待ってる」そのとき、気がついた。いまのは男の口から出た言葉じゃない。腕に描かれたどくろのひとつがしゃべっているんだ。目にサイコロを埋めこまれたやつだ。

「生きてるって、なにが？」僕はタトゥー男にきいた。「船？」

どくろが左右に揺れた。「板をくっつけてる黒くてどろどろしたやつさ」

「あれはただの詰め物だよ。隙間をふさぐための」僕がいうと、ほかのどくろたちもいっせいに笑いだした。

「まあ、そう思ってるがいい」サイコロのどくろがいった。「だがそのうち、目覚めたら足の指が減ってるかもしれんぞ。やつらのしわざだ」

42　戦闘の精霊

真夜中、みんなの目を避けて、つるつるのバウスプリットに跨がった。わざと滑って落ちると、フィギュアヘッドの乙女が僕の手をつかんでくれた。そうしてくれるのはわかってた。はじめは僕の手首をつかんだだけだったけど、僕を引き上げて、木でできた両腕で僕を抱きしめてくれた。乙女が腕を離したら、僕は深い海に落ちてしまう。それがわかっていても、なぜか、デッキにいるより安全な気がした。

今夜の海は穏やかだ。ときどき波頭が弾けて、しょっぱい水しぶきが軽く降りかかってくるだけ。乙女に抱かれながら、僕はいままでにわかったことを小声で報告した。

「船長はきみのことを幸運の女神だと思ってる。きみのまなざしは、海のモンスターに魔法をかけることができるって」

「幸運の女神？」乙女はばかにしたように笑った。「笑わせないで。船の舳先なんかでいつまでもこんなポーズをとらされてるってのに。それと、モンスターには魔法は効かない。あいつらがおとなしくなるのは、おなかがいっぱいのときだけ。確かめてみる？」

「僕の意見じゃなくて、船長がいってたことを伝えてるだけだよ」

波にぶつかった。舳先が高く上がり、すとんと落ちた。乙女は僕をきつく抱きしめた。僕のほうからつかまっていなくても大丈夫だろう。片手を伸ばして、チーク材の美しい髪をそっとなでた。

「きみ、名前はあるの？」

「カリオペ。詩の神様の名前をもらったの。その神様に会ったことはないけど、すごい美人なんですって」

「きみもきれいだよ」

「気をつけて」乙女はかすかに笑った。「おせじは嫌い。手を離すわよ。どうなると思う？」

「ずぶ濡れ」僕は笑みを返した。

「あなたの名前は？」

「ケイダン」

乙女はちょっと考えてからいった。「素敵な名前ね」

「戦闘の精霊の名前なんだ」

「それ、何語？」

「さあ、知らない」

乙女が笑う。僕も笑った。海も笑っているみたいだ。けど、ばかにしてる感じじゃない。

「ケイダン、わたしを温めて」乙女がささやいた。その声は、若木の枝がそっとしなるような音だった。「わたしの体には温《ぬく》もりがないの。お日様だけがわたしを温めてくれるけど、お日様はいま、地球の反対側にいるから。あなたが温めて」

僕は目を閉じて、体から熱を発した。なんて居心地がいいんだろう。ここにいれば、黒いタールのことも考えなくてすむ。

43　まるで歌舞伎

「どうして呼ばれたか、わかる？」スクールカウンセラーのサソー先生がいった。みんなはサソリ先生って呼んでる。

僕は肩をすくめた。「話があるからですか？」

サソー先生はため息をついた。また、あれがはじまるのか、と思っているようだ。「そうよ。どんな話をするためか、わかる？」

僕は沈黙を貫くことにした。黙っているほうが、会話の主導権を握れる。ただ、膝が上下にがくがく動いてしまう。こんなんじゃ、会話の主導権どころじゃない。

「科学のテストの件で、来てもらったのよ」

「ああ、あれ」僕は先生から目をそらしたけど、すぐに、それはまずいと気がついた。スクールカウンセラーから目をそらしちゃいけない。うつむいているのは深刻な心の問題があるからです、とかなんとかいわれてしまう。しかたなく、また目を合わせた。

サソー先生はファイルを開いた。スクールカウンセラーが生徒のファイルを持っているなんて、思いもしなかった。ほかの人もそのコピーを持っているんだろうか。そして、生徒のファイルにいろいろ書きこんだり、情報を抜き出したりできるんだろうか。僕の個人情報が永遠に保存されるとしたら、こういうのも、それに含まれるんだろうか。そもそも、永遠に保存されるって、どういうことだろう。僕は一生そのことを気にして生きていかなきゃならないんだろうか。

サソリ先生（僕もそう呼んでる）は、ファイルから科学のテストの答案用紙を抜きだした。普通のマークシート答案用紙よりもたくさんのマークがつけてある。「これ……テストの答案とは思えないほどクリエイティヴよね」先生がいった。

「ありがとうございます」

「どうしてこんなことをしたの？」

こういうときの答えはひとつしかない。「あのときはこうするのがいいと思ったから」

先生はこの答えを予期していたようだ。先生に読まれているのは、わかってた。僕がそれをわかってることまで、先生は先読みしている。先生にとっても僕にとっても、これは一種の様式美だ。まるで歌舞伎だ。そんなことまでやらなきゃならない先生に、僕は同情してしまう。

「ガスリー先生だけじゃないの。ほかの先生たちも、あなたのことを心配しているのよ」サソリー先生は、いかにも心配そうにそういった。「授業に出ないことがよくあるし、勉強に集中してないみたいだし。過去のデータも見てみたけど、今回のことはあなたらしくないわ」

過去のデータ？　そんなものを見られてるのか。僕についてのマークシートなんかも、どこかにあるのかもしれない。評価はＡＢＣ？　それとも○×だろうか。

「みんな心配しているの。力になりたいのよ」

今度は僕がため息をつく番だった。僕は歌舞伎役者みたいに辛抱強くない。「もしかして、僕がドラッグをやってるんじゃないかっていう心配？」

「そうはいってないわ」

「僕も、やってるとはいってないけど」

先生は僕のファイルを閉じてわきに置いた。ここからは非公式な話し合い、オフレコよ、といいたいんだろうか。その手には乗らない。先生はちょっと身をのりだしてきた。けど、僕たちのあいだには先生の机が荒野のように横たわっている。

「ケイダン、わたしには、なにかがおかしいってことしかわからないの。原因はいろいろ考えられるわ。そうね、ドラッグもそのひとつ。でもたくさんあるうちのひとつに過ぎない。どういうことなのか、あなたの口からきかせてくれない？」

どういうことなのかって？　僕はジェットコースターのいちばんうしろの車両に乗っているような気分だった。はじめの坂を登りきって、前のほうの車両にはもう重力がかかりはじめている。前のほうからは絶叫もきこえるし、自分も、もうまもなく叫ぶはずだ。それか、飛行機なら着陸前、大きな音がきこえるタイミング。冷静に考えれば、車輪が出る音だとわかるけど、そうわかるまではすごく怖い。あるいは、崖の上から飛び出した感じだ。飛び出してみたら空を飛べることがわかったけど、いつまで飛んでも地面が永遠に見つからない。いまの僕はそんな状況だ。

「ずっと黙ってるつもり？」サソー先生がいう。僕は両手を膝に置いて、がくがく上下するのを止めようとした。そうしながら、先生と目を合わせつづけた。「あの日は虫のいどころが悪くて、つい、テストにやつあたりしちゃったんだ。そんなことしちゃいけないってわかってたけど、どうせ科学の成績は最低だから、今回のテストがどうなったって、これ以上悪くなりようがないと思って」

先生は体をうしろにそらした。口を開かせてやったわ、という気持ちが少しはあるだろうに、それを隠そうとしている。「そう思ったのは、テストを受ける前？　受けたあと？」

僕はポーカーフェイスが苦手だけど、できるだけ動揺を隠していった。「成績が悪くなるとわかってたら、あんなことするわけないよ。過去のデータからもわかるはずだ。僕はそこまでばかじゃない」

先生は半信半疑だった。けど、先生は優秀なスクールカウンセラーだ。無理に話をきだそうとしても逆効果になるってことはよくわかってる。

「わかったわ。それもそうね」

それもそうだな、なんて、僕にはとても思えない。

44　大きな鍵

歩きたい衝動がどんどん強くなっている。宿題をやらなきゃいけないときは、部屋のなかを歩きまわる。テレビを見ているときは、リビングを歩きまわる。

テレビでは、普段やっている午後の番組ではなく、カンザス州のどこかからの生中継をやっている。使われていない井戸に子どもが落ちたという。子どもの両親が泣きながらインタビューを受けている。消防士や救助隊や、井戸の専門家も登場した。このごろは、どんなものにも専門家がいるらしい。インタビューはちょくちょく中断され、上空のヘリコプターからの映像が映る。カーチェイスを中継するときみたいだ。井戸に落ちた子どもはどこにも行かないのに。

それを見ながら、僕はリビングのなかをうろうろ歩いていた。成り行きを夢中で見まもっていると、じっとなんかしていられなくなる。

「ケイダン、テレビを見てるなら座ってちょうだい」母さんがそういって、ソファの自分の隣をぽんぽんと叩いた。

「僕、学校でずっと座ってるんだよ。じっとしてるのはなにより苦手なのに」

母さんがうるさいので、二階に行った。自分のベッドに寝そべって十秒くらいたつとトイレに行った。行きたかったわけじゃない。それからまた一階に下りて、飲み物をとってきた。喉が渇いていたわけじゃない。そして二階に戻る。

「やめてよ、お兄ちゃん！」妹の部屋の前を十回くらい通ったとき、なかから声がきこえた。

妹はいま、テレビゲームに夢中になっている。クリアするまでやめないといってるけど、あと四、五十時間はかかるだろう。僕はもうクリアした。ただ、あれをもう一度やる根気は、いまの僕にはない。

「お兄ちゃん、教えて」妹にいわれて、画面を見た。大きな宝箱が置かれた部屋がある。部屋は檻《おり》になっていて、見たところ、出入りすることができないようだ。宝箱は金と赤の二色に輝いている。ふつうの宝箱じゃない。ふつうの宝箱は、せっかく苦労してたどりついて、蓋をあけてみたら、たった一ルピーしか入っていない、ということがある。けど、赤と金の宝箱はちがう。すごい宝が入っている。

「あのなかに、大きい鍵が入ってるの」妹がいう。「あの宝箱をあける鍵を一時間かけて手に入れたのに、部屋に入れなくて」鍵を使って宝箱をあけて、大きくて重要な鍵を手に入れる。なんだか変な話だ。

妹が動かすキャラは、檻の部屋のまわりをぐるぐるまわっている。一周してきたらいつのまにか鉄のバーが開いてるかも、とでも思ってるんだろうか。

「上を見ろよ」

妹はキャラの上を見た。秘密の通路がある。答えを知ってさえいれば、簡単に見つかる。

「あんな高いところ、どうやって登るの？」

「重力を転換するんだ」

「どうやって？」

「そのためのレバーがあるだろ」

妹は苛立ちを抑えきれないようだ。「ちゃんと教えてよ！」

けど、僕の協力はそこまで。歩きたくて歩きたくて、もう我慢できない。「僕が全部やっちゃったら意味がないだろ。算数と同じだ。ヒントはやれるけど、答えは自分でさがさなきゃだめだ」

妹はすごい顔で僕をにらみつけた。「ゲームと算数はちがうでしょ。そんなことという人、大嫌い！」そういって、反重力レバーをさがしはじめた。僕は妹の部屋を出た。さらに、玄関のドアも出る。外はもう真っ暗といってもいいくらいだし、もうすぐ夕食もできるけど、歩かずにはいられない。妹がゲームの神殿のなかを走りまわっているあいだ、僕は近所をあてもなく歩きまわった。僕も大きな鍵をさがしていたのかもしれない。

45　墓穴の十倍深いところ

使われていない井戸に落ちるなんて、どんだけ運のない子どもなんだろう。こういう話はよく耳にする。犬といっしょにどこかの原っぱで遊んでて、井戸に落ちる。井戸は四メートルか五メートルくらいの深さがあるので、子どもはまさに行方不明になってしまう。

けど、落ちた子がラッキーで、犬がそこそこの頭を持っていれば、子どもは生きているうちに見つかる。鎖骨のない男が穴に入っていって、子どもを助けだす。鎖骨のない男は、その後自分が異様に肩幅が狭いのにはちゃんとした理由があったんだと思って、一生過ごすことになる。助けられた子どもは、自分の遺伝子を将来に残すことができる。

子どもに運がなければ、井戸のなかで死ぬ。バッドエンドだ。

突然地球に飲みこまれ、気づいたときには、墓穴の十倍深いところにいる——それって、どんな感じがするんだろう。そんなとき、人間の心にはどんな思いがわいてくるんだろう。「やらかした」くらいじゃすまないはずだ。

ときどき、自分が井戸に落ちて叫んでいる子どもになったような気がすることがある。犬は近くの木立に走っていっておしっこをするだけ。僕を助けてはくれない。

46　フードファイト

「ケイダン、痩せすぎよ。骨と皮じゃない」翌日の夕食のとき、母さんがいった。

「もっと肉を食わせてやれよ！」父さんがわかりやすいコメントをした。母さんが僕たちを極端な菜食主義にしようとしてるのを非難してるらしい。「筋肉を作るにはタンパク質が必要だ」

父さんは気づいてないけど、僕はお皿の上のものをつつきまわしているだけだ。僕にとって、食事はいつものことだから、父さんはなにも気づいていない。当たり前のことと思っている。けど母さんはちがう。僕が残したものを処分するのは母さんだから、僕が食べてないのを知っている。

「食べてるよ」僕はいった。嘘じゃない。食べる量が少なくなっただけだ。食べるのに飽きてしまうこともあるし、食べるのを忘れることもある。

「サプリメントはどうだ」父さんがいう。「プロテイン・シェイクを買ってやろうか」

「プロテイン・シェイクか。うん」

僕の答えをきいて、父さんは満足したようだ。けど、これで父さんも母さんも、僕の食生活に注意するようになってしまった。時限爆弾でも仕掛けてあるみたいに、僕のお皿を監視しはじめた。

47　釣鐘形潜水器もあるぞ

船が銅製になった。それもひと晩のうちに変わってしまった。船体も、ベッドも、わずかな家具も、すべて銅になってしまった。それも、変色した銅。使い古したペニー硬貨みたいな色だ。

「どういうことだ?」僕がひとりごとのようにいうと、部屋の奥にいた航海士が答えた。

「こんなに古い船じゃミッションは果たせないといったのはきみだろう。ここでは、きみの発言がすべてを変えるってことだよ。変化《ディファレンス》、推測《インファレンス》、干渉《インターフィアレンス》。きみは、物事の秩序に干渉したんだ。放っておけばよかったものを。木製の船のほうがよかったのに」

壁に触れてみた。金属製の船といえば、壁はつるつるした金属板でできていそうなものだけど、そうじゃない。いままでと同じように、溝がある。ただし、板そのものが分子レベルで別のものになっている。木が化石化して銅になった感じだ。ボルトもリベットもない。板が銅製になっても、それらをつなぎあわせているのは、たえず身をよじっているように見える、例の黒いタールだ。

部屋を出てデッキに上がった。すべてが化石化して、赤茶色の金属になっている。ぴかぴか光っているところもあるけど、ほとんどはくすんだ色をしている。端のほうは早くも緑色に変わってきている。銅ってのはそういうものだ。いままでと同じ船だけど、木製のガレオン船ではなく、銅製のガレオン船になったってことらしい。いかにも時代錯誤《スチームパンク》的な感じがする。スチームもパンクも関係ないけど。世の中のどこに、これだけの銅があったんだろう。

船長は僕を見てにやりと笑った。「おまえの思ったことが形になったんだぞ」大きな声でそういうと、銅のデッキを見ろというように手を広げた。船長の服も変わっている。前は海賊みたいな服だったのに、いまは十九世紀の水夫を真似たような服だ。青いウールのコートには、やけに大きな真鍮のボタンが並んでいる。肩のところには金糸のタッセル。同じくらい大げさなデザインの帽子もかぶっている。

視線をおろすと、僕も水夫みたいな格好をしていた。ただし新品じゃない。前と同じように、古くてよれよれだ。靴はエナメルで、底がすり減っている。横縞のシャツは、日焼けして色あせた床屋の看板柱みたいだ。

「検討を重ねた結果、船を現代化することにした。おまえの提案したとおりにな」船長はそういったけど、これのどこが現代化なんだろう。「釣鐘形潜水器もあるぞ！」指さした先には、自由の鐘（ペンシルヴェニア州フィラデルフィアにある自由・独立を象徴する鐘）の完璧なレプリカがあった。丸い窓がひとつ作ってあって、なかにたったひとり閉じこめられている水夫の姿が見える。低くて鈍い音が響く。水夫が出してくれといって鐘をなかから叩いているんだろう。

「オマエ、自分がなにをやらかしたか、わかったか？」オウムが船長の肩でいった。「わかったか？　わかったか？」

ほかの水夫たちが僕を見ている。僕のおかげでと思っているのか、僕のせいでと思っているのか、わからなかった。

48　どんなに孤独か

船が銅製に変わった最初の夜、僕はカリオペのところに行ってみた。この変化をどう受け止めているのか気になったからだ。バウスプリットのポールから滑りおちると、カリオペの腕が力強く受け止めてくれた。力強さの種類がいままでとはちがう。いままでより乱暴な感じだ。

「あなたが船長に意見を出しすぎるからいけないのよ。寒いわ。冷えきっちゃった」

本人がいうとおり、カリオペの体は前より冷たい。前よりつるつるして、前より固い。

「ケイダン、温めて。海に落とさないって約束するから」

カリオペの顔はいつも塩水のしぶきを浴びているせいで、赤銅の肌はもう緑色になっていた。けど、かえって威厳と気品が感じられる。

「きみは……自由の女神みたいになったね」僕のいった言葉は、カリオペの慰めにはならなかった。

「わたし、そんなに孤独に見える？」

「孤独？」

「だってあの女神、永遠にたいまつを高く掲げてなきゃいけないのよ。まわりの世界はどんどん

考えてみてよ」

動いてるっていうのに」カリオペは悲しそうにいった。「台座の上で生きる女がどんなに孤独か、

49　ワッパー、食べたくない？

人気《ひとけ》のない道路という道路に自分の存在を示すようなつもりで、近所を歩きまわった。春休みの土曜日。世界中の時間を独り占めにしている気分だ。午後には友だちと映画に行く予定があるけど、午前中は歩いていられる。

今日はゲームをすることにした。道路標識に従って歩いてみよう。

〈左折専用〉

左に曲がって道路を渡った。

〈歩行禁止〉

歩くのをやめて十秒数えてから、また歩きだした。

〈駐車十五分以内〉

縁石に腰をおろして十五分待った。そんなに長くじっとしていられるかどうか。自分との闘いだった。

同じような標識が何度も出てくるので、別のものもルールに加えることにした。バス停の広告に「ワッパー、食べたくない？」とある。食べたくないけど、近くの〈バーガーキング〉に行っ

て、ワッパーをひとつ買った。食べたかどうかはおぼえてない。その場に置いて、店を出たかもしれない。

「そろそろ携帯、アップグレードしては？　今日はお近くの〈ベライゾン・ショップ〉へ行きましょう！」

最寄りの〈ベライゾン〉の店舗はかなり遠かったけど、歩いていった。店員が営業トークを二十分もしてくれたけど、もともと買う気なんかない。

看板はたくさんある。日が暮れるまで、このゲームを続けた。映画には行かなかった。

いつのまにか、ゲームがゲームじゃなくなっていた。

看板が僕に命令を出している、本気でそう思うようになっていた。

50　ガレージのクロゴケグモ

きれいなクモの巣を作らないクモもいる。クロゴケグモはそのひとつだ。うちのガレージにはクロゴケグモが何匹かいる。少なくとも、シロアリ駆除をする前はいた。駆除のせいでいなくなったとしても、シロアリよりは早く戻ってくるだろう。クロゴケグモは、見ればすぐわかる。背中に赤い砂時計みたいなマークがあるからだ。体は硬くてつやつやで、プラスチックでできたハロウィーンのクモみたいだ。人がいうほど猛毒ではないけど、抗毒素がなければ、脚を一本なくすかもしれない。三、四匹にいっぺんに噛まれれば、大人でも死ぬかもしれない。その程度だ。

なにより、クロゴケグモはおとなしい。そう簡単には人を噛んだりしない。放っておかれるのが好きなのだ。いわば、引きこもり。ドクイトグモのほうが凶暴で、人を追いかけてきて、噛む。毒もずっと強い。

ガレージにクロゴケグモがいると、すぐわかる。模様もなにもない、ぐちゃぐちゃなクモの巣がかかっているからだ。小さな脳みそのなかにあるはずの、クモの巣を作るメカニズムが故障しているみたいだ。絵のように美しくて、飛んでくるハエをつかまえられる巣は作れないんだろう。というか、そういうのを作りたいと思っていないのかもしれない。ぐちゃぐちゃなのが好みなのかもしれないし、ぐちゃぐちゃに張られた糸になにかの意味があるのかもしれない。ただ、ほかのクモたちにはわかってもらえないと思う。

そんなわけで、一匹踏みつぶしたときは、いつも以上に申し訳ない気持ちになってしまった。

51　僕は僕だけじゃなくなってる

「自分を自分のなかにおさめておけないんだ」僕はマックスにいった。僕の家のリビングで、学校の宿題をいっしょにやっていたときだ。

「どういう意味だよ？　いいことがあってニヤニヤが止まらないとか？」パワーポイントの画面から目を離そうともせず、マックスがいった。僕は椅子に座っているのが窮屈でしかたなかった。僕、ニヤニヤしてるかなあ？　いや、マックスが人の顔なんか見てなくて、適当なことをいってるだけだろう。

「体外離脱って、経験したことある？」僕はきいた。

「なんの話だよ」

「べつに、ただの質問だよ。答えにくいようなことじゃないだろ？」

「まあね。けど、おまえ、なんかおかしいよ」

「僕が正常で、みんながおかしいのかもしれないよ。そんなふうに考えたこと、ないか？」

「どうでもいいけど」マックスはようやく僕の顔を見た。「この宿題、いっしょにやるのか？それともおれひとりにやらせるつもりなのか？　おまえは絵が得意なんだから、パワーポイントはおまえがやるべきだろ」

「デジタルは苦手なんだよ」僕はそういって、はじめてちゃんとスクリーンを見た。「なんの宿題だっけ」

「冗談きついぜ」

「まあね」けど、冗談じゃなかった。だからこそ余計に焦っていた。

マックスはマウスを動かしている。マウスが生き物みたいに見える。いや、本当に生きてるのかもしれない。クリックして、ドラッグ・アンド・ドロップ。やっているのは、マイアミに地震が起きたらというシミュレーションで、科学の宿題だ。やっと思い出した。このあいだのテストがあんなことになったので、この宿題はまじめにやらなきゃならない。けど、気持ちはすぐどこかへ飛んでいってしまう。マイアミを選んだのは、都心の高層ビルはハリケーンに耐えるよう作られているけど、地震に耐えるようには作られていないからだ。パワーポイントの画面のなかで、ガラス張りの高層ビルが崩れはじめた。大惨事だ。これならAがもらえる。

けど僕は、中国の地震のことを思い出してしまった。僕が考えすぎると、本当に地震が起きるかもしれない。

「マグニチュード七・五で、ここまで壊れちゃうのかよ」マックスがいった。その手がマウスを動かしつづける。見ているうちに、マックスの手が自分の手みたいに思えてきた。自分の指が、マウスをクリックする。その感触がある。不気味だ。

「自分の一部が自分からはみだしてるんだ」僕は頭のなかだけでそう考えたつもりだったけど、実際には口から言葉が出ていた。

「変なこといわずに黙っててくれよ」

黙ってなんかいられなかった。黙っていたいのかどうかもわからない。「自分がそこらじゅうにいて、自分を取り囲んでるみたいな感じなんだ。パソコンのなかにもいるし、壁のなかにもいる」

マックスは僕を見て、首を振った。

「マックス、きみのなかにもいる。きみの考えてることもわかる。もう、僕は僕だけじゃなくなってる。きみの頭のなかに、僕の一部があるんだ」

「へえ、おれはなにを考えてる？」

「アイスクリーム」僕は即答した。「アイスクリームが食べたいと思ってる。ミントとチョコチップのやつだ」

「はずれ。マグニチュード七・五の地震が来たら、ケイトリン・ヒックスのおっぱいがすっげえ揺れるだろうなって考えてた」

「いや、きみも混同してるよ。それは僕が考えてたことだ。僕の考えがきみの頭に移っただけだ」

そのあとすぐ、マックスは帰ってしまった。玄関からあとずさりするように出ていった。背中を向けたら犬かなんかが襲ってくる、みたいに怯えていた。「宿題は自分でやるよ」マックスはいった。「心配しなくていい、ひとりでやる」僕がバイバイもいわないうちに、マックスはいなくなっていた。

52　動かぬ証拠

父さんが「大事な話がある」みたいな口調で、僕に声をかけてきた。食欲のないままに夕食を終えたあとだった。逃げ出したかったけど、逃げなかった。リビングのなかをうろうろしたかったけど、それもがまんしてソファに腰をおろした。膝が上下にがくがく動く。足がミニチュアのトランポリンに乗っているみたいだ。

「陸上部のコーチにメールを出した。試合のスケジュールが知りたくてな」父さんがいった。

「ケイダン・ボッシュという生徒は陸上部にいない、といわれた」

いつかこういうときがくると思ってた。

「ふうん、それで？」

父さんは大げさに、ふうっと息を吐きだした。バースデーケーキのキャンドルも消せそうだ。

「嘘はよくない。だがその話はまた別の機会にして――」

「よかった。じゃ、もういい？」

「だめだ。ききたいことがひとつある。どうしてだ？　それと、放課後どこに行ってた？　なにをやってた？」

「ひとつじゃなくて三つじゃん」

「そんなことはいい」

僕は肩をすくめた。「歩いてた」正直に答えた。

「どこを？」

「そのへん」

「毎日？　何時間も？」

「うん、何時間も」まめだらけの足が、その動かぬ証拠だ。けど、父さんは納得していない。

父さんは髪に手櫛《てぐし》を通した。梳《と》かすだけの髪があると思っているらしい。「ケイダン、おまえらしくないぞ」

僕は立ちあがった。気づいたときには叫んでた。そんなつもりはなかったのに。「いつから歩くことが犯罪になったんだよ!?」

「歩くことだけじゃない、おまえの行動とか、おまえの考えかたのことをいってるんだ」

「どういうところが悪いんだよ」

「悪いなんていってない！　父さんはおまえを責めてるわけじゃない！」

「僕は陸上部に入らなかった。入れなかった。けど、父さんをがっかりさせたくなかったんだ。だから歩いてる。それがだめなの？」

「そんなことをいってるんじゃない！」

その話しかしてないじゃないか。僕はドアに向かった。

「どこに行く？」

「歩いてくる。陸上部に入れない子は家から出ちゃだめなの？」僕は父さんの返事を待たずに外に出た。

53　うしろが見えない

二、三年前、学校に行く途中の車のなかで、父さんがおかしくなったことがある。父さんがちょっとおかしくなることはたまにあるけど、どんな行動をとるかは予測できる。税率表みたいにわかりやすい。けどそのときは、そういう感じじゃなかった。妹が後部座席にいて、僕は助手席。家の前の私道を出たときから、父さんは妙に神経質になっていた。コーヒーを飲みすぎたときみたいだ。仕事でなにかあるのかな、と思っていたら、父さんは、落ち着きのない感じでため息をついた。

「なにかおかしい」

僕はなにもいわず、父さんの説明を待っていた。こういう妙なことをいうとき、父さんはいつも必ず説明してくれるからだ。けど妹は、待とうともせずにせっついた。

「なにがおかしいの？」

「いや、なにも。わからないんだ」父さんは、すごく気が散っているようだった。信号が黄色になっているのにも気づかずに交差点に入ろうとして、信号が赤になった瞬間に急ブレーキを踏んだりする。不安そうにまわりの車を見て、いった。「今日は運転がうまくいかない」

心臓発作かなにか起こすんじゃないか、そう思って不安になった。けど、その思いを言葉にする前に、足元のバックパックの横に、なにかが落ちているのに気がついた。金属製で、妙な形をしている。けど、おかしいのはその形ではなく、見つかった場所だ。当たり前に見かけるものだけど、床に落ちているところは、ふつうは見かけない。拾ってみた。それがなんだかわかった。

「父さん」

父さんは僕に目をやって、僕が持っているものを見た。その瞬間、父さんの全身から不安が抜けていった。ああ、というように小さく笑う。「そのせいか。なるほどな」

妹が後部座席から身をのりだしてきた。「それ、なあに？」

僕は妹にそれを見せた。「バックミラーだよ」

父さんは車を路肩に寄せて、気持ちを落ち着かせた。うしろを見ようとしても見えない、そんな状況で運転していたということか——ようやく納得したらしい。

そういえば、フロントガラスの上部に粘着パッドだけがついていた。本当ならそこにミラーがついているはずなのに。僕はあきれて、首を横に振った。「父さん、あり得ないよ。ミラーがないことに気づかずに運転してたの?」

父さんは肩をすくめた。「運転なんて、なにも考えずにやってるからな。そんなこと、気づきもしない。ただ、なにか足りないんだよなあ、みたいな感じだった」

そのときはよくわからなかったけど、その感覚——なにかがおかしいというのはわかるけど、なにがおかしいのかわからないという感覚——は、いまはすごくよくわかる。父さんと僕のちがいは、僕の場合は、バックミラーみたいにわかりやすいものが足元に落ちてないってことだ。

54　やれるだけやってみよう

僕は宿題を目の前にしながらも、指一本動かせずにいた。ペンが千トンくらいの重さになってしまったような感じだ。あるいは、触ると感電してしまうとか。うん、そっちだろう。ペンに電気が通っていて、触ると死んでしまう。紙も危険だ。触ると動脈がすっぱり切れてしまう。紙で手を切るのはすごく痛い。最悪だ。だから、宿題をやらないのにはれっきとした理由がある。死ぬのが怖い。けど、理由はそれだけじゃない。いちばん大きな理由は、気分が乗らないということだ。気持ちが別のところに行ってしまっている。

「父さん」

ちょうど、〝毎年のその時期〟だった。父さんはキッチンのテーブルにラップトップを置いて、焦ったり、新しい税法に苛立ったりしながら、クライアントが適当に集めた領収書の山と格闘していた。「なんだ?」

「学校に、僕を殺そうとしてるやつがいるんだ」

父さんは僕を見た。僕を視線で貫こうというような、鋭い目だった。父さんのそういう目は嫌いだ。父さんはそれからラップトップに視線を戻し、大きく息を吸ってから、ラップトップを閉じた。僕からなにかを隠そうとしてるんだろうか。そうじゃないと思う。僕に見られて困るものなんてないはずだ。けど……、

「前のときと同じ子か?」

「ちがう。別の子だよ」

「別の子か」

「うん」

「ちがう子か」

「うん」

「その子がおまえを殺そうとしてるのか」

「うん、そう」

父さんはめがねをはずして、目のあいだを指でもんだ。「わかった。話をきこう。おまえのそ

の感覚は——」

「ただの感覚じゃない。そいつがまだなにもしてないとでも思ってるの？　すごく悪いことなのに！」

父さんはもうひとつ、大きな息を吸った。「その子はなにをしたんだ？」

僕の声が大きくなりはじめた。コントロールできなかった。「なにかをしたわけじゃないけど——なにかをしようとしてる。そいつの気持ちが読めるんだ！　わかるんだよ！　僕にはわかるんだ！」

「そうか。まあ落ち着け」

「僕の話、きいてる？」

父さんは立ちあがった。ようやく、真剣に話をきこうと思ってくれたらしい。「ケイダン、母さんも父さんも心配してるんだ」

「心配？　してよ。するべきだよ。だって、そいつは父さんや母さんのことも狙ってるんだから」

「その子は関係ない。おまえの心配をしてるんだ。わかるか？」

母さんがうしろから近づいてきた。僕はびっくりして飛びあがりそうになった。妹もいる。

両親が目を見あわせた。ふたりして、お互いの気持ちを読み取ってるみたいだ。ふたりの思いが双方から僕の体を貫いていく。父さんから母さんへ。母さんから父さんへ。気持ちのピンポン球が、僕の体を通してやりとりされる。

母さんが妹を見ていった。「自分のお部屋に行ってなさい」

「いや。ここにいたい」妹は泣きそうな声を出して、泣きそうな顔をした。けど、母さんは動じなかった。

「いいから、いうことをききなさい。二階に行くの！」

妹は肩をいからせ、一歩一歩大きな音をたてながら、階段をのぼっていった。

これで、僕ひとりが両親と向き合うことになった。

「どうしたの？」母さんがいう。

「前に話したことをおぼえてるだろう？　ケイダンの学校の子の問題だ」父さんがいった。これではっきりわかった。父さんだけに、あるいは母さんだけに内緒でなにか話そうとしても、うちの場合は無理なんだ。けど、母さんは父さんとちがうとらえかたをしてくれたようだ。

「ねえ、ちょっと調べてみましょうよ。その子のこと、わたしたち独自で」

「僕もそういってたじゃないか。調べてみてよ！」ほんの少し救われた気分だった。

父さんはいったん口を開いたけど、また閉じた。いうべきことを考えなおしてから、こういった。「わかった。やれるだけやってみよう。だが……」

父さんは「だが」の続きをいわなかった。リビングに行って、本棚の前に膝をつく。「去年の学年アルバムはどこかな。その子の顔を見てみよう」

父さんも信じてくれた。僕はそう思ってほっとした。けど、心からほっとしたわけじゃない。だって、両親も僕のいうことを心から信じてくれてるわけじゃないから。信じたふりをして、僕をなだめようとしてるだけだ。ふたりともおまえの味方だよ、みたいな顔をしてるけど、実際はそうじゃない。サソー先生や、ほかの先生たちや、悪意をもって僕を見る子たちとおんなじだ。この人たちは、本当に僕の父さんと母さんなんだろうか。父さんと母さんの仮面をつけてるだけかもしれない。仮面の下にはどんな顔が隠れているんだろう。これ以上、ふたりにはなにも話せない。

55　はびこるもの

以前、船にいるネズミは本当はネズミじゃないかも、と思ったことがある。けど、ネズミであってくれたら、そのほうがいい。

「やっかいなやつらなんだ」カーライルがいって、デッキの隅に隠れているネズミたちを追いたて、水で洗い流した。泡まじりの水をかけられて、ネズミは逃げていく。濡れるのがいやなんだろう。ある意味、きれい好きということだ。「退治したと思った瞬間、もっと大量にあらわれやがる」

ネズミが大量発生してる船もあるし、ゴキブリだらけの船もある。僕たちの船には放し飼いの脳みそがはびこっている。小さいのはクルミくらい、いちばん大きいのでも、人間の拳くらいの大きさだ。

「水夫たちが寝てる間とか、ちょっと油断した隙に、頭から逃げ出す。そして野生化しちまうんだ」カーライルは、怯えて縮こまっている脳みその群れに向かって、モップを突きだした。脳みそは紫色の棒状突起を足がわりにして、素早く逃げていく。

「海溝に潜る日が来るまでに」カーライルがいう。「やつらをすっかり退治してやる。悪さをされると困るからな」

「あれって乗組員の脳みそなの？　なのに、どうしてあんなに小さいの？」

カーライルは悲しそうにため息をついた。「ろくに脳みそを使ってないから萎縮したか、使いすぎて燃え尽きたか、どっちかだな」首を横に振る。「もったいない話だよな」

バケツにモップを浸して泡まじりの水を含ませ、隅の暗がりに振りかけた。不運な脳みそが出てきて、船の排水管に流され、海に落ちていく。

小さいのがひとつ、モップの先にしがみついていた。カーライルはモップを手すりに叩きつけて、そいつを振りおとした。「まったく、きりがない。だが、やつらを退治するのが俺の仕事だ。放っておいたら、繁殖しちまう」

「それで……脳みそがなくなったら、水夫はどうなるの？」

「船長がなにか別のものを頭に詰めてやってる。おかげでみんな、それからも陽気に暮らせるのさ」

僕には、それが陽気な暮らしだとはとても思えなかった。

56　星は正しい

真夜中、僕は舳先に立っていた。すぐ下にカリオペがいる。なんだかいやな予感がしてたまらなかった。食べたものを吐く五分前みたいな感じだ。

水平線に嵐が見える。遠くの雲が不規則なリズムでぱっぱっと光る。けど、遠いので雷の音はきこえない。海がすごく荒れているので、カリオペのところに行くのは無理だ。カリオペは声を張りあげて話しかけてきた。海のうなりがすごくて、小さな声ではかき消されてしまう。

「船長のいってたこと、でたらめばかりじゃなかったかも。わたしには魔力があるって話」カリオペはいった。「わたし、ほかの人には見えないものが見えるの」

「海のなかに？　波の下に？」

「ううん。水平線に目を向けると、そこを動いていく星の未来が見える。でも、未来はひとつじゃない。いろんな未来がいっぺんに見える。どれが本当かはわからない。こうなるかもしれないっていう可能性を全部見せられて、でもどれが実現するかはわからないの。そんなもの、見えないほうがいいのに」

「星の未来が見えるって、どういうこと？　星なんて、みんなまちがってるのに」

「あら、星はみんな正しいわ。星以外のものがみんなまちがってるだけよ」

57　まわりにある薬物

マックスとシェルビーがうちにゲームを作りにこなくなった。マックスは、まったくうちに来ない。うちが第二の我が家みたいだったのに。学校でも僕を避けてる。

シェルビーは、マックスとちがって、学校ではなるべくしゃべるようにしてくれる。けど、なにか魂胆がありそうだ。本当に僕としゃべりたかったら、あんなに無理をした感じにはならないと思う。なにを考えてるんだろう。シェルビーとマックスは、僕のことを陰でどんなふうに話しているんだろう。きっと、絵の描ける仲間をほかに見つけたんだろう。そのうち、そのことを突然、僕に知らせてくるかもしれない。いや、それさえしないかもしれない。

シェルビーは、僕を教室の隅に追いつめるようにして、話しかけてくる。内容は、ふつうの世間話。シェルビーは話をきくより、しゃべるほうが好きだ。それはそれでいいけど、最近の僕は、人の話をきくのが苦手になってきた。だいたいは適当にうなずきながらきいていられるけど、なにか返事をしなきゃいけなくなると、「ごめん、なんだっけ？」といってしまう。

ところが今日のシェルビーは、僕にそういう態度をとらせてくれなかった。僕をカフェテリアの椅子に座らせて、目と目を合わせて話しかけてきた。

「ケイダン、あんた、最近どうしちゃったの？」

「〝今月の質問〟？　そういうのが流行《はや》ってるの？」

シェルビーは身をのりだしてきた。「ケイダン、よくきいて。あたしはこういうこと、よくわかってる。うちの兄貴、十年生のときからお酒を飲みはじめて、ぼろぼろになったんだ。あたしも同じ道をたどってもおかしくなかったけど、兄貴の様子を見てたから、ああはならなかったの」

僕は体をうしろに引いた。「お酒なんか飲んでないよ。たまにパーティーとかでビールを飲むけど、それだけだし。酔っぱらうこともない」

「ねえ、なにかあるんなら、あたしに話して。きっと理解するから。マックスも同じ気持ちよ。ただマックスは、その気持ちをどういいあらわしたらいいかわからないの」

突然、僕の口からシェルビーに向かって、強い言葉が飛び出した。「なんでもないって！　僕はなんにもしてないし、コカインもやらないし、リタリンを吸引したり、ホイップクリームのスプレー缶からガスを吸ったりもしない。パイプ詰まり洗剤を注射することもない」

「わかった」シェルビーはそういったけど、まったく信じていないようだった。「話したくなったらいつでも話してね。待ってるから」

58　頭をぶつけまくる子

二年生のとき、腹を立てると頭を壁やテーブルにぶつけまくる子がいた。そばにあるものならなんでもいいらしい。みんなはそれをおもしろがってたし、チャンスがあるとその子を怒らせようとしてた。怒れば頭をぶつけまくるからだ。僕もそうやってけしかけたうちのひとりだ。そこで先生は、その子の席を何度も替えた。どこに座らせたらいちばん安全かをさぐるためだ。そして最終的に、その子は僕の隣にやってきた。僕はその子が算数の問題を解いているとき、その子の鉛筆をつかんで、机に強く押しつけた。芯が折れた。その子は怒ったけど、ひどく怒ったわけじゃない。僕をにらみつけて、鉛筆を削りにいった。その子が戻ってくると、僕は一分待ってから、その子がやっているプリントを引っぱった。鉛筆がプリントの上を滑って、線を一本書いた。その子は怒ったけど、まだたいした怒りかたじゃなかった。そこで僕はまた一分待って、その子の机を蹴った。算数の教科書が机から飛んで、床に落ちた。三度目の正直ってやつだ。その子はものすごい目つきで僕をにらんだ。僕は思わず、まずい、やりすぎた、と口走っていた。僕に向かってくるにちがいない。なにをやられても、僕が悪いんだからしかたがない。ところがその子は、机に頭を打ちつけはじめた。みんなが笑う。先生がその子を押さえつけて、頭をぶつけるのをやめさせた。

要するに、僕たちはその子を人間としてでなく、笑いのネタとしてしか見ていなかったわけだ。そしてある日のこと、僕はその子を校庭で見かけた。ひとりで遊んでいた。ひとりだけど楽しそうだ。そのとき、僕は思った。怒って妙なことをやるせいで、友だちができないんだろう。友だちがいないから、あの癖をやめたほうがいいということもわからないんだ。

その子に近づいていっていっしょに遊びたい、と思った。けど、怖かった。なにが怖かったのかはわからない。頭をぶつけまくる癖がうつるんじゃないか、と思ったからかもしれない。友だちのいない子に近づきたくなかったというのもある。いまごろ、あの子はどこでどうしているだろう。いまならきみの気持ちがわかるよといってあげたい。校庭でひとりぼっちになるなんて、あっというまだね、と。

59　火がついて

学校をサボったことはない。許可もなく学校を抜け出したら、停学だ。もっとひどい罰を受けることもある。僕はそういうタイプの生徒じゃない。けど、もう四の五のいっていられない。予兆がある。そこらじゅうにある。そのうちひどいことが起こる。まちがいなくひどいことが。具体的にどういうことかはわからないし、それがどっちの方向からやってくるのかもわからない。けど、つらい思いをすることはたしかだ。苦しくて、涙も出るだろう。怖い。怖い。僕を狙ってる子はひとりじゃなくなった。たくさんいる。悪意を持った子たちと廊下ですれちがう。はじめはひとりだったけど、病気みたいに伝染して広がった。細菌が増殖するみたいに。みんな、秘密の合図を交わしながら、教室から教室へと移動していく。なにか企んでいるんだ――僕をターゲットにして。けどターゲットは僕ひとりじゃない。僕がひとり目というだけだ。僕を狙ってるのは、生徒じゃないかもしれない。先生ってこともあり得る。確かめようがない。

ただ、僕がそこにさえいなければ大丈夫というのもわかってる。やつらがなにを企んでいるとしても、僕がその場にいなければいい。僕さえいなければ、みんなが助かるってことだ。

授業終了のベルが鳴った。僕は教室から駆けだした。いまのがなんの授業だったかもわからない。今日は先生までがシルク語を話している。みんなの声も物音も、ぼやけてきこえる。液体みたいな不安が僕を襲ってくる。僕が溺れても、誰も気づかないだろう。そうして僕は、底無しの深淵に沈んでいく。

僕の足は、次の教室をめざそうとしている。習慣の力っていうのはすごい。けど、いまはもっと強い力が働いて、僕の足は学校の外へ向かっている。いろんな考えが先へ先へと進んでいく。火がついて、全身燃えてるみたいだ。

「ちょっと！」先生のひとりが叫んだ。そんな声にはなんの力もない。僕はもう学校の外だ。誰にも止められない。

走って道路を渡る。クラクションの嵐。けど、僕は車にはねられたりしない。僕の体や心にぶつかる車がひしゃげるだけだ。タイヤの甲高い音がきこえた？　あれは僕のしわざだ。

学校の斜め前に、小規模なショッピングセンターがある。レストラン、ペットショップ、ドーナツ屋などが並んでいる。僕は自由だけど、自由じゃない。酸性雲が僕を追っている。悪いもの。よくないもの。危ないのは学校のなかじゃない。そうだ、僕はなにを考えてたんだろう。そうだよ、学校じゃない。危ないのは家だ。恐ろしいことは家で起こるんだ。母さんか、父さんか、妹が狙われる。火に巻かれるかもしれないし、スナイパーに撃たれるかもしれない。暴走車がリビングに突っこんでくるかもしれない。ただし、それは事故なんかじゃない。いや、事故かもしれない。僕にはわからない。僕にわかるのは、なにかが起こるということだけだ。

手遅れになる前に知らせなきゃ。けど、携帯電話を出してみたら、バッテリーが切れていた。やつらのしわざだ！　僕が家族に連絡できないように、バッテリーを空にしたんだ！

あっちへこっちへと走りつづけた。どうしたらいいのかわからない。気づいたときには、街角に立って、通りかかる人たちに携帯電話を使わせてくれと頼んでいた。みんな、死んだ目をして僕を見る。ぞっとした。僕を無視していく人もいれば、早足で通りすぎる人もいる。僕の脳天に、恐怖という鉄の釘《くぎ》が突きささっているのが見えるからだろう。釘の先は深く、僕の心まで達していた。

60　声がきこえる

パニックがおさまった。恐ろしいことが起こるという感覚をあれほどもてあましていたのに、いまは落ち着いている。けど、完全に消えたわけじゃない。両親は、僕が学校を早退したことを知らない。学校から電話がかかってきた。〝カーデン・ブーシュ〟が授業に出席しませんでした、という自動音声のメッセージだ。機械は僕の名前をちゃんと発音できないらしい。録音されたメッセージを消去した。

ベッドに横になり、なんでこんなにめちゃくちゃなのか考えた。謎の灰皿は、いまどうなっているんだろう。僕の人生の残りの部分がおさまっているはずだ。

感情をコントロールできない。こんなこと、考えたくて考えてるわけじゃない。気がついたら考えてしまっている。欲しくない誕生日プレゼントをもらって、返すこともできずにいるような感じだ。

頭のなかにいろんな思いがあるけど、自分で考えたこととは思えない。どこかからきこえてくる声にあれこれ吹きこまれているみたいだ。部屋の窓から外を見ていると、また声がきこえてきた。外を通る車に乗った人たちが、おまえを殺そうとしているぞ。スプリンクラーのホースを調べている人は、水漏れが心配なんじゃなくて、ホースは本当はヘビなんだ、近所で飼われているペットをみんな丸飲みにさせようとしてるんだぞ。そんなはずはないと思うけど、なるほどと思える部分もある。スプリンクラーの家の人が、犬の鳴き声のことで文句をいっているのをきいたことがあるからだ。声は、僕を楽しませてもくれる。まったく予想外のことをいいだすのがおもしろい。思わず笑い声をあげてしまって、まわりの人から変な顔をされることもある。どうして笑ったのかは、誰にもいいたくない。

声は僕に指図することもある。「スプリンクラーのヘッドを折って、ヘビを殺してこい」とか。けど僕は、そういう指図には従わない。他人の物を壊すようなことはしたくない。それに、ホースがヘビであるわけがない。「近所に住んでる、あの配管工は――」声が教えてくれる。「――本当はテロリストだ。パイプ爆弾を作ってる。やつのトラックに乗って遠くまで行って、崖から飛びおりろ」これにも従わない。声はいろんなことを命じてくるけど、自分がやりたくないことはやらない。それでも、声を止めることはできないし、ひどいことをいろいろ考えさせられるのはとてもつらい。

「ケイダン、まだ起きてる？」

目をあけると、部屋のドア口に母さんがいた。外は暗い。どういうことだろう。「いま何時？」

「もう真夜中よ。なにやってたの？」

「考えごと」

「最近は考えごとばかりね」

僕は肩をすくめた。「うん、考えることがいろいろあって」

母さんは電気を消した。「もう寝なさい。どんな悩みがあっても、朝になれば少しは気分が明るくなるわ」

「うん。朝になれば明るくなるね」僕はそういったけど、朝になっても頭のなかはもやもや暗いままだとわかっていた。

母さんはドア口に立ったまま、なにかためらっているようだ。僕が寝たふりをしたら行ってくれるだろうか。そうしてみたけど、母さんはそのままそこにいた。

「父さんとふたりで考えたの。ケイダン、誰かに話をきいてもらったらいいんじゃない？」

「誰にも話なんかしたくないよ」

「わかってる。それも問題なのよね。けど、別の人なら話しやすいんじゃない？　父さんでも母さんでもない、誰か別の人」

「精神科の人？」

「セラピストよ」

僕は母さんを見ないで答えた。こんな会話はもういやだ。「いいよ。好きにして」

61　脳みそチェックランプ

自動車のエンジンは、そんなに複雑なものじゃない。チューブやワイヤーやバルブのせいで、なにも知らないと複雑に見えるだけだ。けど、内燃機関そのものの仕組みは、最初に発明されたときからそんなに変わっていない。

父さんの車に関するトラブルは、バックミラーのあとも次々に起こった。父さんは車のことをなにも知らない。頭のなかが数学と数字でいっぱいだし、そもそも車のことには興味がないんだと思う。計算機を持てば世界を変えるくらいの能力を発揮するけど、車が故障するともうだめだ。どこがおかしいんですかと整備士にきかれても、「壊れた」としか答えられない。

自動車業界は、父さんみたいな人が大好きだ。修理が本当に必要かどうかにかかわらず、修理をしてお金を儲《もう》けられるから。そういう話をきくと父さんはすごく怒るけど、こういって自分を納得させている。「この社会はサービス経済で成り立ってるんだから、みんな、サービスにはお金を使わないとな」

自動車メーカーを頼りにしてもだめだ。つまり、現代のテクノロジーがあれば、車が勝手に自己診断をしてくれそうなものなのに、ダッシュボードにあるのは無能そのものの〝エンジンチェックランプ〟だけ。どこか悪いところがあると、それがどの部品の故障だとしても、そのランプが点灯する。要するに、自動車は、僕たちが考える以上に人間的なのだ。人間の脳をモデルにして作られているのかもしれない。

人間の〝脳みそチェックランプ〟も、いろんな場合に点灯する。問題は、ランプが点灯しても本人には見えないということだ。車でいえば後部座席のカップホルダーに、ランプがついているようなものだ。ドクターペッパーの空き缶の下でランプが光っていても、誰かがそれに気づくまでに一ヶ月くらいかかってしまう。しかも、運転席の人間はそんなところを見ない。運転者が気がつくのは、どこかおかしいな、ランプがついているのかな、と思ったときだけだ。あるいは、ランプの光がすごく明るくなって、空き缶が溶けるくらいの熱を発しはじめたとき。気づいたときには車は火に包まれている。

62　この船はずっと生きてるんだ

「教えることが山ほどある」船長はそういって、銅になったデッキを歩きまわった。両手は腰のうしろで組んでいる。しゃきっとしたウールの制服姿が、そろそろ目になじみはじめた。前の海賊スタイルとおなじくらい自然に見える。ふるまいも前とはちがっている。堂々とした感じになった。やはり、着るものが人間を作るのだ。

船長はあちこちを見てまわりながら、水夫全員が、どうでもいいくだらない作業に熱中しているのを確かめた。僕の今日の仕事は、船長の影になること。よく観察して、学ばなければならない。

「発見の旅に必要なのは、実用的な海の知識だけじゃない」船長がいう。「直感も必要だ。思いついてすぐに動けるかどうか。そのためには、信念にのっとって行動することも必要だが、愚かな行動も必要なんだ。いいたいことがわかるか？」

「イエッサー」

「だめだな。わからないほうがいいんだ。なんでも飲みこんでしまうと、インフルエンザにかかるぞ」船長はそういって、クモの巣みたいなメインマストのラットラインに飛びついた。「いっしょに登ってこい」というので、僕もすぐあとを登っていった。

「カラスの巣に行くんですか？」

「ちがう」船長はむっとしたようだった。「帆《セール》を見にいくんだ」メインセールのところまで登った。「秘密を教えてやる」船長はそういって、コートからナイフを取り出し、メインセールに切りつけた。三十センチくらいの裂け目ができる。風が吹いて、裂け目が目の形になった。

「なんのためにそんなことをするんです？」

「監視するためだ」

切られたセールを見ていると、セールの切れ目は勝手に少しずつふさがっていった。セールは人体の皮膚みたいに自然治癒するらしい。そのうち、切れ目のあったところには、うっすらとした傷跡が残るだけになった。キャンヴァス地の色に比べて、そこだけがちょっと暗めのベージュになっている。

「この船は生きてるんだ。おまえはわかってないだろうがな。痛みも感じる。傷ついても、自力で傷を治すことができる」

縄梯子にしがみついた僕の全身に、寒けが走った。吹きつけてくる風のせいじゃない。「カリオペも船の痛みを感じるんですか？」

船長は僕に目を向けた。「どうかな。ところで、なんでその名前を知ってるんだ？」

しまった、と思った。けど、これくらいのまちがいなら、船長も許してくれるだろう。「みんなが話してました」みんなが話をするのは本当のことだ。だから、嘘をついたことにはならない。けど船長は怪しんでいる。

「カリオペが船の痛みを感じるのかどうか――それは重要な問題だな。ぜひとも答えが知りたいものだ」

「心に留めておきます」僕は答えた。カリオペと話をしてもいいという許可をくれたんだろうか。それとも、船長は僕にかまをかけたんだろうか。

63　見たこともない場所で暮らしている、会ったこともない人たち

「感じるわよ、なにもかも」ある夜、カリオペは赤銅の腕で僕を抱きしめながら、そういった。腕を離せば、僕は海に落ちる。「セールだけじゃなくて、船体の痛みも感じる。船だけじゃなくて、海の痛みも感じる。海だけじゃなくて、空も。空だけじゃなくて、星も。すべてを感じる

わ」

「どうしてそんなことができるの？」

「あなたはわからなくてもいいの」

それでも僕は知りたい。「僕にもそういう感覚があるんだ。ときどき、自分がまわりの人たちのなかに入りこんでいるような気がする。まわりの人がなにを考えているかわかるんだ。いや、なにを考えているかわからなくても、どう考えているかはわかる。地球の反対側に住む人たちとつながっていると確信することだってある。会ったこともないのに。僕がなにかをすれば、その人たちに影響が出る。僕が左に動けば、その人たちは右に動く。僕が建物に登れば、その人たちは建物から落ちる。本当にそうなんだ。けど、その人たちになにが起こっているか、証明することはできない。だって、見たこともない場所で暮らしている、会ったこともない人たちなんだから」

「そういうとき、どんな感じがする？」

「うれしくなるし、同時に怖くもなる」

カリオペは首をかしげて僕の目をのぞきこんだ。いつもは海を見ているカリオペにとって、それは、僕を抱きしめるよりも難しいはずだ。銅板が曲がって鈍い音をたてる。「じゃ、わたしたち、共通点もあるのね」

そのときはじめて、僕はカリオペの孤独を自分のものとして感じることができた。カリオペもそうだと思う。

64　しゃべるカタツムリ

先生はアメリカ大学の心理学博士らしい。アメリカ大学だなんていう一般的すぎる名前の大学が、本当に存在するんだろうか。額に入った卒業証書が、観葉植物の上から偉そうに待合室を見おろしている。観葉植物も緑色が鮮やかすぎて、なんだか偽物みたいだ。

「この先生にはどんなことを話してもいいんだ、そう思ってくれるとうれしいな」先生は穏やかな口調でそういった。わざとらしいくらいしゃべるのが遅い。カタツムリがしゃべれるなら、こんなしゃべりかたになるんだろう。「ここでなにを話しても、なにをきいても、秘密は絶対に守られる。もっとも、きみがわたしに公表を求めるなら別だが」

なんだか犯人を逮捕するときの警察の科白《せりふ》みたいだ。

「秘密ですね。わかりました」

わかったけど、まったく信じていない。待合室にあんな嘘っぽい観葉植物を置いてるセラピストのいうことなんか、信じられるわけがない。

両親はいま、待合室にいる。『今日の心理学』や『家族の愉《たの》しみ』といった雑誌をめくりながら、僕の話をしているんだろう。はじめの何分かは、ふたりもこっちの部屋に入って話をした。いままでのことを書きつらねた長いリストを読み上げるつもりだろうかと思っていたけど、初対面の相手に息子の話をするのは、ちょっと気が引けるようだった。

「息子の言動が――」父さんは言葉を選ぶのに苦労していた。「――ちょっと普通じゃないなと思いまして」

父さんも母さんも、待合室で待っていてくださいと先生にいわれたとき、ほっとしたのが顔にあらわれていた。

「で？」ふたりきりになると、先生は切り出した。「普通じゃないとお父さんがいっていたね。そこから話してみようか」

ここは落ち着いて振る舞わなきゃ。僕の人生は、いまそれができるかどうかにかかっている。この人は僕のことをなにも知らない。僕の心のなかを見ることなんてできない。この人にわかるのは、僕が話すことだけだ。

「ええと」口を開いた。「両親は、僕によかれと思って、こんなことをしてるんです。こうすることで、僕が楽になると思ってるんでしょうけど、そこが問題なんです。問題なのはふたりのほうで、僕じゃありません。ふたりとも、すごくストレスを抱えてて、僕に対して過保護なんです。だって、さっきもそうだったでしょう？　すごくぴりぴりしてて。おかげで僕まで緊張してます」

「わかるよ、緊張してるね」

手を動かさないようにしよう、膝が上下しないようにしよう、と心がけた。けどあまりうまくいかない。

「ところで、夜はちゃんと眠れるかな？　眠れないということはないかい？」

「ありません」僕は答えた。嘘じゃない。眠れないってことはない。眠りたくないだけだ。全然。

「学校はどうだい？」

「学校は学校です」

先生は長いこと黙っていた。居心地が悪い。耐えられない。体が動きはじめた。手を伸ばせば届くところにあるものをいじってみる。そばのテーブルに置いてある小さなサボテンに触れて、本物かどうか確かめた。本物だ。とげが指に刺さった。先生がティッシュペーパーをくれた。

「体をほぐす運動をしてみようか」先生は提案するようないいかたをしたけど、これは提案じゃない。命令だ。「うしろに体をそらして、目を閉じて」

「どうしてですか」

「やりたくないなら、やりたくなるまで待つよ」

しかたない。いわれたとおり、体をそらして目を閉じた。

「ケイダン、目を閉じるとなにが見える？」

僕はぱっと目をあけた。「なんですか、そのくだらない質問は」

「ただの質問だよ」

「なにが見えれば正解なんですか」

「正解なんて、なにもないよ」

「僕が見えるのは、それです。なにもない」僕は立っていた。けど、立ったおぼえはない。いつのまにか、部屋のなかをうろうろ歩きはじめていた。

先生との会話はそのあともだらだら続いた。二十分たっても、体をほぐす運動は終わらない。質問にも答えていない。目は二度と閉じなかった。閉じたら、そのときなにが見えるかしゃべってしまいそうだったから。自分自身に対しても、先生に対しても。僕たちはチェスをした。ゆっくり根気よく考えることができないから、負けそうな動きをして、さっさとゲームを終わらせた。

帰る時間になると、先生は両親に、週に一度僕を通わせるようにといった。そして、もしかしたら——あくまでもしかしたらだけど——ちゃんとしたライセンスを持っている医者のところに連れていって、処方箋《しょほうせん》を書いてもらったほうがいいかもしれない、ともいった。やっぱりあの先生は偽物だ。

65 彼方《かなた》の暗闇

目をつぶったときになにが見えるか、だって？　はるか彼方まで続く暗闇しか見えないこともある。きらきらした美しい世界が見えることもあるし、恐ろしい世界が見えることもある。そのときになってみないとわからないことがほとんどだ。美しい世界が見えるときは、その世界に住みたくなる。手の届かないところにある巨大な貝殻に無数の星が模様をつけて、古代の夜空を再現している、そんな世界だ。そんなところでまぶたをあけると、見えるのは暗闇。どこまでも広がる暗闇。だけどそれは暗闇じゃない。そこは、僕たちの目が反応できない光に満ちている。その光を見ることができたら、きっと失明してしまう。だからまぶたが目を守っている。だからまぶたのなかに星が見えるんだ。かすかな、見えるか見えないかの光。手を伸ばしても、絶対に届くことはない。

けど、僕はそこへ行く。

闇に浮かぶ星をかきわけていく。その感触がどんなものか、想像できるだろうか。ベルベットとリコリスが五感をやさしく刺激する。それらは溶けてひとつの液体になる。その液体から抜け出ると、液体は蒸発して気体になる。その気体を吸いこむと、空を飛べるようになる。翼なんかいらない。空気が体を浮かせてくれる。自分の意識と空気の意識が合わさって、体を支えてくれる。僕はなんでもできるし、なんにだってなれる、そんな気がしてくる。どんなものでも通りぬけられるし、僕の心臓がひとつ打つだけで、この世に生きるものすべてが命を得ていっせいに動き出す。脈と脈のあいだには静寂が訪れる。それは、この世に存在するけど生きてはいないものの静けさだ。石とか砂とか雨とか。必要なものばかりだ。静寂があればこそ、拍動がある。そのどちらも、僕自身だ。そこにあって、そこにない、それが僕。そこまでわかると、うれしくてうれしくてじっとしていられなくなる。人に話したくなってしまう。けど、そんな世界を説明する言葉はないし、言葉がなければ、感情をあらわすこともできない。そうなると、頭が壊れてしまう。抱えている思いが大きすぎて、頭に入りきらないから。

けど、そうじゃないときもある。

広がる暗闇が本当の闇で、美しくもなんともないことだってある。かぎ爪を持った貪欲なタールに飲みこまれる。タールに溺れる。けど、溺れない。体が鉛に変わって、ねばねばしたタールのなかにどんどん沈んでいく。希望も、希望を持った記憶も奪われる。自分は昔からこうだったと思わされて、ひたすら下へ下へと沈んでいく。意思はゆっくり、容赦なくむしばまれ、消化され、純化され、最後に残るのは漆黒の悪夢。

絶望を超えた暗黒がある。それは高い空があるのと同じくらい確かだ。この暗黒のなかにも、そしてあらゆる宇宙空間にも、バランスが存在するからだ。一方を経験すれば、もう一方にも必ず向き合うことになる。それもしかたのないことだ。なぜなら、喜びは、絶望を味わってでも手にいれるだけの価値があるから。だけど、それがいやになることもある。しかたがないなんて思えた自分が信じられなくなる。そして、強さと弱さと自信と孤独が踊りはじめる。目をつぶったらなにが見えるかって？　暗闇のむこうの世界は果てしなく大きい。上にも下にも広がっている。

66　立派すぎて怖い

けどいまは、目をあけている。

僕は玄関の戸口に立っている。玄関のなかでもないし外でもない。その中間にいる。マックスに、自分が自分のなかにおさまりきらないと話したときのことを思い出す。いまはそれだけじゃない。自分の一部とそうでないものの区別がつかない。この感じをどう説明したらいいんだろう。壁のなかを通っている電線みたいなもの、とでもいえばいいだろうか。いや、ちがう。そんなもんじゃない。近所に張りめぐらされている高圧線みたいなものだ。稲妻が走るようなスピードで、町内をぐるぐる駆けまわっている。こうなると、僕はもう「僕」じゃない。「僕たち」だ。そう考えると、はっとして息もできなくなる。

わかってもらえるだろうか。自分自身から自由になったのに、そのことに怯える感覚を。自分は無敵なはずなのに、狙われている感覚。世界が——宇宙が——このめまいのするような真理に僕が気づくのをいやがっている感覚。さらに、世の中には自分を押しつぶそうとする力が働いているし、その力は気体のように、あらゆる空間を埋めつくそうとしている。頭のなかで、大きな声が響く。「ごはんよ、下りていらっしゃい」と三回目に叫ぶ母さんの声と同じくらい大きな声だ。三回目だってことはわかってるけど、一回目と二回目があったことはおぼえていない。そもそも、二階の自分の部屋にあがってきたことさえおぼえていない。

ダイニングテーブルについて、皿の料理をつつきまわし、食べ物を口に入れた瞬間、食べてないじゃないのと誰かにいわれる。欲しいのは食べ物じゃない。そう思うのは、自分が自分じゃなくなっているからだろうか。自分のまわりのあらゆるものが、自分なのだ。体は空っぽの脱け殻だ。だったら食べても意味がない。やることはほかにある。友だちにはもう仲良くしてもらえないだろう。僕が立派な存在になりすぎたから、僕のことが怖いんだと思う。僕も、自分のことが怖いけど。

67　なにがなんでも

船長からの招集がかかって、一同が海図の部屋に集まった。もう夜が明ける。嵐はまだ遠くのほうにいて、きのうの夜やおとといの夜からちっとも近づいていないように思える。こっちが近づくと、あっちが逃げていくんだろう。

ミッション会議のメンバーはいつも同じ。僕、航海士、骨占いの男子、真珠のチョーカーの女子、青い髪の女子、デブの伝説ハカセ。全員、それぞれ与えられた任務に取り組んできた。航海士と僕の任務は簡単だ。僕の絵と航海士の海図は、監査不要の扱いを受けている。けどほかのメンバーは、ごまかしごまかし、なんとかやっている感じだ。陰気な応援係のチョーカー女子は、船長がそばで見ていると、心にもない前向きな発言ができるようになったし、骨占いの男子は、船長になにかきかれるたびに骨を転がして、船長のききたがっている答えを出している。青い髪の女子は、難破船のぼろぼろになった積荷リストのなかに、ダブロン金貨から木箱いっぱいのダイヤモンドまで、いろんなものがあるのがわかった、と報告した。

伝説ハカセだけは危険を省みず、正直に答えつづけた。

「できません」会議のとき、船長にそういった。「あの本はルーン文字で書いてあって、なにがなんだかさっぱりわかりません」

船長の体がひとまわりもふたまわりも大きくなったように見えた。水に入れたスポンジみたいだ。「なにがなんだかわからない？　なにがなんでも読めといってるんだ！」船長はそれからカーライルに声をかけた。カーライルはいつも、会議のときは部屋の隅でじっとしている。「こいつを水責めにしろ。船の下をくぐらせろ」

　伝説ハカセは抗議しながら過呼吸を起こした。するとどこからともなくオウムがやってきて、船長の肩にとまった。

「大砲の掃除！」オウムがいう。「大砲の掃除をさせろ！」

　船長はオウムを引っぱたいた。鮮やかな色の羽が何枚も抜けて飛び散ったけど、オウムはめげなかった。「大砲！　大砲！」

「船長、ちょっと」カーライルがいった。「オウムのいうことに一理あるんじゃないすか。水責めなんかやったら、最悪死なないまでも、使い物にならなくなっちまいます。それに、大砲の手入れも必要ですし。この先、モンスターと戦うことになるかもしれないっすからね」

　船長は、口を挟んできたカーライルをにらみつけた。掃除係が、生意気に！　というわけだ。けど船長は怒りを抑えて、片手を振った。「勝手にしろ。なんでもいいから、怠け者はしっかり反省させろ」

　オウムは、天井から吊《つ》りさげられたランプにつかまっていた。僕を見て悲しそうに首を振る。僕は目をそらした。こんなときにオウムに関心を持たれたくない。船長にどう思われて、なにをされるかわからない。

　カーライルは、筋骨隆々の乗組員をふたり呼んできて、伝説ハカセを部屋から連れだした。伝説ハカセは暴れながら、大砲なんていやだとわめいていた。どうしてそんなに大砲の掃除を怖がるんだろう。水責めよりよっぽどよさそうなのに。ハカセがいなくなると、船長は話を元に戻した。

「今日は記念すべき日だ。いよいよ、釣鐘形潜水器を試してみる。ケイダンの披露してくれた深海についての知識が正しいかどうかがわかる」

吐き気がしてきた。船の揺れとは関係ない。「けど……あそこにあるのは、釣鐘形潜水器じゃなくて、釣鐘そのものだし……」僕はそういったけど、自分が小さくて無力な存在に思えてならなかった。

「いまさらなにいってんの。あんたが釣鐘形潜水器っていいだしたから、あれが出てきたんでしょ」青い髪の女子がいった。

「わたしたち、もうだめね」応援係がいった。

68　体のなかの虫

すべての答えはわかっている。頭のなかは答えでいっぱいになって、いまにも破裂しそうだ。破裂したら、恐ろしい放射能がまわりの人に降りそそぐ。そうなったら、人生そのものが放射能汚染区域と宣告され、以後、何百年もそのままだ。そうなりたくなかったら、知っている真実を少しずつ外に漏らして、頭のなかの減圧に努めたほうがいい。相手は、話をきいてくれる人なら誰でもいい。万物をつなぐ線やつながりについて、きいてもらうべきだ。

みんなに知らせなきゃいけない。

通りを歩いて、人々に向かってでたらめな話をする。頭のなかでは、全然でたらめなんかじゃないとわかってる。みんなは変な顔をしてこっちを見る。そのまなざしのなかに、他人と自分と世界のつながりが見えてくる。

「あなたの心のなかが見えます」僕は声をかけた。相手はスーパーマーケットから出てきた、買い物袋をさげた女性だ。「心のなかに虫が一匹いて、追い出すことができずにいますね」

女性はこっちの顔を見て、背を向けると、小走りで車に戻っていく。虫のことを知って怖くなったからだ。話してよかった。いや、話さなきゃよかった。

なんだか痛いと思って足元を見ると、靴を履いていない。はだしで歩いていたおかげで、まめや切り傷ができて、血まみれになっている。いつ靴を脱いだのかおぼえてないけど、どこかで脱いだはずだ。それにも意味がある。体が直接地面に触れていると、重力に、僕とみんなを支えてくれ、と語りかけることができる。つまりこういうことか。靴を履いたら、世界から重力が消えて、みんなが宇宙に放りだされる。薄いゴムの層に足と地面の接触を絶たれるだけで、そんなことになってしまうんだ。自分こそ、世界にとっての反重力レバーだったんだ。それがわかったのはうれしいけど、自分の持つパワーのすごさを思うと、恐ろしくなってくる。どうやら、さっきの女性の心のなかにあった虫が僕の心に移動してきたらしい。いま感じているのは鼓動じゃない。虫が心を食い破ろうとしてる動きだ。虫を追い出すことはできない。

スーパーマーケットの隣には旅行代理店がある。いまどき、旅行なんてオンラインで手配するのが普通なのに、よく生き残っているものだ。ドアをあけて、なかに入る。

「助けてください。虫が――虫がいるんです。僕が気づいていることに虫のほうも気づいてて、僕を殺そうとしてる」

パンツスーツの女性が乱暴に僕をドアから押しだそうとする。「出ていきなさい！　警察を呼ぶわよ！」

それをきいて、どういうわけかおかしくなる。足が血まみれなのもおかしくて、笑いだす。けどそのとき、駐車場のＢＭＷのヘッドライトが壊れていることに気づいて、目に涙がにじむ。壁に寄りかかり、背中を下へ滑らせるようにずるずる座りこむ。心は涙でいっぱいだ。聖書に出てきたヨナのことを思い出す。クジラに飲まれて消化されかけたあと、山のてっぺんに行ったヨナは、日陰を作ってくれていたトウゴマの木が虫にやられて枯れてしまったのを嘆き悲しむ。あれと同じ虫が、僕のなかにいる。ヨナの涙も理解できる。照りつける太陽の下で、ヨナは悲嘆にくれ、死を願う。

「頼むよ」まわりの人に話しかける。誰でもいい。「頼むから、もう終わりにしてよ。もう終わりにして」〈ホールマークストア〉から人が出てきた。旅行代理店の魔女よりずっと優しそうな女の人だ。しゃがみこんで、話しかけてくる。

「誰か呼んであげましょうか？」親切な人だ。けど、両親を呼ばれるのは困る。迎えにこられるのは困る。それくらいなら立ちあがる。

「いえ、大丈夫です」女の人にそう答えて、歩きだす。大丈夫、家に帰る道さえわかればいい。ここにはクジラなんかいない。けど、あの虫に体のなかから食われてしまう。

69　そんなことは関係ない

点呼の時間だ。空は白い。遠くの水平線は灰色で、ときどき稲光が見える。前方だけじゃない。どの方角を見ても、水平線には嵐がある。船長は上甲板《アッパーデッキ》を歩きながら、みんなを見おろしている。乗組員たちは、ミッションのための重要な仕事に励んでいる。今日は大切な日だ。

「本日は、水夫、ケイダンの釣鐘形潜水器の試運転を行う。その結果により、これからの潜水方法を決定することになる」船長はすごく堂々としている。真鍮のボタンと青いウールの制服は、たしかに前の服より立派だけど、堂々として見えるのは、そのせいだけじゃない。

「あれはちがう！」僕は大声でいった。「あれじゃ、うまくいかない！　僕がいったのは釣鐘形潜水器《バチスカーフ》のことで、釣鐘そのものじゃありません！」

「そんなことは関係ない」

十人以上の乗組員が力を合わせて、悲しいほど場違いな自由の鐘を、手すりのところまで持ちあげた。そして、船長の合図とともに、鐘は海に落とされた。鐘は石みたいに沈んでいく。そのとき、日頃から例の脳みそたちにかじられていたロープが切れた。鐘は海底まで沈み、引き上げることができなくなってしまった。大きな泡がひとつ、ぼこっと上がってきた。

船長が「成功！」といった。

「成功？　どうしてあれが成功なんですか？」

船長は、わざとらしいほどゆっくり、僕に近づいてきた。銅のデッキを踏む足音が響く。「今日のテストは、海溝に潜るにはどうしたらいいかというおまえの理論がまちがっていることを証明するためのテストだったんだ」そして大声でいった。「おまえの主張はまちがっているんだ！なにからなにまで徹底的にまちがってる。それを早く認めろ。早ければ早いほど、わたしの役にたてる日も早くなる。われわれのミッションを忘れるな」そして船長は離れていった。すごく満足そうだ。

船長がいなくなると、オウムが僕の肩にとまった。めずらしいこともあるものだ。オウムはいった。「オマエに話がある」

70　銀色のサメ

外に出ようとすると、父さんが前に立っている。

「どこに行く？」

「外」

「またか」前回よりも口調が強い。父さんは前に立ったまま、どいてくれない。「ケイダン、歩いてばかりいるから、足が傷だらけじゃないか」

「だから、もっといい靴を買う」どうして歩かずにいられないか、父さんはわかってくれない。歩いていれば、爆発しないですむ。歩いていれば、世界を守れる。歩いていれば、虫がおとなしくしていてくれる。けど、あれはもう虫じゃなくなった。今日はタコになっていた。触腕に並ぶ吸盤は全部、目だ。そんなのが体のなかを動きまわっている。腸のなかをうねうね移動して、居心地のいい場所をさがしている。けど、そんなことは両親にいえない。それはガスだといわれるに決まってる。

「いっしょに行こう」父さんがいう。

「だめだよ！　やめて。それは無理」父さんを押しのけて外に出る。通りを歩きだす。今日は靴を履いている。靴を履いていると重力がなくなると思ってたけど、そうじゃないらしい。なんであんなばかなことを考えたんだろう。けど、歩くのをやめたら、世界のどこかで大変なことが起こる。明日のニュースでそれを知ることになる。それはまちがいない。

家から三ブロック歩いて振りかえると、父さんの車がゆっくりついてきている。銀色のサメみたいだ。ふん！　どうせ、被害妄想かなんかだと思っているんだろう。歩いている息子を追いかけずにはいられない親がいるとしたら、おかしいのは親のほうだ。

車には気づいていないふりをする。ひたすら歩きつづけて、暗くなっても止まらない。立ち止まったり、人に話しかけたりもしない。親の車を引き連れてぐるぐる歩きまわり、最後はようやく家に帰る。

71　最大の敵

目が覚めると、オウムがベッドの足元のほうから僕を見ていた。僕がはっとすると、オウムはぴょんと飛んで近づいてきた。鋭い爪を胸に感じる。けど、オウムは爪を食いこませてはこない。ぼろぼろの毛布の上をゆっくり歩いてくると、眼帯をしていないほうの目で、僕の目を交互に見た。

「船長のことが気になる」オウムがいった。「気になる。気になる」

「そんなこと、どうして僕にいうんだよ」

航海士がもぞもぞ動いている。オウムは航海士が静かになるのを待って、僕に顔を近づけた。ヒマワリの種のにおいがする。

「船長はオマエの真の味方じゃなさそうだからだ」オウムは小声でいった。

「いつから僕の心配をしてくれるようになったの？」

「オレはオマエを陰から見まもってる。オマエのためを思って動いてる。オマエがあのグループに入れたのは誰のおかげだと思う？　オマエが釣鐘に縛りつけられていっしょに沈められなかったのは、誰のおかげだと思う？」

「きみのおかげ？」

「まあ、オレにはそれなりの影響力があるとだけいっておこう」

オウムのいうことを信じていいのかどうかわからないけど、敵じゃないと思えるのはありがたいし、そう思っておくことにした。少なくとも、最大の敵ではなさそうだ。

「そんなこと、僕に話していいの？」

「今後、もしかしたら……」オウムはぴりぴりした感じで頭を上下させはじめた。顔が数字の8を描く。

「もしかしたら？」

今度は、僕の胸の上を歩きまわりはじめた。爪がちくちくする。「ひどいことが起こるかもしれない」オウムは落ち着いたようだ。しばらく黙ってたけど、自分の左目と僕の左目を合わせて、いった。「船長がみんなの信頼を裏切るときが来る。そのときのために、おまえの力を信じていいかどうか、確かめておきたかったんだ」

「僕の力って、僕になにをさせる気だよ」

オウムはくちばしを僕の耳にくっつけた。「いうまでもないだろう。船長を殺すんだ」

72　唯一の希望

シャツを脱いで、ベッドに横になっている。熱のない熱が脳を焦がす。外では、世界の終わりみたいな勢いで雨が降っている。

「悪いことが」小さくつぶやく。「悪いことが起こる。学校で。僕がいないから」

母さんが背中をさすってくれる。小さいころにしてくれたように。「僕が学校に行ったら、悪いことが家で起こる」

母さんには、それが理解できない。「前は僕がまちがってた。けど今度はまちがいない。わかるんだ。なにかが起こるんだ」

振りかえって、母さんを見る。母さんの目は真っ赤だ。泣いてるからじゃなくて睡眠不足だからだよね、といってあげたい。母さんは寝てない。父さんも寝てない。ふたりの息子も寝てない。もう二日になる。いや、三日かも。ふたりとも、仕事を休んでる。ふたりで順番に付き添ってくれてる。放っておいてほしいけど、ひとりになるのも怖い。けど、放っておいてもらえないのも怖い。両親は耳を傾けてくれるけど、息子の声がきこえないようだ。どこからか、いろんな声がきこえてくる。両親も問題のひとつなんじゃないか？

「ふたりは、本当におまえの親なのか？」「やつらは偽物だ。本当の両親はサイに食われちまった」そんな声がきこえる。けどそれは、『おばけ桃が行く《ジェイムズ・アンド・ザ・ジャイアント・ピーチ》』（ロアルド・ダール作の童話）の科白だ。小さいころ、あの本がすごく好きだった。けど、もう頭のなかがぐちゃぐちゃだし、きこえる声にはすごく説得力があるから、なにが現実でなにが妄想なのか、わからなくなってしまう。その声をきいてるのは耳じゃないし、頭でもない。その声は、たまたまのぞいてしまった別世界からの呼びかけなのだ。携帯電話が混線して、知らない外国語がきこえてくるみたいなもの。なのに、なぜかその意味が理解できてしまう。きこえた言葉は意識の端にいつまでも残っている。目覚めの瞬間、夢が現実世界に踏みつぶされる前にきこえた言葉が耳に残るみたいに。けど、目覚めても夢の世界が消えていかなかったら、どうなるんだろう。夢の世界と現実の世界の区別がつかなくなったら、どうなるんだろう。

きこえてくる声は、本物の声じゃない。けど、きいていると、そんなことはすぐに忘れてしまう。

「世界の終わりが来るっていってる。僕が止めなきゃならないんだ」

「誰がいってるの？」母さんがいう。

その質問には答えない。声のことは、両親には知られたくない。だから低くうなりながら、映画のことを考えた。ひとりの人間が世界を救った映画って、どんなのがあっただろう。「あなたは唯一の希望」決まってそんな科白が出てくる。じゃあ、ヒーローが破滅と戦わなかったら、どうなるんだろう。ベッドに寝そべって、母親に背中をさすってもらうだけだったら？　なにもしなかったら？　どんな映画になっちゃうんだろう。

73　栄誉ある仕事

船長に呼ばれて、書斎でふたりきりになった。オウムの姿は見えない。オウムを前に見かけたのは調理室だ。水夫の肩から肩へ飛びうつっては耳をのぞきこみ、まだ脳みそがあるかどうか確かめていた。このごろ、オウムはこっちを見るたびにウィンクしてくる。あの秘密の会話を忘れるなよ、ということだろう。

「ケイダン、おまえはわたしを信頼しているか？」船長がいう。

嘘をついてもバレるだけだ。だから正直に答えた。「いいえ」

船長はにっこりした。「いい子だ。学習しているな。おまえを誇らしく思うぞ。おまえが思う以上に、わたしはうれしい」

たずねるチャンスだ。「船長は僕を嫌ってるんじゃないかと思ってました」

「とんでもない！　おまえにはいろんな試練を与えてきたが、それはすべて、おまえの真の姿を見るためだ。おまえを浄化するためだ。いいか、勘違いするな。われわれのミッションを遂行するにあたって、おまえはいちばん明るい希望の星なんだ。わたしはおまえに望みをかけている」

どう答えたらいいいんだろう。同じことをみんなにいってるんじゃないだろうか。けど、なんとなく、船長のいまの言葉には誠意を感じた。

「正直いって、船で起こっているさまざまなことには頭を痛めている。海の上でなく、船の上に波が立っているようなものだ」船長は身をのりだした。「カリオペに会って話をしているんだろう？　彼女は、ほかのやつらには話さないことも、おまえになら話しているはずだ。おまえが特別な人間だってことだ。おまえは選ばれた男なんだ」

僕はなにもいわなかった。なんの話かわかるまでは黙っていたほうがいい。

「カリオペがなにか知ってて、それを誰かに話すとしたら、相手はおまえだ」

わかってきた。どうやら僕は、そこそこの地位と権力を手に入れたらしい。「話してくれるとしても、秘密です。秘密を漏らすわけにはいきません」

「わたしは船長だぞ！」僕が黙っていると、船長はうなりながら、机のむこうを右へ左へと歩きはじめた。「オウムに協力する気か？」バルクヘッドに拳を叩きつける。「あいつめ！　鳥の分際でわたしに反抗しやがって。わたしの肩に乗りながら、乗組員たちのあいだに反乱の種を蒔《ま》いていやがった」

船長は僕の肩をつかみ、残っているほうの目で僕をじっと見た。オウムがしたのと同じだ。

「カリオペからきいているか？　反乱は起こるのか？　鳥がわたしに勝つのか？」

僕は落ち着いて答えた。「きいておきます」

船長はほっとしたようだ。「そうか。おまえだけは裏切らないと思っていた」そして小声でいった。「機が熟したら、おまえに栄誉ある仕事を与えてやる」

「栄誉ある仕事？」

船長は微笑《ほほえ》んだ。「オウムを殺すことだ」

74　神様を信じる

小さいころ、一ドル札を見るたびに、ワシントン大統領ににらまれているような、妙な感じがした。おもしろいけど、ちょっと気味が悪かった。ワシントンだけじゃない。ハミルトンのにやにやした顔も、人を批判ばかりしていそうで気に食わない。ジャクソンは最悪だ。あの禿《は》げあがった額も、人を見下すような目も、見るたびに、無駄遣いするなよと怒られているような気分になったものだ。フランクリンは気さくそうでいい顔をしてるけど、百ドル札にはそうしょっちゅうお目にかかれない。

もしかしたら、こういうのが、僕にまずい問題が起こる予兆だったのかもしれない。それとも、こういうおかしなことを、ほかの誰でも考えるものなんだろうか。いっておくけど、大統領たちが本当に僕を見ていると思ったわけじゃない。そういう奇妙なことを考えてしまうだけだし、理由なんてとくにない。実際、そういうことを考えたせいで、お金を使わなくなったかというと、まったくそんなことはない。少なくとも最近までは。

なにかがおかしくなったとき、人間は必ず、どこかで出ていた予兆を見のがしたせいだと考える。殺人事件を捜査する刑事みたいに、あったはずの予兆をさがす。それがわかれば、問題をコントロールするのに少しは役立つからだ。すでに起こったことはどうすることもできないけど、手がかりを集めていけば、どんな悪夢に苦しめられるようになっても、あのとき気をつけていれば防ぐことができたのにといえるようになる。自分が間抜けで予兆に気づかなかったからこうなったんだ――そう思えると気が楽だ。そこらじゅうに予兆があって、それに気づいていたのにこうなってしまった――そう思ったら救われない。

75　チャイルドロック

「旅に出よう」父さんがいう。父さんは泣いていたようだ。

「旅って、どんな？　船旅？」

「それがいいなら、そうしよう。さあ、行くぞ。船が出る」

最後に眠ったのはいつだろう。不眠症じゃない。抗眠症だ。目が覚めてしまう伝染性の病気。かかった人がそばに行けば、死んだ人だって目を覚ます。そういうことって、本当にあると思う。けど、怖い。浮かんでくるどんな思いも、頭のなかで真実になる。そしてそれが恐ろしくなる。

声はいまもきこえる。ただ、声も眠っていないのか、支離滅裂なことをぶつぶつつぶやいているだけだ。それでも、その言葉といっしょに伝わってくる感情はある。よくない感情だ。よくないことが起こるぞ、警告しておくぞ、おまえは宇宙のなかで大切な存在だぞ、そんな思いが伝わってくる。

旅になんか出たくない。ここにいないと、妹を守ることができない。妹はいま、友だちのところへ遊びに行っている。家にいない。けど、妹が帰ってくるときには、家にいてやらなきゃならない。両親が血走った目をしている。そうか、両親も妹を守りたいと思ってるんだ。お兄ちゃんから守ろうとしているんだ。

車に乗った。両親がしゃべってるけど、頭のなかにきこえる声と同じように、ごちゃごちゃで意味不明だ。車は家族のお気に入りのホンダだけど、両親のいる運転席と助手席が、後部座席からどんどん離れていくように思える。いつのまにか、車はリムジンになっていた。誰かが車内の酸素を吸いだそうとしている。息ができない。ドアをあけてフリーウェイに飛びおりようと思ったけど、ドアが開かない。チャイルドロックがかかってる。腹が立って叫んだ。ひどい言葉でわめいてみる。それでも車は止まらないし、ドアは開かない。両親が、怒りをなだめようとしている。父さんがまともに運転できないくらい、車内で暴れてやった。もしかしたら、恐れていたことって、交通事故で家族三人が死ぬことだったのかも。事故が起きるのは自分のせいだ。だから、両手で頭を抱えて、逃げようとするのをやめた。

急な下り坂。車はリムジンじゃなくて、内側がクッションみたいになってるエレベーターになった。エレベーターは斜めにおりていって、黒いピラミッドの地下に入る。誰も知らない、深い深い地中に潜っていく。

坂を下りきったところで、車は駐車場に入った。看板が出ている。〈シーヴュー記念病院〉とあるけど、そんなのは嘘だ。なにもかも嘘だ。

五分後、両親は太った女の人と向かい合って座っている。女の人はめがねをかけてるけど、あの顔にあのめがねは小さすぎる。なにか書類を作っている。どうでもいい。ここにいるのは両親だけだから。自分はずっと離れたところからそれを見ているだけだから。

うろうろ歩きまわりたくなるのをこらえるために、魚の水槽をながめた。水槽はオアシスだ。まわりは砂漠。座り心地の悪い、無機質な椅子が並んでいる。ミノカサゴ、クマノミ、イソギンチャク。海の一角をとらえて、凝縮したみたいなものだ。

小さな子どもが水槽のガラスをばんばん叩いている。魚が逃げて、自分たちの世界を包む見えない障壁にぶつかっていく。その感覚はよくわかる。自分よりずっと大きなわけのわからないものにひどい目にあわされて、逃げようとしても、自分の宇宙がどんなに狭いかを思い知らされるだけなのだ。

　母親が子どもにスペイン語で呼びかけている。子どもが動かないので、無理やり引っぱっていった。自分があの水槽の外にいるのかなかにいるのか、わからなくなってきた。頭のなかにあった「こっち」と「あっち」の境目がなくなってしまった。自分は自分であって、自分を取り囲むものでもある。水槽のなかで魚といっしょに暮らしている、そんな気がしてきた。魚はモンスターかもしれない。自分は船の上にいる。船は――たぶん海賊船だ――海がどんなに広くて深くて危険なのかを知りもせず、破滅に向かって進んでいる。けど、その船に乗っているしかない。どんなに恐ろしくても、海に投げ出されるよりはましだから。海賊船はできるだけリアルなものにしよう。どうせ、現実も空想も似たようなものなんだから。

76　止められない

　二重の陰謀に巻きこまれてしまった。一方は、オウムと僕の反乱計画。言葉はほとんど交わしてないけど、視線やうなずきやひそかな目くばせで、オウムが語りかけてくる。僕の絵には、オウムに向けた秘密のメッセージがたくさん隠されている。少なくともオウムはそう思っている。

　もう一方は、船長と僕のオウム殺害計画。船長も僕に目くばせをしてくる。船長の部屋の壁には、船長がいうところの〝船長勝利予想図〟が飾られている。

「絵に隠された意味は、誰にもいうなよ」船長は僕に耳打ちした。「オウムを海のモンスターの餌にしてやる。あの絵はそういう意味なんだろう？　いわなきゃ誰にもわからないからな」

ふたつの陰謀は、やがて衝突するだろう。物質と反物質の衝突みたいに大爆発を起こして、僕もそのとき死ぬ。それはわかっていても、もう逃げ場はない。もう止められない。チャレンジャー海淵の謎を守るモンスターと同じように、その運命は確実に僕たちを待ち受けている。

77　油膜

入院手続きが終わった。悪魔との契約が結ばれた。大きな顔に小さな丸めがねをかけた女の人が、やさしい視線を向けてくる。作り物のやさしさに決まってる。そういう顔をすることに慣れているんだろう。

「心配いらないわよ」女の人がいう。誰かほかの人に向かっていったのかと思って、うしろを見てしまった。両親といっしょに、病院の別の棟に連れていかれる。特別病棟だ。両親は手を握りあっている。ふたりでひとつの生き物になってしまったみたいだ。濡れた目が四つついている。

こんなの大丈夫。だって、自分はいまも遠くからこの光景を見ているだけだから。けど、両親が病室を出ようとした瞬間、そうじゃないってわかった。自分はここにいる。ひとりぼっちでここに残される。水責めにされるかもしれない。いろんな予兆がひとつに合わさって、確信する。恐ろしいことが起こる。自分に。両親に。妹に。友だちに。いや、いちばん危ないのは僕だ。ここに置いていかれたら、なにが起こるかわからない。

だから、パニックになった。いままで、人に暴力をふるったことはないけど、力ずくでここから出ないと、人生がおしまいになってしまう。この場所にいると、世界が終わってしまう。けど、まわりは監視の目が光っている。パステルカラーのユニフォームを着たたくましい男たちがどこからともなくやってきた。つかまって、押さえつけられる。

「いやだ！　いい子にするから！　もうしないから！」なにを〝もうしない〟のか、自分でもわからない。なんでもいい。ここにいなくてすむなら、どんなことでも我慢する。

その声をきいて、両親はドア口で立ち止まった。気が変わったんだろうか。そう思ったとき、パステルピンクの服を着た看護師が、両親に近づいた。視線をさえぎるようにして、いった。

「長居すると、息子さんがかえって苦しむことになります。わたしたちの仕事も増えてしまいますから」

「殺される！　殺される！」思い切り叫んだ。その声が自分の耳にきこえる。やっぱりそうなんだ。殺されるんだ。けど両親はこちらに背を向けて、出ていった。運河の水門みたいに開いたり閉じたりするドアの並んだ廊下をずっと歩いていき、外に出るのだろう。外は、ほんの何秒か前に昼から夜に変わったばかりだ。やっぱりそうだったんだ。あの人たちは両親じゃなくて、偽物だったんだ。

アドレナリンのせいで、ものすごい力が出る。パステルカラーを着た三人の男性看護師にも勝てそうだ。けど、勝てそうで勝てなかった。結局は、三人に取り押さえられて、ベッドに寝かされた。お尻にちくんという痛みを感じた。振りかえると、看護師のひとりが注射器を持って、僕から離れるところだった。致死量を打たれた。あっというまに手足を押さえられ、柔らかい抑制帯をつけられた。薬が効きはじめた。

「ゆっくり休むんだよ。心配しなくていいからね」看護師がいう。「きみのためなんだ」

毒がお尻から脳みそにまわる。思考が薄く平らに広がっていく。海の表面に広がる油膜みたいだ。

それから、白いプラスチックのキッチンに行った。ここに来るのは生まれてはじめてだ。これから何度も来ることになるだろう。ここを通って、本当は行きたくなんかない、いろんな場所に行くことになる。

78　やさしい太陽の世界

夢を見た。どこかのビーチに寝そべっている。そこにいる人々は英語を話せない。いや、話せるのかもしれない。アメリカ人観光客がたくさんいるからだ。彼らは、持ってもいないお金で、必要でもないものを買う。そして、容赦ない日差しを浴びて、ロブスターみたいに真っ赤に日焼けする。

けど、太陽は、僕にはやさしい。母さんと父さんと妹にもやさしい。僕たちに対しては熱と光をやわらげてくれるから、日焼けの心配がない。日焼け止めも塗らなくていい。

あたりは楽しそうな声と笑い声に包まれている。子どもたちが遊ぶ声。ぴかぴかしたものを売るビーチの売店の声。名調子で呼びかけられると、客はついつい買ってしまう。金や銀のアクセサリーをうれしそうに身につけて、売店を離れていく。買ったばかりのアクセサリーがじゃらじゃら音をたてて、まるでクリスマスのジングルベルみたいだ。

妹は、ターコイズブルーのやさしい波とたわむれながら、貝殻をさがしている。波はさらさら音をたてて妹の足首を洗う。海のほうも、永遠にこうしていたいと思っているようだ。

両親は手をつないでビーチを散歩している。父さんはお気に入りの白い麦わら帽をかぶっている。南のビーチに行くときの、とっておきだ。ほかの場所でかぶったらばかみたいに見えてしまうからだけど。ここでは請求書や税金の話は出てこないし、なんの計算もしなくていい。母さんも楽しそうにはだしで歩いている。日差しがどんなに強くても、砂はひんやりして気持ちいい。今日は人の歯を掃除しなくてもいい。ふたりとも、どこに向かうでもなく、ただのんびり散歩している。

僕は砂に埋もれるようにして座り、足の指が砂粒にくすぐられる感触を楽しんでいる。手には、冷たい飲み物の入った背の高いグラス。グラスの表面には水滴がたくさんついている。それが日差しを屈折させて、まるで虹の万華鏡のようになっている。僕はビーチに座っているだけで、なにもしていない。なにも考えていない。ただこの瞬間に存在するだけでじゅうぶんだ。

この世界にキッチンはない。ビーチの遠くのほうにアウトドアのバーベキューグリルがあって、エビを焼いているだけだ。いいにおいが漂ってくる。終わりなき休暇の神への捧げ物のにおいだ。

この世界には船もない。レース用のヨットが湾の外を走っているのが見えるだけだ。あつらえ向きのそよ風を受けて、ここよりもっと南国らしさに満ちたところに向かっていくんだろう。

文句なく素晴らしい世界だ。

……残念だけど、これは夢だ。夢はそのうち終わって、僕は現実で目を覚ます。そこでは僕が壊れているか、世界が壊れているかのどちらかだ。

文句なく素晴らしいビーチなんて、くそくらえ。冷たい飲み物なんて、くそくらえ。グラスを持っている感触はあるのに、その手を唇に近づけることができないんだから。

79　認証待ち

精神活性薬をめいっぱい注射されると、意識は、あるかないかじゃなくて、そのグラデーションになる。眠っている状態と起きている状態の接合面が超新星になって爆発し、星の破片といっしょにまわりのものすべてを飲みこんでしまった感じ。残っているのは〝ほかのどこか〟という不変の感覚だけ。そこでは時間軸もゆがんでいて、予測ができない。きつい玉結びになってしまった幼児の靴紐《くつひも》みたいになっている。そこでは空間が泡立ってねじれて四次元になっている。ビックリハウスのゆがんだ鏡に似ている。人はみな恐ろしいピエロのようだ。自分だけが、顔のない小さな人間になって、『トワイライト・ゾーン』の最初に出てくる闇と物の世界を落ちていく。細長い頭から、白くてふわふわした考えを細く吐き出しながら。

あんなドラマを作りだした脚本家のロッド・サーリングは、かなり重い精神病を患っていたにちがいない。

80　塩をかけられたナメクジ

ここは病院のベッドだ、と思うこともあれば、白いプラスチックのキッチンだ、と思うこともある。また、船のセールに縫いつけられてしまったとしか思えないこともある。頭のぼんやりした感じはリアルだし、いくつかの顔には見おぼえもある。けど、どれがどれだかわからなくなるし、誰がどんな顔をしていたかもわからなくなる。最初の夜、ちょっと暴れたら、「ちょっと抑制してるだけだよ」といわれたけど、波打つベッドに縛りつけられたとしか思えない。

いろんな人が来ては、話しかけてくる。きかれたことには答えるけど、自分の唇から言葉が出ている感じがない。爪先や指先の感覚もない。

「気分はどう？」

よくそうきかれる。もしかしたら一度きかれただけかもしれない。あとのは全部こだまだったのかも。

「塩をかけられたナメクジみたい」自分がいうのがきこえる。薬のせいでろれつがまわらない。

「おしっこ、もらしちゃった」

「大丈夫だよ。それはこっちで処理するから」

大人用のおむつをつけられるんだろうか。いや、もうつけられているのかもしれない。どうなんだろう。知りたくない。殻のなかに閉じこもってしまいたい。ぐるぐる奥に入っていきたい。けど、殻なんて持ってない。カタツムリじゃなくてナメクジに近いということか。自分を守るすべがない。

そんなときもずっと、声は語りかけてくる。けど、ずいぶんへろへろな声だ。説得力もない。これって、ガン患者が受ける化学療法みたいなもの？　全身を猛毒で攻撃して病気をやっつけて、病気以外の部分を生かしてやろうっていう作戦？　毒で声を殺すことはできるんだろうか。場合によっては、声をめちゃくちゃ怒らせることになるかもしれない。

81　天敵との戦い

「よくきけ」船長がとびきり偉そうな口調でいった。「今日は、海の物語をきかせてやる。伝説ハカセに検証してもらう必要はない。この話はすべてわたしの頭のなかに入っているんだ」

オウムは落ち着かない様子で、一歩わきにずれた。船長の話と自分は無関係だよ、とみんなにいいたいんだろう。

「偉大なる船長、エイハブの登場によってはじまり、別の船長、ネモの登場によって終わる物語だ」

おでこにもうひとつ焼き印を押されるリスクを覚悟で、僕はいった。「すみません、そのふたりは別々の小説の主人公だと思うんですけど」

「だが、そのふたりは会っているんだ！」船長はいった。思っていたほど短気ではないらしい。「それどころか、ふたりは親友だった。だがそれが問題だった。まあ、物語にふたりはあまり登場しないから、気にするな。主役は彼らの天敵《ネメシ》なんだ」

「天敵《ネメシス》」を複数形にしたいなら、ネメシじゃなくてネメシーズですよ、と僕はいいたかったけど、やめておいた。相手が穏やかだからって調子に乗ると危ない。

「ネモ船長を乗せて一万キロ以上の航海をした謎の潜水艦ノーチラス号が、巨大イカに捕まった。このままだと深海に沈められてしまう。やっとのことでイカの触腕を逃れたノーチラス号は、エイハブ船長の乗ったピークォド号に出会う。エイハブは白鯨を追っている最中だ。潜水艦と船は衝突し、ピークォド号は沈んだ」船長は僕を見て、からかうような口調でいった。「船を沈めたのはクジラだと思っているんだろうが、そこはメルヴィルのまちがいだ。メルヴィルが書いたのは、イシュマエルがでっちあげた話なんだ。イシュマエルは船長の秘密を守ると誓ったんだ」

オウムがひゅうと口笛のような声をあげた。ばかにしているのか賞賛しているのか、どちらかだ。たしかに、船長の話には柔軟性がありすぎる。

「それはともかく」船長は続けた。「ネモは、海に落ちたエイハブを助けた。ひと目見たときから、ふたりは自分たちが同じ志を持った仲間だと気づき、その後いっしょに旅をした。やがてふたりは緑の海を見つけて、いつまでも楽しく暮らしましたとさ」船長はいったん口をつぐんだ。拍手を期待していたんだろうか。しかしみんなが反応しないので、続けた。「ところが海獣のほうは、ふたりのような仲良しにはなれなかった」船長は両腕を大きく広げ、目を見ひらいた。

「どちらも巨大な生き物だ。クジラとイカ。どちらも自然界の変わり者ではあるが、両極端な存在だった。イカは鋭い触腕を持った奇妙な形の生き物で、黒い墨を吐くことでまわりを混濁させることができる。触腕のほかに、足は八本。あらゆる論理を否定する、カオスの生き物だ。それに対してクジラは、知性と品性を持った生き物だ。クジラは音波の反響によって距離や奥行きを計算することができる。自分の住む世界について、大切なことは全部知っている。イカはちがう。自分の吐いた墨でまわりが濁ってしまえば、自分もその先を見ることができなくなってしまう。両極端な者同士、イカとクジラは互いを見下している」

船長はテーブルをどんと叩いた。全員がはっとした。オウムは翼をばたつかせ、また何本か羽を失った。「偉大な船乗りと呼ばれたいなら、海の生き物を見捨ててはならない！」船長がいった。「だが、さっきのふたりは、クジラにもイカにも目をくれなかった。そのせいで、彼らの天敵《ネメシ》であったクジラとイカは、果てしない闘いを繰り広げることになった。年々、怒りを増幅させていったんだ！」僕たちひとりひとりの目を見てから続けた。「なにか質問は？」

僕たちは顔を見あわせた。質問ならいくらでもある。けど、誰もききたがらない。しばらくして、骨占いの男子がおそるおそる手を挙げた。当てられると、こういった。

「はあ？」

船長は深く息を吸ってから、肺の空気をすべて吐き出した。息は僕のところにも届いた。風が吹いたみたいだった。「この話から学ぶべきは、われわれは天敵を見すててはいけないということだ。ほかの海獣はどうでもいいが、天敵とは共生しなければならん。戦うことはあっても、同じくらい餌をやりつづけることが必要だ。逃れる希望もなく、孤独でつらい戦いを続けなければならないとしても」

真珠のチョーカーの女子がうなずいた。「たしかにそうですね」

けど、僕は反論したくてむずむずしていた。我慢できない。「その話はまちがってる！」

みんなの目が僕に集まった。ああ、これで、おでこのFの横にマイナスのマークがつけられるんだろうな。

「いってみろ」船長がうなるようにいった。警告だ。けど、そんなものには負けたくない。

「ネモとエイハブはそれぞれの天敵と決別して、それなりに平和な日々を手に入れたはずです。それでいいんじゃないですか。天敵のほうも……仲間ができたことだし」

誰も動かない。オウムだけが悠々と羽づくろいをはじめた。反論した僕を誇らしく思ってくれているんだ、と思わずにいられない。オウムの目を意識してしまう自分が情けない。

船長の忍耐はそこまでだった。いまにも噴火しそうな火山みたいになって、僕を見た。「ケイダン・ボッシュ、並の水夫のくせに、相変わらず生意気だ。その上、無知だ！」

航海士が助け船を出してくれた。

「生意気《インソレンス》、無知《イグノランス》、下品《イグノーブル》な、チェルノブイリ。船長、核兵器は使わないでくださいよ。乗組員がみんな死んでしまいます」

船長はちょっと考えこんだ。ここはちょっとガス抜きをして爆発を抑えるべきだと思ったらしい。また凪みたいなため息をついた。「生意気な意見は砂嵐と同じだぞ、ボッシュ水夫。海に居場所はない」それから、いたずらっこみたいに鼻をつまんで、「解散」といった。

海図の部屋を出てデッキに戻るとすぐ、航海士が僕を叱った。「きみは学習しないやつだな。船長にたてついたら、海に放りこまれるぞ。もっとも、昔なら木の板から飛びこまされたけど、いまは銅になっちゃったから、あんまり優雅な飛びこみはできないかもな」

そういえば、カラスの巣から飛びこむ人たちを見たことはあるけど、木の板を歩いていって海に落とされる処刑は見たことがない。ふとデッキを見わたすと、舷から外側に板が一枚突き出ている。海に中指を突き出してるみたいな格好だ。航海士がその言葉を口にしたのと同時にあらわれたようだけど、驚きはしなかった。この船ではなにがあってもおかしくない、そう学んでしまった。

部屋に戻る前に、青い髪の女子が僕を振りかえった。僕が船長に口答えするたびに、この子が尊敬のまなざしで見てくれる。「船長にも天敵がいるんじゃないかな。すっごく恐ろしいやつ。あたしたち、そのうちそいつに出くわすかもよ」

顔を上げると、海図の部屋から出てきたオウムが高く飛びあがって、前檣《フォアマスト》にとまるのが見えた。

「船長の天敵か。僕たち、もう出くわしてるんじゃないかな」

82　大砲の喉元

真夜中、僕は知らない乗組員にベッドからさらわれて、大砲の掃除をさせられた。船長に口答えした罰だろう。抵抗したけど、いつのまにか腕と脚がゴムになっていた。船が銅に変わったのと同じ、みごとな変わりっぷりだった。腕も脚も、奇妙な方向に曲がったり伸びたりする。立とうとしても踏んばりがきかない。戦おうとしても、力が入らない。茹《ゆ》でたパスタみたいにぶよぶよ動くだけだ。

暗いハッチに入ると、巨大な大砲があった。「一度の航海のうち、誰でも一度は大砲の掃除をするんだ」僕をさらった乗組員がいう。「いやだろうがなんだろうが、やるしかない」

暗くて陰気な場所だった。機械油と火薬のにおいがする。大砲の弾がピラミッドの形に積まれている。いくつものピラミッドの真ん中に、大砲が据えてあった。あり得ないほど重い。台座の下の銅板が重みでたわんでいる。黒々とした砲口を見ると、船長の目ににらみつけられたように、身がすくんでしまう。

「べっぴんさんだろ?」船上警備の水夫がいった。白髪まじりで筋肉質の、ベテラン船員だ。腕に並んだどくろのタトゥーが、僕を横目で見ている。

大砲の横に、磨き剤の入ったバケツとぼろきれが置いてある。僕はゴムの腕を使ってぼろきれをバケツに入れ、大砲の砲身に磨き剤をたっぷりなすりつけた。ところが、警備の水夫が笑い声をあげた。「ちがう、ちがう。ばかだな」たくましい腕で僕の体を持ちあげる。「大砲の外はいいんだ」

ほかの人の笑い声もきこえる。部屋に別の船員が隠れていたのかと思ったけど、そうじゃなかった。笑ったのはタトゥーのどくろたちだ。何十もの声がきこえる。「突っこんじまえ! 押しこんじまえ！」

「やめろ！」僕は叫んだけど、無駄だった。頭から大砲のなかに突っこまれた。冷たくてざらざらした、大砲の喉を下へ滑り落ちていく。きつい。閉所恐怖症になりそうだ。息が苦しい。体をよじろうとすると、声がきこえた。

「動くな！　動けないのに、ちょっとでも動いたらドカンだぞ！」

「知ったことか」警備の水夫とタトゥーのどくろたちは、大きな声でしばらく笑っていた。やがて静かになると、水夫は砲身を鉄の棒でなぐりはじめた。大きくてリズミカルな音が、僕の脳天に響いてくる。

ガン！　ガン！　ガン！　ガン！

「じっとしてろよ！」どくろが叫ぶ。「動いたらやり直しだぞ！」

いつまで続くんだろうと思っていると、音とリズムが変わった。

ガガガガーン！　ガガガガーン！　ガガガガーン！

衝撃音のシンフォニーがいつまでも続く。脳みそが悲鳴をあげる。耳から逃げ出したいといっている。そうか、こういうことだったのか！　乗組員たちの脳みそは、こうやって頭から出ていったんだ！　だけど僕は、脳みそのない船乗りの仲間入りなんてしたくない。僕の脳みそは反抗的だけど、カーライルのモップで海に落とされるのはごめんだ。

カン、カン、カン、ガン！　カン、カン、ガン！　カン、カン、ガン！

三種類のリズムが、あと二回ずつ繰りかえされた。音は毎回大きくなっていく。世界は騒音で満たされ、僕の頭のなかで歯ががちがち鳴りつづけた。誰も、これを止めようとしない。大砲に詰めこまれた僕を、誰も助けることはできないんだろう。

83　ゼンマイ仕掛けのロボット

両親が一日一度、面会時間中にやってくる。ゼンマイ仕掛けのロボットみたいだ。僕は、レクリエーションルームで両親に会うたび、家に連れてかえってよと泣きついている。

「頭のおかしいやつがいっぱいいるんだ！」声を殺して訴えた。悪口が本人の耳に入るとまずい。「僕はちがう！　こんなところ、僕の居場所じゃない！」

両親はなにもいわないけど、答えは目にあらわれてる。いいや、おまえも頭がおかしいんだよ。おまえの居場所はここなんだよ、といっている。親なんか大っ嫌いだ。

「ちょっとのあいだの辛抱よ」母さんがいう。「気分がよくなったら出られるわ」

「ここに来なかったら」父さんもいう。「もっと悪くなってたんだ。つらいだろうが、おまえは強い子だ。がんばれるだろう？」

強くなんかない。両親のいうことなんか、信じられない。

「いいニュースがあるんだ」両親がいう。「ＭＲＩの結果が出てね。きれいだった。脳腫瘍とか、そういう病気じゃないってことだ」

いわれるまで、そんな可能性があったなんて思いもしなかった。けど、きいてしまった以上、そんな結果はとても信じられない。

「ＭＲＩ、そんなに怖くなかっただろう？」

「うるさかった」思い出しただけで、歯がかちかち鳴りはじめた。

両親は毎日やってくる。両親が来ると、また一日たったとわかる。両親は、息子の前で息子の話をする。息子にはきこえてないとでも思ってるんだろうか。息子がおかしいのは頭であって、耳じゃないのに。部屋の隅で話してたって、ちゃんときこえてるのに。

「目が、なんだかおかしいわ」そんなふうに話してる。「うまくいえないけど、見てるのがつらい」きいていると、笑ってしまいそうになる。こっちだって、ふたりの目をのぞきこんでいるのに、ふたりとも気づいていないんだ！　相手の目を見るのは重要だ。そこには真実があるからだ。それが、ほかの人にはわからない。クロゴケグモの巣みたいにぐちゃぐちゃでべとべとした企みや感情が、人の目にはひそんでる。世界中の人たちの目に、悪魔が隠れてる。逆に世界中の人たちがこっちを見ても、目は底無しの黒い穴にしか見えないだろう。

84　風景画のパズル

ときどき、自分の頭に入れなくなる。まわりをうろうろして、壁をどんどん叩いてみるけど、それでも入れない。

「それは悪いことじゃないんだよ」ポワロ先生がいった。「いまは、頭のなかがうまい具合に働いてないからね」

「うまい具合に働いてない」おうむ返しに答えた。いや、繰りかえしたのは先生だろうか。はっきりわからない。このごろは、原因と結果も入れ替わることがある。時間の流れもおかしくなってきた。

ポワロ先生の目は、片方が義眼だ。同室の患者がそういっていた。こうして見ていると、たしかに反対の目より少し小さいし、動きも鈍いような気がする。ポワロ先生は、派手なアロハシャツを着ている。このほうが患者さんたちを緊張させずにすむからね、といっていた。ポワロ先生は、自分の名前を口にしてから、いった。「アガサ・クリスティの探偵みたいだろう？　いや、きみは若いから知らないかな。時代は変わるねえ」

ポワロ先生はカンニングペーパーを持ってる。それを見ればすべてがわかるらしい。知らないことまでわかる。そんな人物、とてもじゃないけど信じられない。

「外の世界の悩みは忘れなさい。いまはとにかく、ゆっくり休むことだ」患者の人生のページをめくりながら、ポワロ先生はいう。

「ゆっくり休みます」また繰りかえす。それ以外になにもいえないのかと、自分に腹が立ってくる。薬のせいでこんなふうになっているんだろうか。脳みそがおかしくなっているんだろうか。どっちだかわからない。

「いま、きみの思考回路にギプスをつけてる状態なんだ。そう理解してほしい。壊れたから、ギプスをつけて治してるんだ」

　家にあるものを持ってきていいですかと、先生にきいた。けど、なにを持ってきたいのか、自分でもわからない。着るものはある。ただし、ベルトやアクセサリーはない。本は大丈夫だけど、鉛筆やボールペンは先が尖《とが》ってるからだめ。ほかの人や自分自身を傷つける武器になるようなものは持ちこみ禁止だ。レクリエーションルームに行けば筆記用具はあるけど、パステルカラーの看護師たちがいつも見はっている。

　そのあと、レクリエーションルームにいたとき、朝食べたものと朝の薬を、ものすごい勢いで口から噴射してしまった。なんの前触れも予感もなかったので、白い泡みたいな吐瀉物《としゃぶつ》は、パズルのテーブルに座っていた子を直撃した。

　一生をパズルに捧げるつもりらしい女子が、かんかんになった。

「わざとやったんでしょう！」永遠のパズル女子が叫んだ。「そうに決まってる！」青い髪をしてるけど、毛根のあたりは金色だ。金色の部分の長さを見れば、その子がどれくらいここにいるのかわかる。その子が飛びかかってきた。壁に押しつけられたけど、薬のせいでぼんやりしていたから、されるがままになっていた。いまは腕にひどい痣ができている。けど、痛みもあまり感じない。神経がすべて麻痺《まひ》しているようだ。

　パステルカラーの看護師が素早くやってきて、パズルの女子を抑えてくれた。もうちょっとで目をくりぬかれるところだった。じっとしていると、部屋に連れもどされた。まわりにはいつもパステルカラーの看護師がいて、誰かが変なことをすると、すぐに対応してくれる。事態が深刻になると、黒い服を着た警備員がやってくる。けど、そういう人も武器は持っていないと思う。必死に暴れてる患者に簡単に奪われてしまうだろうから。

パズルの女子が泣いてる。こっちだって泣きたい。風景画のパズルがだめになっちゃったのが悲しい。けど、泣かずに笑った。すると余計にいやな気分になって、もっと大きな声で笑った。

85　あとは余熱で

また白いプラスチックのキッチンにいる。まわりにいる人たちは、まともなこともあるし、まともじゃないこともある。悪意を持ったモンスターたちは仮面をつけているけど、仮面はどんどん変わっていく。いろんな声がいっしょにきこえて、なにをいってるのかわからない。どっちからきこえるのかもわからない。ここが何次元なのかもわからない。ふつうに三次元なのかもしれないし、いつもずきずきしている頭の一部を通ってしかたどりつけない、特殊な次元なのかもしれない。

今日は汗をかいている。キッチンは暑い。だから余計に頭が痛くなる。

「僕、脳腫瘍なんだ」ある仮面に向かっていってみた。その仮面には体がなくて、持っているクリップボードも空間に浮いている。

「ちがうよ」仮面がいう。

「もう手術もできないんだ」しつこくいってみる。仮面が男なのか女なのかわからない。わざとわからないようにしているんだと思う。

「ＭＲＩでもＣＡＴスキャンでも、異常は見つからなかった」仮面はクリップボードを見ながらいう。僕はもう争わない。また大砲のなかに押しこまれたくない。

仮面から手が二本生えてきた。いや、前から生えていたけど見えなかっただけだろうか。腕に圧力を感じる。見ると、自分の腕がギロチンの穴にはめられていた。

「じっとして。バイタルをとってるだけだから」仮面が男なのか女なのか、やっぱりわからない。ギロチンの刃が落ちる。腕が床に転がった。船底に転がった鱒《ます》みたいだ。口からうめき声がもれた。仮面がいう。「小さすぎる。捨てちゃえ」そして、腕を拾って窓の外に投げてしまう。さっきまで窓なんかなかったのに。けど、いつのまにか腕が体にくっついていた。

「収縮期血圧がまだ高いね。クロニジンを増やそう。それでも効かなかったら、頭を風船みたいに破裂させてやる」

本当に耳からきこえた言葉もあるし、そうでない言葉もある。けど、全部きこえたのは確かだ。どれが本当の声で、どれがテレパシー的な声なのか、わからない。

「腕の痣はどう？　押すと痛い？」青い髪をしたパズル女子につかまれたところが紫色になっている。仮面はそこを見ながらいった。

「うーん、色が変わってる」仮面がいった。いや、いわなかったかも。「いい色だね！　肉はそれくらいの焼き加減が最高だよ」あとは余熱で火を通すそうだ。

86　グループセラピー

悲しいほど殺風景な病院の壁のなかで、子どもたちがなにを食べさせられてると思う？　チキン？　ビーフシチュー？　まさか。正体がはっきりわかるのは、インスタントのフルーツゼリーだけだ。それはしょっちゅう出てくる。モモやパイナップルのかけらが混ざってることもある。ぷるぷる揺れる赤くて透明な物体のなかに、果物が浮くでもなく沈むでもなく散っている。窮屈な思いをしてるんだろうな。とくに、薬を打たれるともうだめだ。ときどき、自分のまわりがゼラチンで固まっているような感じがする。すごく気合を入れないと、まったく動けない。がんばっても無駄な気がしてくる。

自分の存在を感じるのは食事のときだけ。といっても、食べ物にはなんの意味も感じなくなっている。空腹なんか感じないし、食べても味がしない。いろんな薬のカクテルの副作用だと思う。

「ちょっとのあいだだけだよ」ポワロ先生がいう。「いまだけだ」

その言葉にも、なんの意味もない。時間が前向きに動かなくなったから。横向きにも動かなくなった。いまは一ヶ所でぐるぐる回っているだけ。小さな子がぐるぐる回って気持ち悪くなる、あんな感じだ。

セラピーセッションが時間の経過の目安になるということに気がついた。

一日三回、一回一時間、ほかの子たちと丸く並んで座らされる。そして、恐ろしい話をきかされる。一度きいた話は頭にこびりついて離れなくなる。ある女子は、継父から何度も性的暴行を受けつづけ、最後には自分の喉を切ろうとしたことを、ものすごい細部にわたって説明した。ある男子は、ヘロインを注射するのがどんな感じか、ヘロインを買うお金を得るために街角に立って体を売ったときどんな気持ちだったか、段階を追って話した。みんな、残酷な悪魔の背中に乗せられて話しているんだろう。僕は背を向けてその場から逃げ出し、耳をふさいでいたくなった。だけどそれは許されず、次の話をきかされる。これは「治療の一環」だから。こんな治療に効果があるなんて、どこのどんな能無しが決めたんだろう。ただでさえ苦しんでる子に、ほかの子の悪夢まできかせてなんになる?

両親にそのことを話したら、驚いたことに、両親もいっしょになって怒ってくれた。「うちの子は十五歳ですよ!」父さんがパステル看護師のチーフにいった。「そんな恐ろしい話ばかり、どうしてうちの子にきかせるんですか。どんな子だってききたくない話じゃないですか。ましてうちの子は病気なのに——。それのどこが治療だっていうんですか」

まだまだこれからよく確かめなきゃならないけど、父さんが偽物じゃなくて本物かもしれないって思えてきた。

両親の苦情のおかげで、変化が起きた。新しい〝ファシリテーター〟とかいう人がやってきて、グループセラピーを仕切るようになった。セラピーが、感受性の強い思春期の心にトラウマを与えるようなものにならないように、気をつけてくれている。「きみたちを洗脳するためにここに来たわけじゃないんだよ」ファシリテーターはそういった。「きみたちに思ったことを素直に話してほしいから、ここに来たんだ」

名前はカーライルというそうだ。

87　振り出しに戻る

「おまえの見る夢のせいで、わたしまでいやな気分だ」船長がいった。「悪意と悪だくみがこっちまで漏れてくる」

船長の書斎で、ふたりきりで話していた。船長はパイプをくわえている。火がぶすぶすいってくすぶっているのは、海から拾いあげた海草をパイプにつめて燃やしているからだ。とまり木にオウムはいない。

「けど、夢は物事の本質を見せてくれます」

船長は僕のほうに身をのりだした。煙のつんとするにおいがして、目がちくちくした。「おまえの夢はそういうんじゃない」

ついつい、オウムがなにかいってくれるんじゃないかと期待してしまう。けどオウムはここにはいない。船長とオウムがいっしょにいるところを見慣れているから、オウムがいないと、なんだか妙な感じがする。

「おまえの白いキッチンの夢に出てくる仮面の悪魔が、これまでのことをすべて振り出しに戻すぞ、と脅してきた。この旅もなかったことになってしまう」

オウムも父親と同じ運命をたどったんだろうか。行きたくもない調理場に連れていかれたんだろうか。夢に出てくるキッチンとちがって、あそこは清潔でもないし、明るくもない。あのまな板に乗せられたんだろうか。オウムがいなくなったらいいのにと思ったことは何度もあるけど、実際こうして姿が見えなくなると、すごくいやな予感がする。

船長がオウムを始末したというはずはない。なぜなら、船長と僕が裏で手を組んでいるから。僕が船長ともオウムとも裏でつながっていて、僕がどちらかに傾かない限りは、船長もオウムも安全なはずだ。どっちも死なないでほしいと思うこともあるし、どっちも死んでしまえばいいのにと思うこともある。けど、どっちか片方が死ぬことを考えると、恐ろしくなる。

「いいか、よくきけ」船長がいう。「白いキッチンには行くな。目を閉じろ。あのまぶしい明かりを見るな。全身の細胞に力をこめて、あの場所には行くまいと踏んばれ。おまえさえここでわたしたちと――いや、わたしと――いっしょにいてくれたら、なんの心配もないんだ」

88　毒の満ち引き

眠れない。眠るというより、死から八時間を拝借しているというほうが近い。薬の効果がピークになると、頭のなかに入れなくなるし、夢も見られなくなる。明け方、起床時刻のちょっと前に本当の眠りに落ちるものの、あっというまに目覚めてしまう。

どの薬がどんなふうに効いてくるのか、パターンがつかめた。だるくなって、目の焦点が合わなくなり、人工的な安らぎを感じる——これが、薬がばっちり効いているときの状態。効き目が弱くなるにつれて、被害妄想と不安が強くなってくる。具合が悪くなればなるほど、頭のなかにある危険な海に溺れていく。内側からの脅威が大きければ大きいほど、頭のなかの海が恋しくなる。あの恐ろしい触腕の恐怖になんか、もう慣れっこだとでもいう気になる。強く締めつけられて、骨が砕けてしまうかもしれないのに。

薬のカクテルがどうして必要なのか、理解できるときもある。反対に、理解できると思ったことが信じられない、というときもある。そんなふうに、効果が表れては消えていく。潮の満ち引きと同じだ。薬であると同時に、毒でもある。

潮が高いとき、ここは壁に守られていて安全だと思える。潮が低いときは、壁なんか頼れなくなる。

「脳内の化学物質が安定したら」ポワロ先生がいう。「現実と非現実の境目がはっきり見えてくるからね」

それって、いいことなんだろうか？

89 緑の血に染まった地図

「あの子は一日中地図ばかり見ているんだよ」ファシリテーターのカーライルがいった。「ここが海なら、航海士だね」

レクリエーションルームの隅のテーブルに座った男子は、目を皿のようにして、ヨーロッパ地図を見ている。気になってしかたがない。

「どうして上下さかさまに見てるの？」その子にきいた。

その子は地図から目を上げようともしない。「見かたを変えなきゃ、ここに本当にあるものが見えないからだよ」まあ、それもそうだ。自分もそう思ったことがあるから、いいたいことはわかる。

その子は緑色のマーカーで、都市と都市を結びはじめた。線には迷いがない。適当に引いているわけではなさそうだ。緑色の大きなクモの巣みたいなものができあがった。「パターンがわかれば、なにもかもわかる」その子の言葉をきいて、寒けがした。自分の言葉みたいだったからだ。

むかいの席に座った。少し年上、たぶん十七歳くらいだろう。あごに柔らかそうなひげが生えている。本物のあごひげになるまでには、あと半年くらいかかりそうだ。

その子はようやく顔を上げた。地図を見ていたのと同じくらい真剣な目を、こちらに向けてくる。「僕はハル」手を差しだしてきたけど、こっちが握手に応じるまえに、引っこめてしまった。

「ハルドールの短縮形？」

「ははっ。ハロルドだよ。けどそれは親が決めたことだからね。たとえばセスとかって名前じゃないのと同じように、僕はハロルドじゃない。セスってのはね、エジプトの神様なんだ。カオスの神。僕のミドルネームなんだ」

ハルは手のなかでマーカーをもてあそびながら、「ミドル」に響きの似た単語をつぶやいた。

そのうち、マーカーがなぜかウィーンのところに落ちた。

「モーツァルトだ！　バイオリンが得意だった。モーツァルトはこの街で、貧困に苦しんで死んだんだ」マーカーの先でウィーンを指した。インクがその周辺を緑色に染める。「スタート地点はここか。きのうのあれはまちがいだった。今日はまちがいない」

「スタートって、なんの？」

「そんなことは問題じゃない」ハルはそういってから、つぶやいた。「問題《マター》、へつらう《フラッター》、もっと太った《ファッター》、帽子屋《ハッター》。マッドハッターだ！」

ハルは勢いよく立ちあがり、近くにいたパステルカラーの看護師に、『不思議の国のアリス』のＤＶＤを見たい、といった。ジョニー・デップが出てる、不気味な映画だ。その映画を見れば大事なことがわかる、だからいますぐ見たい、とハルは訴えた。

「ここにはないよ」パステルカラーがいった。「ディズニーのアニメじゃだめかな？」

ハルはうんざりした顔で片手を振った。「みんな、使えないな」そういって、僕を見る。「きみだけは別だ。いっしょにいて楽しい」

めずらしくいい気分になった。使えないやつにされなくてよかった。

90　もうろうとした地図帳

ハルが同室になった。前に同室だった子のことは、顔も名前も忘れてしまった。その子が今朝退院したとかで、ベッドがまだ温かいうちに、ハルがやってきた。

「きみたち、気が合いそうでよかった」パステルのひとりがいった。「ハルはいままで、誰とも同室になれなかったんだ。だがケイダンのことは気に入ったらしい。不思議なこともあるもんだ」

ほめられたのか、けなされたのかわからない。

ハルは、ぱんぱんに膨らんだ地図のファイルを持っていた。地図帳から切り取ったり、全米自動車協会発行の道路地図帳から破ってきたりした地図とのこと。

「ときどき母さんが新しいのを持ってきてくれるんだ」ハルはいった。「一枚加われば、それだけ地図のことがよくわかる。正しい方向に進んだってことだ」

都市と都市を結ぶ線が引いてあり、そこになんだかわからないものがいろいろ書きこまれている。どうしたら地図に重みが出るか、というとりとめのない話をきかされた。こういうものには出典を書き添えて壁に飾るとそれらしくなるけど、筆記用具はレクリエーションルームにしかないからだめだよね、とかなんとか。

「人間っていうのは、テクノロジーや生理学《フィジオロジー》や占星術《アストロロジー》といった点で論理的存在感に欠けていることが多いんだ。論理的存在感をひとことで説明するなら、なにもないところにわざとらしいスコッチの香りをちょっとつけたようなものかな」ハルはこんな説明をする。その科白を全部暗記して、両親にきかせてやれば、うちの子も難しいことを考えるんだなと思ってくれるかもしれない。けど最近は、きいたことが片方の耳から反対の耳に抜けていってくれない。いろんなことがまさに瞬間移動でやってくる。あいだの空間なんてないも同然だ。

ハルの話題の多くは数学と、ユークリッド幾何学の完璧さと、黄金分割だ。こちらからは、どこからどこまでが自分なのかという見えない境界線が伸びたりねじれたりしていて、その線がまわりの人たちをも巻きこんでいる、という話をした。ハルはすごくうれしそうにきいてくれた。こっちもうれしくなる。

「そうか！」ハルがいう。「大きいほうの絵を見てるんだね」ハルの頭にある大きい絵と、こっちの頭にある大きい絵は、同じものじゃない。けど、上下にずれてぴったり重なっているようだ。たとえば、楽譜みたいなものだ。譜面を読めない人には、部分部分を見てもなにがなんだかわからないけど、楽器で演奏すると、なんの曲かすぐにわかる。

「きみの描く絵も、地図だよ」ハルはいった。「直線や曲線のなかに、いろんな大陸がある。商業や文化の街がある。どの曲線も、貿易や旅のルートなんだ」壁に貼ってある、描きあげたばかりの絵を、ハルは指でなぞった。

「僕たちがアートと認識するものを、宇宙は方向と認識する」とハルは主張する。だけど、その方向がどこに向かっているのかは、誰にもわからない。

91　オリンピックなんかじゃない

なにも考えずに昼食を食べる。なにもなくなった皿をじっと見ていると、ほんの一瞬、オリンピックに出ているような気分になる。種目は円盤投げだ。薬のせいで濃くなった空気と戦いながら、思い切り円盤を投げる。まちがいなく金メダルだ！　お皿は壁に当たるけど、割れない。プラスチックだから。そのときようやく気づく。ここはオリンピック会場でもなんでもない。すぐに飛んできたパステルたちに両側から挟まれる。暴れたと思われてしまったようだ。また暴れるんじゃないかと思われている。

「そんなんじゃ壁は壊せないよ」ダイニングルームの別のテーブルに座っているハルが、落ち着いた口調でいう。「窓もだめだ。僕もやってみたんだ。やってみた《トライド》、揚げた《フライド》、嘘をついた《ライド》、結ばれた《ユナイテッド》。ここじゃ、靴紐ももらえないんだからね。僕がスリッパが嫌いだって知ってるからだろうな」

92　どっちがいいのか

大砲からほとんど無傷で出てきて以来、ほかの水夫たちは僕を尊敬の目で見る。

「ケイダンは特別な水夫だ」船長がいう。

「そのとおり、そのとおり」オウムもいう。

船長とオウムは仲のいいふりをしてるけど、そうしておけば裏切ったときの快感が増すからに過ぎない。僕はどちらも信じてないけど、いずれはどちらにつくかを決めなきゃならないんだろう。

「わたしの第二の目になれ」船長がいう。「そうすれば、財産も冒険も思いのままだ」

「オレの第二の目になれ」オウムもいう。「船長が絶対に与えてくれないご褒美をやるぞ。船から下りる道だ」

どっちがいいだろう。決められない。なぜなら、どっちも未知のもので、どっちのほうが恐ろしいかわからないからだ。船長の冒険か。陸での生活か。

この板挟み状態についてカーライルに相談しようかと思った。けど、カーライルがどっちに忠誠を誓っているのかわからない。そこで、疑われないような質問を考えてみた。

「ふたつの同じくらい危険な生き物が、この船を前後から同時に攻撃してきたら、どっちと戦うかをどうやって決めるんだろう。大砲はひとつしかない」

「さあな。決めるのは俺じゃない。気楽なもんだよ」

「けど、もし決めなきゃならないとしたら……？」

カーライルはモップを持つ手を休めて、考えた。「俺がそれを決める立場だったら、状況はずうっとよくなるだろうな。ずうっと悪くなるかもしれないけど」

腹が立ってきた。カーライルはどうして自分の意見をいおうとしないんだろう。自分自身のことなのに。

「先を見る目と知恵が必要なんだろ？　だったらそれを持ってる人のところに行けよ」カーライルはそういって、舳先のほうに目を向けた。なにがいいたいのか、よくわかった。

93　それしかない

　ふたつの生き物が同時に攻めてきたらという問いかけに、カリオペは答えを出してくれなかった。

「わたしは未来を見ているの。こうだったらとかああだったらとかいう仮定じゃないわ」変な相談をされてむっとしているようだった。「こういうことは、あなたひとりで考えてちょうだい」

　つい本当のことを話しそうになった。けど、カリオペのいうとおりだと思いなおした。ふたつの生き物は船長とオウムのことなんだと話したところで、カリオペの答えはさっきと変わらないだろう。決めるのは僕。それしかない。

　水平線にはまだ嵐が居すわっている。けど、まったく近づいていない。船長はますますじれている。

「海流のせいだろう。船がランニングマシンに乗ってるようなものだ」船長がいった。「風に吹かれて前に進んでも、そのぶん海流に押し戻される。いい風に乗ってるのに、まったく進めていない」

「もっと強い風が吹けばいいのに」

「船が軽くなればいい」船長はそういって、意地悪な目を僕に向けた。船が銅に変わってしまったのは僕のせいだといって、まだ恨んでいるのだ。しかし、すぐに表情をやわらげた。僕の肩をつかむ。「だが、銅の船のほうが頑丈だからな。淡い緑に染まってるおかげで、空や海が保護色になってる。海獣の飢えた目から守ってくれるだろう」

94　臨界質量

今日は病院にいる。少なくとも、今日の午前中は。この一時間は。この一分は。いまから三分後にどこにいるかは、誰にもわからない。ただ、自分が自分の外にいるという感覚は、日に日に薄れてきている。臨界質量に達した。魂が収縮して、体のなかに戻っていく。

ひとつになる。ひとりになる。一個人になる。

僕が僕になる。

そうなったとき、自分でははっきり気づいていなかった。時計の短針の動きが目に見えないのに似ている。ゆっくりすぎて、肉眼ではよくわからない。けど、しばらく目を離してからまた見て、驚く。短針は別の数字のところに移動している。

僕は白いプラスチックのキッチンにいる。けど、記憶にあるキッチンよりも、白がくすんでいる。僕が寝ているテーブルは、柔らかいベッドになっている。体がゴムになったみたいだ。脳みそはチューインガム。上にある電気が明るすぎて目が痛い。みんな、ものを見たくてたまらないみたいだ。だからこんなに明るい照明が必要になる。それにしても、相変わらずいまにも食われてしまいそうな予感がするのは、どうしてなんだろう。

誰も来ない。なにも起こらない。ずっとずっとなにもない。ようやく思い出す。部屋の奥に電気のスイッチがある。電気を消そう。それならできる。だけどできない。なぜなら、フルーツゼリーのなかのパイナップルのかけらになってしまったから。ゼリーから出ていこうという気にもなれない。ただ、急にトイレに行きたくなったら、そんなことはいっていられないだろう。いまはトイレに行きたくないから、動けない。どうやらハルが眠っているのか、同じフルーツゼリーに閉じこめられて部屋の奥にいるのか、わからない。うとうとしたり、目覚めたりするけど、そのちがいもよくわからない。そのうち、床が揺れはじめた。力を抜いた。どうせもうすぐ海に戻れる。そうしたらまともになれる。ほかのみんながまともじゃないとしても。

95 頭のなかの風車

あっちとこっちに同時に存在する感覚を、どう説明したらいいだろう。

強烈な思い出として残っている大きな出来事について考えている瞬間に似ている。プレイオフで決勝点を決めた思い出とか、自転車に乗っていて自動車にはねられた記憶とか。いいことであれ悪いことであれ、そのときのことを何度も頭のなかで再生する。ときには、そんな記憶を再生すると、うまく現実世界に戻れないことがある。あれは過去で、いまは現在に生きているんだと、自分にいいきかせる必要がある。

いつもそんな苦労をしていたら、と想像してみてほしい。自分がいまこの瞬間に生きているのか、それともあの思い出のなかに生きているのか、その中間のどこかにいるのか、わからなくなってしまったら？　頭のなかにあるもののうち、なにが現実なのかを教えてくれる唯一のものは、頭脳だ。じゃあ、頭脳が病的な嘘つきになってしまったら？

いろんな声がきこえる。ひどくなると、幻覚も見える。けど、〝あっちにいる〟感覚は、声や幻覚とは関係ない。信じるかどうかの問題だ。現実にあるなにかを見たとき、それとはまったく別のものだと信じるということだ。

ドン・キホーテは、有名な小説の主人公だ。頭がおかしくなって、風車と戦う。みんなは彼が風車ではなく巨人を見たんだろうと考える。けど、その場所に行ったことのある人は、真実を知っている。ドン・キホーテが見たのは、ほかの人たちが見たのと同じ、風車だ。しかし彼はそれを巨人だと信じた。なにより恐ろしいのは、自分が突然なにを信じてしまうかわからないということだ。

96　売人は神様

友だちのシェルビーが、両親といっしょにやってきた。フルーツゼリーのなかを、ゆっくり近づいてくる。ゆっくりだけど動けてる。すごい。

「前にも来たんだけど、おぼえてる？　あたしのこと、わかる？」

ひどいじゃないかと怒りたいけど、怒りの感情が見つからない。なにも感じない。「ノー。イエス」そう答える。「おぼえてない。誰だかわかる」

「前に来たときは、ケイダンがケイダンじゃなかったから」

「いまはちがう？」

「前とはちがう」

僕はそれから黙っていた。シェルビーは気まずそうだ。僕には気まずいという感情がない。辛抱強くなったからだ。いくらでも待てる。

「ごめん」シェルビーがいう。

「いいよ」

「ごめんね、あんたのこと誤解してて」

「誤解？」

「クスリ、やってんだと思ってた」

「ああ、そういうことか」学校で最後にシェルビーと話したときのことを思い出した。前世どころじゃない。あれから何回も生まれかわったんじゃないかっていうくらい昔のことに思える。

「やってたよ。神様が売人だった」

シェルビーには通じなかった。

「自分の脳内物質でトリップしてた。クスリが頭のなかから出てくるんだ」

シェルビーはなるほどという顔をして、話題を変えた。それはそれでかまわない。「ゲーム作り、マックスとふたりで続けてるよ」

「よかった」

「ケイダンが帰ってきたら、見せてあげる」

「よかった」

シェルビーの目に涙が浮かんでる。「ケイダン、がんばってね」

「大丈夫、がんばるよ」

両親がアップルトゥアップル（英語の形容詞と名詞の組み合わせを楽しむカードゲーム）のゲームを持って、僕たちの会話に加わろうとしてる。けど、ゲームがうまくいくとは思えない。

97　信じていいの？

女の子が立っている。そのむこうは床から天井まで、端から端までの大きなはめ殺しの窓だ。ここは病院が〈ヴィスタ・ラウンジ〉と名付けた部屋だ。無味乾燥で狭苦しい部屋にいることの多い患者が解放感を楽しみ、広々とした雰囲気を楽しめるように作られたらしい。そんな効果はない。

その子はだいたいいつもそこにいる。石柱みたいにそこに立って、大きな窓から外をながめてる。黒いシルエットにしか見えないのは、外が明るいから。いつも外を向いて立っている。

近づいていくのがちょっと怖い。最初のうちは、なるべく距離を置いていた。けど、いまなら大丈夫。フルーツゼリーのなかのパイナップルになった感じは、いつもほど強くない。自分はよそではなくてここにいるとも思える。せっかくのチャンスを生かすことにした。勇気を振りしぼって、すぐ近くまで来た。女の子の視界の隅に僕が入っているはずだ。

女の子は動かない。僕が近づいたことに気づいているくせに、知らん顔をしている。どこの出身だろう。なめらかな褐色の髪に、磨いたオーク材みたいな、深みのある色の肌をしている。こんなに長いこと、じっと立っていられる人は見たことがない。薬のせいだろうか。それとも、もともとそういう子なんだろうか。興味がわいてきた。

「外になにがあるの？」思い切ってきいてみた。

「ここにないものがすべて」そっけない口調だった。発音に少しくせがある。インドかパキスタンの出身だろう。

窓の外に見えるのは、起伏する丘陵地帯。夜になると、その斜面に建ちならぶ家々に明かりがつき、クリスマスの飾りみたいに美しい。丘陵地帯のむこうには海がある。

「タカが急降下して、ウサギの赤ちゃんをつかまえるのを見ちゃった」女の子はいった。

「ふうん。そんな光景、なかなか見られないよね」

「子ウサギが死ぬのがわかった」女の子は自分の体に手を沿わせて、肝臓のあたりを押さえた。「ここに感じた」その手を首の横に持っていく。「それと、ここ」

一瞬の沈黙のあと、女の子はいった。「ポワロ先生は、そんなのは現実のものじゃないっていうの。病気が治ったらわかるよって。本当にそうだと思う？　わたし、信じられない」

答えなかった。オウムのいうことはなにひとつ信じられないから。

「タカはわたしの希望。ウサギはわたしの魂」

「詩みたいだね」

女の子がようやくこちらを向いた。黒い瞳に怒りが燃えている。「詩とかそんなんじゃないわ。わたしは本気でそう思ってるの。あなた、ポワロの手先なの？　ポワロにいわれてここに来たの？　ポワロの目のひとつなのね」

「ポワロ先生は関係ないよ。僕がここに来たのは……」そういいかけたけど、考えがまとまらない。女の子が話を継いだ。

「ここに来たかったから来たっていいたいの？　わたしみたいに」

「そのとおりだよ」ようやく理解しあえた。まだちょっとわだかまりはあるけど、少なくとも気まずくはない。

「みんな、わたしのことをいろいろいってるんでしょ？」女の子は視線を地平線に戻した。「絶対そう。陰で悪口をいってる。みんなそうだもん」

僕は肩をすくめてみせる。ここにいる子たちの多くは、自分のパーソナルスペースを侵害されないかぎり、なにがあっても平気な顔をしている。もちろん、地球と月のあいだくらいの距離をパーソナルスペースだと考えてる子もいるけど。

「なにもきいたことないよ」

「なにかきいたら、教えてね。あなたを信じていい？」

「僕は自分が信じられないけど」

女の子は微笑んだ。「自分が信じられないなんて、正直ね。信じてもよさそう」またこっちを見た。僕の顔を上へ下へとじろじろ見たあと、今度は右へ左へと視線を動かした。僕の耳のあいだの距離を測ってるみたいだ。「わたし、キャリー」

「僕はケイダン」

僕はその場に残って窓の外をながめ、タカがウサギを襲うのを待った。

98 あったはずの未来

昔は死ぬことが怖かった。いまは、生きていないことが怖い。このふたつはちがう。僕たちは未来を考えながら生きているけど、未来が訪れないこともある。いま話してるのは、個人の未来のこと。とくに、僕の。

僕を知っている人が十年前のことを思い出して、「あの子には未来があったのに」「もったいないことをしたね」なんていってるんじゃないか、と思うことがときどきある。

自分がなにをやりたいか。自分がなにになりたいか。いろいろ考えた。革新的なアーティスト。起業家。セレブのゲームデザイナー。「前途洋々だったのに」僕の未来を悲観する人たちの声が見える。首を横にふる姿が見える。

生きていないことが怖いという気持ちは、根深くてしつこい。自分の可能性がどんどん腐食していって、救いがたい失望感に変わっていく。「こうあるべき」が現実に打ち砕かれる。そんな失望を味わうくらいなら、死んだほうが楽なんじゃないかと、ときどき思う。「こうなれたかもしれないのに」のほうが「こうなるはずだったのに」よりずっといいから。死んだ子どもは偶像化されるけど、精神を病んだ子どもはカーペットの下に隠される。

99　土星の輪を走る

ポワロ先生の診察室には、励ましのポスターが貼ってある。オリンピックの陸上選手がゴールテープを切っている写真だ。キャプションにはこうある。「一等賞じゃなくてもいい。ビリでもいい。ゴールがきみを待っている」これを見ると、入れなかった陸上部を思い出す。こんなポスター、嘘だ。最初の試合にさえ出られない人間を、ゴールが待ってくれるわけがない。

「そのポスターから、なにかきこえるのかい?」ポワロ先生は、僕がポスターを見つめているのに気がついてたずねた。

「もしそうだったら、薬を変えるの?」僕はきいた。

先生は小さく笑ってから、最近はどうだい、といった。なにもかも最悪、と答えたら、先生は謝ってくれた。けど、その状況を変えようとはしてくれない。

先生はアンケート用紙みたいなのを出して、記入させた。「保険の手続きに必要なんだ。お役所は書類が好きでね」けど、先生の前に置いてあるファイルを見るかぎり、先生だって書類フェチだと思う。

「ご両親からきいたよ。きみはアーティストなんだってね」

「うん、まあ」

「画材を持ってきてもらうように頼んでおいた。もちろん、危険性のあるものはだめだが。持ちこめるかどうかはスタッフが決める。きっと、自己表現の手段が手に入ると思うよ」

「うれしいな」

先生は僕の状態を、空中に漂うにおいみたいに感じ取るらしい。カルテになにか書きこんだ。そういう情報から、薬を変えていくんだろうと思う。ハルドールって薬をときどき注射されるほかに、いまは四種類の錠剤を一日二回飲んでる。ひとつは思考を阻害する薬。ひとつは体の動きを阻害する薬。ひとつは、そのふたつの薬の副作用を緩和する薬。ひとつは、三つ目の薬が寂しがるといけないから飲む薬。

これが全部効くと、僕の脳みそは土星のまわりをまわりはじめる。そこなら誰の邪魔にもならない。なにより、自分自身の邪魔にならない。

そんな遠くにいるランナーがゴールのテープを切るのは、しばらくは無理だろう。

100 埋まった脚

「わたし、自分の脚のことが気になってるの」カリオペがいった。いつものように、海の上で僕を冷たい手で抱きしめてくれている。銅の両手につかまれた僕の腕には痣ができている。カリオぺの手は、船のどの部分よりも緑が濃い。酸化がはじまったのは目の端のほうと、流れるような赤毛のあたり。そこからどんどん広がっていって、いまでは全身が、輝く赤銅色ではなく鈍い緑色になってしまった。

「脚はないじゃないか」

「あるような気がするの。脚も、つまさきも。指もあるし、爪もある。脚はあると念じたら、本当に生えてきたの」カリオペはため息をついた。「でも、誰にもいわないでね。とくに、船長にはいわないで。きっと喜ばないから」

「きみを恐れてるからね」

「あの人、自分がコントロールできないとわかると、人でも物でも、なんでも怖がるのよね。わたしの脚を切りおとしたらわたしが逃げていけなくなると思っても、きっとそんな度胸はない」カリオペは体を少し動かしたけど、僕を抱きしめる力はゆるめなかった。「脚はあるけど、デッキに埋まってる。メインデッキのすぐ下あたりよ。右舷と左舷が合わさってるあたり。もし見つけたら教えて。埋まってる脚を掘り出せそうかどうか、教えて」

101　空の一部

「キャリーが窓の前にいるのは、そこにいたいからじゃなくて、そこにいなきゃならないからなの」

青い髪の女子が教えてくれた。ゲロのかかってない、新しいジグソーパズルを僕から守るようにしながら、いつでもそれをやっている。人の悪口をいいたくなると、僕に話しかけてくる。「あの子、あたしと同室なんだ。本当に頭おかしいの。自分が見てないと、外の世界が逃げてっちゃう、なんて思ってる」

僕は青い髪の女子がパズルのピースをはめようとしているところをながめた。明らかに、そこはちがう。彼女は鼻を二回触って、同じピースをまた同じ場所にはめようとした。また鼻を二回触る。同じ動作を三回繰りかえしてから、別のピースを手にした。

「世界が逃げていくとは思ってないよ」僕はいった。「逃げていったらどうしよう、と思ってるだけだ。ほら、ちがうだろう？　あの子は不安になるのがいやなんだ」

「どっちにしても、イカレてるわよ」

くってかかりたくなった。キャリーは頭がおかしくなんかない。このテーブルをひっくり返してパズルのピースをばらばらに散らしてやろうか。けど、なにもしなかった。これは、頭がおかしいとかなんとかの問題じゃない。僕は、キャリーは頭がいいと思ってる。青い髪の女子も頭がいい。いや、頭がいいかどうかはどうでもいい。床にバックミラーが落ちてたことが問題なんだ。使いものにならないエンジンチェックランプの問題だ。ボンネットの中を見る資格を持った人が、ボンネットをあけられないという問題。

くってかかるのはやめて、かわりにこうきいた。「鼻を二回触るのをやめたら、なにが起こると思ってる？」

青い髪の女子は、顔を引っぱたかれたかのように、驚いて目を見ひらいた。けど、からかわれてるんじゃないってことがわかったらしい。僕はまじめにきいたんだ。知りたかったから。

彼女は視線をパズルに落としたけど、ピースをはめようとはしなくなった。「鼻に触らないと」小声でいう。「わたしが壊れちゃう。鼻を触らないと、心臓がバクバクいって、爆発しちゃう。鼻を触らないと、息ができなくなる。空気がなくなって苦しくなる」そういって、恥ずかしそうに鼻を二回触り、新しいピースを手にとった。

「だからって、頭がおかしいわけじゃないよ」僕は小声でいった。

「あたしの頭がおかしいなんて、いってないじゃん」

僕は立ちあがった。すると手首をつかまれて、手を開かされた。青い髪の女子はパズルのピースをひとつ、僕のてのひらに押しつけた。青いピース。空のどこかだろう。印になるものがなにもないから、空のどの部分かわからない。ジグソーパズルのいちばん難しいところだ。

「これ、貸してあげる。パズルが完成する前に返してね。いい？　それ、あたしの名前。スカイ。変な名前でしょ？」

パズルのピースなんて持っていてもしかたないけど、借りることにした。お礼をいう。そんなもの僕にとっては役に立たないってことじゃなく、スカイがそれを手放したってことが重要だと思ったからだ。

「大切にとっておく」

スカイはうなずいて、鼻とパズルの儀式を再開した。「キャリー、あんたのことが好きみたい。

変なことして嫌われないようにね」

102　爪が食いこんでくる

ハルには面会客がほとんど来ない。来るとしたら、お母さんひとりだけ。ハルのお母さんはすごくきれいな人だ。十七歳の子どもがいるようには、とても見えない。いつも美容院に行ってきたばかりのような姿をしている。きっと病院に来るときだけじゃなくて、いつもあんなふうなんだと思う。

ほかの子の親とは見た目がちがうだけじゃない。すごく浮いてる。防御のオーラで自分を覆ってるみたいだ。目に見えない防護服を着てるような感じ。この場所はあの人には触れない。ハルがどんなにとっぴでどんなに深い発言をしても、あの人は動じない。

前回やってきたとき、ハエがいると文句をいっているのがきこえた。ハエは香水のにおいが気に入ったのか、あの人から離れようとしなかった。

「ハエは恐ろしい秘密警察なんだ。僕たちのことを死肉だと思ってたかってくる」ハルはお母さんにいった。「思考だけが僕たちの皮膚になって、肉を守ってくれる」

お母さんは動じることなくダイエット・コークを飲み、天気の話をする。「この時季にしては涼しいわね」とかいってるけど、いまがどの時季なのか、僕にはもうわからない。冬でないことは確かだ。冬だったら、「この時季にしては涼しい」なんていうはずがない。

ハルのお母さんは爪を長く伸ばしている。長すぎて、いろんな作業がうまくできないくらいだ。それに、すごく丁寧に色が塗ってある。ついついそっちに気をとられそうになるけど、ルネサンスの彫刻みたいな胸もきれいだ。専門家が苦心して作り上げたものにちがいない。

ハルにきいたことがある。お母さんはなにをやっているの？

「収集家《コレクター》なんだ」ハルはそういった。なんの収集家か、まではいおうとしない。

ハルを育てたのはお母さんじゃない。ハルはおじいちゃんとおばあちゃんに育てられ、ふたりが亡くなると、里子に出された。

「子育てなんてできるタイプじゃなかったからね。ジムには毎日行くんだけど」前に、ハルがそういっていた。それと、はじめて書きこみをしたのは、州の地図だといっていた。住んだことのある場所をすべて線で結んだら、その形がおもしろくて、夢中になってしまったそうだ。

ハルと向かい合ったお母さんは、いかにも練習してきましたというような、短い言葉をハルに投げかける。なにか質問をするときはトークショーの司会者みたいになるし、近況を知らせるときはニュースキャスターみたいになる。長い爪でテーブルをかちかち叩きながらしゃべるので、そのうち、その音しか耳に入らなくなってしまった。やがて、僕はレクリエーションルームを出るはめになった。それ以上いると、爪が脳みそに食いこんできそうな気がする。いや、もう食いこんできていると信じはじめていた。今日一日、最悪の気分で過ごすことになりそうだ。

きれいな人は、いろんなことが許される。あの人も、そうやって人生の苦労をかいくぐってきたんだろう。けど、僕は許せない。きっと、親としての努力をしなかった以外にも、いろんなひどいことをしてきたんだと思う。いちばん腹が立つのは、あの人のおかげで、自分の親がいい人に見えるってことだ。

103　魔法の呪文と風船のプードル

父さんにはいやな癖がある。悪いことが起こると、いつも同じ言葉を口にする癖だ。「いっときの我慢だ」これがその科白。むかつくことに、いつもそのとおりになる。もっとむかつくことに、父さんはあとになって必ず「ほら、そうだっただろう」みたいなことをいう。

けど父さんは、僕にはそれをいわなくなった。母さんから、そんな陳腐な言葉はききたくないといわれたらしい。たしかに陳腐な言葉かもしれないけど、いつからか、僕が同じ言葉を自分にいいきかせるようになってしまった。どんなにいやな気分のときも、自分にそういいきかせる。たとえ、実際はちがうと思っていても。「いっときの我慢だ」こんな短い言葉で気持ちが楽になるなんて、すごいことだと思う。

例のナイキの宣伝文句「とにかくやってみろ《ジャスト・ドゥ・イット》」に似ている。母さんがよくしてくれる話がある。母さんは、妹を出産したときすごく体重が増えたそうだ。運動なんかとてもやる気が起きなかったし、なにから手をつけていいかわからなかった。ひたすら食べつづけて、さらに太った。そしてとうとう、「とにかくやってみろ」と自分にいいきかせた。それが魔法の呪文になって、日常的に運動をするようになった。妹が二歳になる前に、増えた体重を落とすことができたそうだ。

その一方で、新品のナイキを履いて集団自殺をしたというカルト教団もあった。「とにかくやってみろ」という言葉にゆがんだ敬意を払っていたらしい。

シンプルなスローガンでも、人の願望によっていろんな形にねじまげられてしまう。風船で動物を作るようなものだ。端と端をつなげて輪っかにすることだってできる。結局、自分が何者かというのは、風船でどんな動物を作るかにあらわれるのかもしれない。

104　反抗的な羊肉

船のフィギュアヘッドは、船の前方しか見えない。船の内部も見えない。だからカリオペは、デッキの前方がどうなっているのかも想像するしかない。ただ、自分の脚があるとしたら、デッキ前方の船首楼《フォクスル》に埋まっているはずだし、そこへは下甲板から行けるんじゃないか、といった。けど、それは見当違いだった。船首楼に入るには、メインデッキの格子窓を通っていくしかない。そこには鉄の南京錠《なんきんじょう》がついている。ぴかぴかした鉄の錠は、全体がくすんだ緑色になった船のなかで、異彩を放っていた。僕は格子窓のなかをのぞきこんでみた。暗くてなにも見えない。

「なにかさがしてる。なにかさがしてる！」

オウムの甲高い声が響いて、飛びあがりそうになった。声のするほうを見ると、オウムはカリオペの頭にとまっていた。カリオペはオウムを振り落とそうともせずにじっとしている。手でつかもうともしない。オウムはカリオペが生きてることを知っているんだろうか。カリオペはそれを知られたくなくて、じっとしているのかもしれない。

「べつに、なにもさがしてないよ」僕はそういったけど、オウムは自分のききたい答えをきくまでは納得しないだろう。僕は四角い格子窓をまたのぞきこんだ。この真下に船首楼がある。「なにがあるのかなと思っただけだよ」

「積荷がある」オウムはいった。「積荷《ストウイッジ》、操舵《スティアリッジ》、下水《スーイッジ》、ゲイっぽさ《クイーリッジ》」航海士の声をまねて、笑い声をあげる。物真似成功、と思っているようだ。けど、全然似ていない。声は似てるかもしれないけど、リズムがちがう。リズム、ケイダンス《ケイデンス》、乙女《メイドゥン》、羊肉《マトン》。こっちのほうがよくできてる。

「冷静にな！」オウムがいう。「光るものに気をとられるな。船長についての話も忘れるなよ。オレたちの計画を忘れるな」

「羊肉《マトン》、反抗《ミューティニー》、運命《デスティニー》、必死に《デスペラットリー》」僕のほうがずっとうまい。

「うまいぞ、うまいぞ」オウムがいう。「オマエを信じてるからな。機が熟したらなにをするか、忘れるな」それだけいうと、カラスの巣に飛んでいった。

その日の夜の食事は、オウムのリクエストで羊肉の料理だった。今日の会話を忘れるな、といいたいのだろう。けど、海に羊なんかいない。あれは本当に羊の肉だったんだろうか。

105　ちょっとずれてる

「世界はいろんな見かたができる」ポワロ先生がいった。僕はその日、いつもより頭がすっきりしていた。先生も、これなら話をちゃんと理解できるだろうと考えたようだ。そうでない日は、話をされてもおうむ返しをするだけだ。「人にはみんな、それぞれの考えかたがある。世界は悪だと思う人もいれば、基本的によいところだと思う人もいる。もっともシンプルにいうと、神を見る人もいるし、なにも見えないという人もいる。そういうのは嘘だと思うかい？　本当だと思うかい？」

「どうしてそんなことをきくんですか？」

「わたしがいいたいのは、きみの考えかたは現実からちょっとずれているってことなんだ」

「けど、それを自分が気に入ってるとしたら？」

「ああ、それはたしかに魅力的だろうね。非常に魅力的だ。だが、そんなふうに考えて生きていると、すごく苦労することになる」

ポワロ先生はしばらく黙っていた。言葉の重みが僕にしっかり伝わるように、と思ったんだろう。けど、最近は、どんな考えにも重みは感じられない。軽くてふわふわ飛んでいってしまう。

「ご両親もわたしも、ここのスタッフも全員、きみのためを思っているんだ。きみの具合がよくなるように、がんばってる。きみはそれを信じてくれてるかな？」

「僕が信じていようといまいと、同じことをやるんでしょう？」

先生はうなずいて、笑みを浮かべた。皮肉がこもっているように見えた。けどそのとき、頭のなかにリスみたいな声が響いた。あの笑みには悪意がこもっているぞ、といっている。頭のなかの声は薬のせいでおとなしくなってるけど、完全になくなることはない。

「先生は僕のためにがんばってくれてる、そう信じるよ」僕はいった。「けど、五分後も同じように信じてるかどうか、わからないんだ」

先生は受け入れてくれた。「正直なのはいいことだ。回復にも役立つ」

はあ？　と思った。自分が正直だなんて、僕は思わない。

病室に戻ると、ハルの意見をきいてみた。この病院の人たちはみんな、患者のためを思ってるんだろうか？

ハルはすぐには答えなかった。お母さんが面会に来てから、やけに無愛想になっている。それがハルのパターンみたいだ。そのせいで、いまは抗鬱剤の量が増えている。薬を飲んでも表情は明るくならないけど、自分が鬱だってことは忘れていられるようだ。

「ここできみがなにをされたって、中国《チャイナ》のお茶の値段には関係ないよ」ハルはいった。「トルコ《ターキー》の磁器《チャイナ》の値段にも関係ない」

「だったら」僕もいった。「デンマークの七面鳥《ターキー》の値段にも関係ないだろうね」

ハルははっとして顔を上げると、人さし指を振った。「デンマークは持ち出すなよ。悲劇にのぞむ覚悟があるのか？」

覚悟なんかない。国の名前を持ち出すのはやめた。

106　元の自分の皮

キャリーと僕は、別のグループセラピーに振り分けられている。同じグループにしてほしいっていったけど、そういう希望は通らないらしい。

「どっちのグループだって同じよ」ある日の朝食のとき、キャリーがいった。「ただ、わたしのグループはみんなリピーターなの。みんな、普通より頑固なのかも。みんな傲慢で、なんでこんなところにいなきゃならないんだよって思ってる。だから、プライドが傷ついてる。怒ってる子もいる。両方って子もいる」

「ハルは僕のグループだよ。リピーターだけど」

「ああ、たしかにあの子は出たり入ったりしてるよね。けど、一回の入院が細切れに続いてるだけかもよ」

僕はできるだけ、ヴィスタ・ラウンジの大きなガラスの前に行って、キャリーといっしょにいるようにしてる。できるだけというのは、一ヶ所にじっとしていられるときは、という意味だ。

今日は、世界に挑むかのように窓の外を見ているキャリーのそばで、頭に浮かんだことを絵に描いた。病院のルールが変わって、レクリエーションルーム以外でもマーカーを使っていいことになっていた。僕の状態がよくなってるってことなんだろう。ただ、鉛筆はだめだ。マーカーならペン先がフェルトだから、わざとにしろ偶然にしろ、人や自分を傷つけるおそれがない。

キャリーとしゃべることもあるし、お互い黙っていることもある。手をつなぐこともある。これは厳密にはルール違反だ。肉体的な接触は禁止されてる。他人と意思疎通をはかりたいときは言葉で、と決まっている。そうでなければ、意思疎通なんかしないこと。

「そうしててくれると助かる」ある日僕が手をつなぐと、キャリーはいった。「落ちなくてすむから」

落ちるって、どこからだろう。わからなかったけど、きかなかった。話す気があったらキャリーのほうからいうだろう。

キャリーは冷たい手をしている。手足の血行が悪いといってた。「遺伝なの。お母さんもそう。お母さんが持ってくるだけで、飲み物が冷たくなっちゃうくらい」

手が冷たくても、僕はかまわない。僕の手はいつも温かすぎるし、つないでいればキャリーの手もすぐに温まる。僕のせいでそうなると思うと、なんだかうれしい。

「ここは三回目なの。三度目の発現《エピソード》」

「エピソード?」

「先生たちはそういってる」

「連続ドラマみたいだね」

キャリーはにっこりした。笑い声は出さず、微笑むだけだ。キャリーの笑い声をきいたことがない。けど、笑顔は本物だ。それだけでいい。

「この窓から外を見るのをやめられたら、退院できるって」

「もうすぐできそう？」僕はきいた。ずるいけど、まだだめと答えてほしかった。

キャリーは答えるかわりにこういった。「わたしだって、こんなところにいたくないわよ……。でも、家にいるとかえってつらくなることもある。真夏の暑い日に、冷たい海に飛びこむようなもの。飛びこみたくてしかたがないけど、急に飛びこんだら体がびっくりしちゃうでしょ」

「僕は好きだけどな、そういうの」

キャリーは僕のほうを見てにっこりすると、僕の手をぎゅっと握った。「あなたって変わってるから」そしてまた窓の外を見た。今日はなんの変化もない。ウサギをさがして空を飛ぶタカもいない。

「家に帰ると、もう治ったものと思われる。みんな、わかるよって口ではいうけど、わたしのことを本当に理解できるのは、同じ経験をした人だけ。男の人が女の人に、僕は出産の苦しみがわかるよっていうようなものよ」キャリーは僕のほうを見た。外の世界から少しだけ目を離すことにしたらしい。

「絶対わからないことを、わかるっていっちゃだめなの」

「うん、気をつける。けど僕は、きみの気持ちが少しはわかるよ」

「そうだと思う。けど、あなたはわたしの家に帰ってくるわけじゃない。うちの両親やお姉ちゃんたちのこと、知らないでしょ。あの人たち、医学は魔法だと思ってる。だから、わたしが治ってないってわかると、すごく怒るの」

「大変だね」

「でもそれさえ我慢すれば、いつか落ち着いて暮らせるようになるのかも。前のわたしみたいになれる。みんなそうでしょ。いまは自分を見失ってるだけ。ただ、自分をさがすのが毎回ちょっとずつ大変になってる。何日も、何週間もかけてようやく元の自分の皮を見つけても、その皮に自分を押しこむのって、すごく窮屈。ばらばらだったものをひとつにまとめて、いろんなことに取り組んでいかなきゃならない」

それをきいて、パズル好きのスカイのことを思い出した。ジグソーパズルのピースをひとつ預かってる。なにかを忘れないようにポケットに入れてるけど、なにを忘れないでいるためなのかを忘れてしまった。

107 船首楼《フォクスル》の鍵

航海士はいろいろ知ってそうだけど、船首楼のことも、そこに入る方法のことも、あえてきかなかった。興味を持たれたら困る。僕が知りたがってる理由も知りたがるだろう。ときどきカリオペのところに行くことも、航海士には話していない。秘密にしておいてくれるとは思えないからだ。例の調子で音の似た単語を並べているとき、ぽろっと漏らすにちがいない。そうしたら、みんなにバレてしまう。それに、このところの航海士は、いつになく不機嫌だ。ほかのみんなにそっけないだけでなく、僕に対しても冷たい態度をとるようになった。僕のことをあやしいやつだとか、悪いやつだとか思っているんだろうか。

そこで、夜中にカーライルをさがして、きいてみた。カーライルは船尾のほうで、ミズンマストに背中を向けてモップをかけていた。デッキの汚れを落としながら、ときどきあらわれる脳みそを退治している。

「船首楼《フォクスル》？」カーライルはいった。フォーキャッスルではなくフォクスルと呼ぶのが本物の船乗りだ。「フォクスルになんの用がある？」

「なかがどうなってるのか、知りたいだけだよ」

カーライルは肩をすくめた。「係留ロープが入ってっけど、それだけだ。ただ、ずうっと港には入ってないからな。ロープが高度な生命体に化けててもおかしくない」

「なかに入ってみたいな。鍵はどこにあるの？」

「なんで入りたいんだよ。あんなとこに」

「まあ、いろいろあって」

カーライルはため息をついて、あたりを見まわした。僕のプライバシーを尊重してくれるつもりらしい。理由もそれ以上きいてこなかった。「南京錠の鍵はただひとつ。船長が持ってる」

「どこにしまってあると思う？」

「知らないほうが身のためだ」

「いいから教えてよ」

カーライルはバケツの灰色の水に視線を落とし、ちょっと考えてからいった。「モモの種の奥だ。眼帯のなかの」

108　上？　下？

世界がどんなに合理的に見えても、どんなばかなことがいつ起こるか、誰にもわからない。昔、ニュースでこんなことをいってた。マンハッタンの高層ビルに住むセレブがエレベータに乗って、最上階から地下のガレージに向かっていた。六十七階ぶん下降したわけだ。中二階を含めれば六十八階ぶんになる。メルセデスに乗ってマディソン・アヴェニューだかなんだか、いかにもマンハッタンのセレブが行きそうな場所に出かける予定だったらしい。

ひとつだけ、そのセレブが知らないことがあった。ほんの何分か前、その建物の隣で、水道管の大破裂が起こっていた。エレベータが地下に到着してドアが開いたとき、冷たい水が押しよせてきた。どうしよう、とセレブは思っただろう。けどどうしようもない。誰も想像できないような事態なんだから。

たった五秒で、水は腰まで上がってきたかと思うと首まで来て、そして彼女は溺れてしまった。なにが起こったのかもわからなかっただろう。こんな恐ろしいことが世の中に起こりうるなんて、思いもしなかっただろう。摩天楼のエレベータで水死するなんて！　あり得ない。六十七階ぶん現実離れしている。中二階を含めれば六十八階ぶんだ。

自分でも奇妙だと思うけど、こういう話をきくと、僕は神様になんとなく親しみをおぼえる。だって、神様も精神障害にかかることがあるんだなあと思えるからだ。

109　タトゥーが騒ぐ

カラスの巣に行って、例の鍵のことを考えた。手に入れるための障害はなにか。手に入れたらどうなるか。僕の見るところ、手に入れるのは不可能だ。カウンターの席についてカクテルを飲みながら、自分の板挟み状態についてバーテンダーに打ち明けた。バーテンダーは客にいいアドバイスをくれるものだし、カラスの巣で働いてる人たちが船長に好感も敬意も持っていないのは知っている。ここでは何人かのバーテンダーに会った。勤務シフトがいろいろあるらしい。カラスの巣は二十四時間営業なのだ。今日のバーテンダーはほっそりした女の人だ。顔の大きさと比べて、目がちょっと小さすぎる。そのかわり、マスカラとターコイズブルーのアイシャドウをつけている。顔にクジャクの羽が二枚張りついているみたいだ。

「忘れたほうがいいんじゃありませんか」バーテンダーはいった。「文字どおり、忘れちゃったほうが楽ですよ。思い出さずにいればどうでもよくなるし、どうでもよくなれば気にせずにいられます」

「気にしたくないわけじゃないんだ。けど、鍵だけは手に入れたい」

バーテンダーはため息をついた。「そうですか。いいアドバイスができなくて残念です」

僕がアドバイスを快く受けとらなかったので、バーテンダーはむっとしたようだ。もしかしたら、僕がここに入り浸っているのが気に入らないのかもしれない。ここの人たちは、僕が長居す

たいと思っていないからだ。こういう店はたいていそうだけど、お客をできるだけ早く回転させたいと思っているからだ。だけど僕はゆっくり楽しみたい。

僕の隣のスツールには警備の水夫が座っていた。カクテルを飲まず、ただバーテンダーとおしゃべりしている。バーテンダーは、そっちのことはなんとも思っていないようだ。水夫の腕のどくろたちが僕を見ている。好奇心いっぱいのどくろもいるし、僕をばかにしているようなのもいる。やがて、映画音楽の好きなどくろが力強く歌いはじめた。「ハロー、ドリー！」ドリーというのがたまたまバーテンダーの名前だったらしい。ほかのどくろたちが文句をいいはじめた。

「タトゥーが騒いでるけど、どうして平気なの？」僕は水夫にきいた。

水夫は、火星人でも見るような顔で僕を見てから、もったいぶった口調でいった。「いや……べつに……気にならない」

あれが気にならないなんて、よほど自制心があるんだと思う。僕の場合、頭のなかに声が響きはじめて手に負えなくなると、ニューヨーク証券取引所のど真ん中にいるような気分になる。そもそも、水夫の場合は長袖の服を着てどくろを隠すことだってできるはずだ。

「ここで船長を見かけたことはある？」僕はきいたけど、水夫は僕を無視することに決めたようだ。そこで、バラをくわえたどくろにきいてみた。いちばんやさしそうだと思ったから。「船長がカラスの巣に来ることはあるの？」

「来ないよ」どくろは前歯を合わせたまま答えた。「みんなが来ることもよく思ってないくらいだ。乗組員たちが自分以外の人間と関わるのがいやなんだろう」

「じゃあ、ここを閉鎖すればいいのに。だって、船長なんだから、船の上のことはなんでも好きに決められるはずだよね？」

「はん！」サイコロの目をしたどくろがいった。「おまえ、なんにも知らないんだな」

「船長にも手を出せないことがあるのさ」バラをくわえたどくろがいう。

「たとえば？」

映画音楽好きのどくろが歌う。「水平線から消えない嵐。白いプラスチックの場所ではなにも考えられなくなる。掃除係とカクテルと、オウムの派手な翼。船長のきらいなものはまだまだあるよ」

ほかのどくろたちがうなった。僕は微笑んだ。船長の力が及ばないこともあるなら、鍵を手に入れる方法があるかもしれない。

110　快楽の園

ハルと僕はレクリエーションルームに座っている。ハルは地図に夢中。僕は絵に夢中。なるべくどこにもいかず、ここにとどまっていようと思っている。

「カオスの言語を作ったんだ」ハルがいった。「シンボルや記号《シグナル》や印形《シジル》やシンバルをたくさん使った。だけど、カオス言語の特性上、どれがどういう意味だか、僕にはおぼえられない」

「シンバルって、退屈で眠いときにバーンと鳴らすと目が覚めるやつ？」

ハルは人さし指を僕に向けた。「言葉に気をつけろよ。さもないと、きみが寝ているうちに、ハゲの印形《いんぎょう》をつけてやる。お父さんみたいになっちゃうんだからな」

印形って言葉は、昔、暗い感じの漫画本で見たことがある。中世の魔術に使われたものだ。当時は字の読める人がほとんどいなかったから、字を読むことが魔法に近い行為だと思われていたそうだ。字を読める人は天才と考えられたし、唇を動かさずに文章が読める人は、神か悪魔のどちらかだと思われた。この人は神だ、といいたい人がいれば神様になるし、こいつは悪魔だ、といいたい人がいれば悪魔になる。

今日はハルがすべてを決めてしまう。まあ、いつもそうだけど。

「シンボルには力があるんだ!」ハルがいう。「十字架を見れば、なにかを感じるだろう? かぎ十字を見れば、べつのことを感じる。けど、かぎ十字はインドでも使われて、〝よいもの〟という意味があるんだ。つまり、シンボルは場合によっては完全に別の意味に化けることもある。だから、自分で作ってみたんだ。僕にとっては意味があるし、それでじゅうぶんだから」

ハルはシンボルを描きはじめた。らせんと波線を組み合わせた記号。ふたつのクエスチョンマークを斜めに重ねたもの。たしかに、力がある。ハルが力を与えたんだ。

「どういう意味?」

「いったじゃないか。忘れたよ」それから、ハルは僕のスケッチブックに目をやった。ハルのシンボルにいろいろ描き足して人間のようにしたやつが戦っている、そんな絵だった。僕はハルのシンボルを化けさせたわけだ。ハルは怒るだろうか。

「きみ、姓はボッシュだったね」ハルがいった。「血がつながってるのか？」

ハルがいっているのはヒエロニムス・ボスのことだろう。『快楽の園』をはじめ、すごく奇妙な作品を遺したオランダの画家で、僕は小さいころ、それらの作品を見ては怯えていた。いまも、具合の悪い日には、恐ろしい絵が頭のなかで踊りだす。

「かもね。知らないけど」

ハルはうなずいた。はっきりしないことがあってもこだわらないタイプだ。「きみの描いた『快楽の園』に僕を登場させないでくれよ。僕も、きみのおでこに死のシンボルを描いたりしないから」

この日から、ハルと僕はわかりあえるようになった。

111　きみのためなら熱くなれる

真夜中に目を覚ました。体に力が入らない。この感覚には慣れっこになった。半分寝ぼけている上に薬が効いていると、こういう状態になる。頭は霧の空港のようだ。思考はどれも地上待機している。ところが、誰かに見られているような気がした。薬の霧のなかでもがくようにして、寝返りを打った。ベッドのわきに誰かが立っている。廊下から漏れてくる弱々しい光のなかに見えたのは、緑色のパジャマ。タツノオトシゴの絵がプリントしてある。カチカチ音がする。ちょっと考えて、わかった。震えているときに歯がカチカチ鳴る、あの音だ。

「寒いの」キャリーがいった。「ケイダンはいつもあったかい」

そのまま動かず、歯をカチカチいわせている。部屋の反対側を見ると、ハルがいびきをかいてこちらに背を向けた。キャリーは僕の誘いを待っている。僕は上掛けをめくった。それだけでじゅうぶんだった。キャリーがベッドに入ってきた。

たしかに、冷えきっていた。手や足だけでなく、全身が冷たい。上掛けをかけてやると、キャリーが背中を向けた。僕はキャリーをうしろから抱きしめて、体を温めてやった。二本のスプーンみたいにぴったり重なる。僕の心臓が背骨に当たる。キャリーのごつごつした背骨が胸に当たる。キャリーの心臓が、僕の心臓よりずっと速く打っている。ふたりの体がひとつのシンボルを作っている、と僕は思った。ハルが作ったのと同じくらい強力なシンボルだ。世の中でいちばん大きな意味のあるシンボルは、ふたりの人間が抱き合う形を元にしたものかもしれない。

「わからないの」キャリーがいった。

「わからないって？」僕は力なく繰りかえした。なにか考えたくても考えられない。薬の効き目がピークのときは、なにがあっても動じない。そのことをありがたいと思っていた。いまはとくにそうだ。欲求がわいてこないし、気まずいとも思わない。この行為の意味はひとつ。キャリーを温めること。それだけだ。

けど、心配だった。何人かのパステルが夜勤をしていて、各部屋を見てまわっているのを知っている。病院は、僕たちの行動をすべて把握しようとしているのだ。けど、人間のやることには失敗もある。ここにキャリーがいることがそれを物語っている。

「バレたらどうする？」

「どうなるのかな。追い出されちゃう？」

なにを見られてもいいし、なにをいわれてもいい。どうされてもいい。ポワロ先生も、パステルも、両親も、いまこの瞬間にはまったく関係ない。関わる権利もない。

僕はそれまでより力をこめてキャリーを抱きしめた。体と体が密着する。キャリーの体は冷たくなくなった。僕の体温がキャリーに伝わったということだ。しばらくすると、歯の音がしなくなった。僕たちは横になったまま、呼吸を合わせた。

「ありがとう」しばらくして、キャリーがいった。

「寒くなったらいつでもおいで」僕はそういった。キャリーの耳にそっとキスしようと思ったけど、そうはせず、耳に顔を近づけてささやいた。「きみのためなら熱くなれる」

そういってから、ちょっといやらしいジョークだったかなと思った。けど、キャリーにならどう受け取られてもかまわない。

キャリーは黙っていた。呼吸が穏やかになっていく。僕もいつのまにか眠りに落ちた。また目をあけたとき、ベッドには僕ひとりだった。さっきのは夢だったんだろうか。幻覚だったんだろうか。

朝になって気がついた。ベッドのわきにキャリーのスリッパがある。うっかり忘れていったんじゃなく、いたずら心でわざと置いていったんだろう。

朝食のとき、スリッパを持っていってキャリーに履かせてやった。おとぎ話みたいだ。スリッパはキャリーの足にぴったりだった。

112　角張った不安の観念

グループセッションのとき、カーライルがみんなに画用紙とマーカーを渡した。「今日は口に休みをあげよう。思いを表現する方法はほかにもある。今日は、言葉を使わない方法をやってみよう」

みんなが骨《ボーンズ》と呼んでいる気持ち悪い男子がスカイを見て、言葉ではなくジェスチャーで、エッチなメッセージを送った。するとスカイは同じくジェスチャーで返事をした。特定の指を使ったジェスチャーだ。ボーンズは含み笑いをした。カーライルは気づかないふりをしている。

「今日の目標は、感情を絵にすることだ。具体的じゃなくていいし、なにが正しいとかなにがまちがってるとか、そういうこともない。いいも悪いもない」

「幼稚園じゃあるまいし」アレクサがいった。首に包帯を巻いた女子だ。

「気の持ちようだよ」カーライルは答えた。

じっと画用紙を見つめている子がいる。傷つきやすい心が無に支配されつつあるんだろう。淡い緑の壁を見つめている子もいる。そこに答えが描いてあるとでもいうようだ。ボーンズはにやにやしながら作業にとりかかった。なにを描くつもりか、見なくてもわかる。みんなもわかっている。今日は誰も、人の気持ちが読みとれるとかなんとかいいださない。

僕にとってはなんでもない課題だった。絵を描くなんて、いつもやっている。カーライルはそのことをわかっていて、だから今日はこの作業を選んだんじゃないだろうか。

何分もしないうちに、僕の画用紙はぎざぎざの線で埋まった。鋭い切れ目と深い割れ目が描かれている。重力も遠近法も無視した絵だ。角張った不安の観念。気に入った。いつか気に入らなくなるんだろうけど。

みんなは描くのが遅い。

「無理」スカイがいう。「あたし、自分の感情が絵には見えないんだもん」

「いいから、やってごらん」カーライルがやさしくいった。「どんな絵になってもいいんだよ。それでなにかを判断されるわけじゃない」

スカイは白い画用紙をもう一度見て、それを僕に差しだした。「あんたが描いて」

「スカイ、それじゃ意味がない……」カーライルがいいかけた。

僕は画用紙を受け取って、スカイの顔をちょっと見てから、描きはじめた。描いたのは、どこまでも抽象的ななにか。アメーバのようでもあるし、マンタのようでもある。目と口が思いがけないところについている。一分くらいで絵は完成。スカイは目を丸くして僕を見た。きっとそっけない反応が返ってくるんだろう、僕はそう思っていたけど、そうじゃなかった。「なんで？すごいね」

「なにが？」

「これがなんの絵なのかさっぱりわからないけど、これ、まさにあたしのいまの気持ちだもん」

「スカイ」カーライルがいう。「絵は自分で――」

「どうだっていいでしょ。ケイダンの描いてくれたとおりなんだもん」

「じゃ、おれも」ボーンズがいって、ペニスの絵を裏返しにした。裏に描けということだ。

僕はカーライルを見た。カーライルは目を丸くして肩をすくめた。「まあいいか」よかった。

カーライルはこの流れを見守ることにしたらしい。

ボーンズには、ヤマアラシみたいな絵をすばやく描いた。できあがると、ボーンズは笑い声をあげた。「すげえ。本物のアーティストだな」

ほかの子たちも次々に頼んできた。絵になんかまったく興味のなさそうだった子たちも、僕に絵を描いてもらえば救われると思ったようだ。

「いいだろう」カーライルは海図室の緑に染まった銅板の壁に寄りかかった。「ケイダンはすごいな。だが描いてもらったら、それがどういう意味か、自分で説明しなきゃだめだぞ」

みんなが僕に羊皮紙を差しだしてくる。僕は次々に、それぞれの感情を色と線であらわしていった。伝説ハカセには、とげと目のたくさんついたなにか。真珠のチョーカーをしたアレクサには、上昇気流に乗った触角の生えた凧《たこ》。航海士だけが、羊皮紙を差しだしてこなかった。自分の海図を黙って描いていた。

みんな、僕の描いた絵を見て、まさにそれが自分の気持ちだといった。みんなが自分の心と向き合っているあいだに、僕はカーライルに近づいていった。少し不安だった。「船長は怒らないかな？」

カーライルはため息をついた。「いまはそっちに行かないでくれるかな？　いいね？」

ちょっとむっとしたけど、がんばってみることにした。

113　あんな人物、こんな人物

フィンセント・ファン・ゴッホは自分の耳を切りおとして愛する女性に送った。そして最後に自殺した。驚くほど新しい芸術的視点を持った絵描きだったのに、世界に評価されるまでに何十年もかかったのだ。あんなにすごい作品も、傷ついた心の深淵からゴッホを救ってはくれなかった。ゴッホはそんな人物だ。

ミケランジェロは、人類史上もっとも偉大な芸術家といって、ほぼまちがいないだろう。彼もまた、ダビデ像制作に病的に執着し、何ヶ月も風呂に入らず、荒れた生活を送ったという。作業用の靴を履きっぱなしだったので、靴を脱いだときには皮膚もいっしょに脱げてしまったという。ミケランジェロはそんな人物だ。

最近は、ロサンゼルスの街でホームレスとして暮らしている統合失調症の芸術家がいるという話をきいた。作品はすばらしい抽象画で、どれも力作だ。人々はその人を、歴代の偉大な芸術家たちと比べているという。いまでは作品に何万ドルもの値がついているそうだ。金持ち連中がマスコミを動かし、その人に注目させたからだ。ギャラリーで個展が開かれたとき、その人はスーツを着てあらわれた。けど個展が終わると、どんな家にでも住めるようになったにもかかわらず、ホームレスとしての暮らしに戻ったという。そういう人物なんだろう。

僕はどんな人物なんだろう。

114　幸せの紙コップ

「すみません。きいてなかった」

「気分に変化はないかってきいたんだよ」

「気分に変化はないか」

「そう。なにか気づいたことはあるかい？」

ポワロ先生はうなずきすぎだ。僕がしゃべってないときもうなずく。見ていると、自分が質問に答えたかどうかわからなくなってしまう。

「僕がなにか気づいたこと？」

先生は考えこむように、ペンで机を叩いていた。気が散って、なにを話したかおぼえていられない。どんな話だったかも思い出せない。こういうことはよくある。なんの話だったっけ？　夕食かな。

「羊肉《マトン》」

「羊か。羊がどうかしたのかな？」

「はっきりおぼえてないけど、たしか、脳みそのない水夫たちを食べたんだ」

先生は真剣な顔で考えこんでいたけど、小さなメモ帳を出して、新しい処方を書きこんだ。

「リスパダールを加えてみよう。そうすれば、こっちの世界に長くいられるはずだ」

「アティヴァンとリスパダールとセロクエルとデパコートが、まとめてひとつの薬になってたらいいのに。名前はアティリスパクエラコート」

先生はくすくす笑ってメモを破りとった。けど、それを僕に渡したりはしない。カルテといっしょにパステルの手に渡り、それが薬局に運ばれて、新しい薬がやってくる。夕食前、幸せの紙コップに入れて、僕に渡されるのだ。

115　つらさも苦労も二倍に増えろ、燃えろ、燃えろ、煮えたぎれ

錠剤の九十九パーセントは、薬効成分とはまったく関係のない物質でできている。色をつけたり、表面をコーティングする物質もくわえられる。粉を固めて錠剤にするためにはキサンタンガムみたいなものを混ぜるけど、これはバクテリアからできている。カーボポールはペンキみたいなアクリル重合体だし、ゼラチンは牛の軟骨から作られている。

ファイザーやグラクソスミスクラインといった大きな製薬会社では、秘密の部屋のどこか奥深いところに、厳重に警備された地下牢《ダンジョン》があるんだと思う。背中の丸い三人の魔女が調剤用の大鍋をかきまぜている。なにを煮こんでいるのか知りたくもないけど、僕は毎日それを飲まなきゃならない。

ジェネリック製剤を作っているのは本物の魔女でさえないと思う。

116　濁ったマティーニ

とうとうその日が来た。

僕の脳みそが左の鼻の穴から抜け出して、野生化した。

体の外に出た僕は、真夜中のデッキを走りまわった。船は霧に包まれている。星はひとつも見えないし、船の前方も見えない。いや、心の目の視力はこんなものなのかもしれない。僕が近づくと、ほかの脳みそが逃げていく。みんな、孤独な生き物なんだ。孤独で疑い深い。デッキとの距離がほとんどないので、銅板と銅板をつないでいる黒いべとべとのタールもよく見える。タールは意志を持ってもぞもぞ動いている。どんな意志かは知りたくない。

紫色の足は木の根っこみたいな形をして、知能の火花を散らしている。回線がショートしてるだけかもしれない。根っこみたいによじれた足がタールにはまって、下に引っぱられそうだ。タールにおぼれた恐竜みたいだ。そのままだと、そのうち板の隙間に引きずりこまれて、ぺしゃんこにつぶれて、タールの餌になってしまう。ちょっとやそっとの力じゃ抜けられないけど、やっとのことで足を抜いて逃げることができた。

どこへ行こうか。

こんなみっともない姿をカリオペに見せるわけにはいかない。そこで、船尾に向かった。ヤモりみたいに壁を登って、船長の待機室をめざす。体をなるべく平らにして、ドアの下からしのびこむ。僕が本当にミッションの重要な役割を果たすことになっているなら、船長が助けてくれるだろう。この状況をなんとかしてくれるはずだ。

船長は机についていた。燃えて半分ほどになったキャンドルの灯をたよりに、僕が描いたシンボルと記号の絵を見ている。顔をあげて僕に気づくと、火炎放射器みたいな視線でにらみつけてきた。

「そいつをつまみだせ！」

僕だってことがわからないのか。無理もない。船にはびこる役立たずの害獣の一匹にしか見えないんだから。説明しようとしたけど、できなかった。脳みそには口がない。

足音がきこえる。ドアが開いて、何十本、何百本もの手が向かってきた。僕をつかみ、壁から引きはがす。僕は必死に身をよじった。ここでつかまるわけにはいかない。手に力がこもり、爪が僕に食いこんでくる。けど僕は身をよじって逃げ出し、ドアの外に出ると、階段を駆けおりた。デッキが濡れている。カーライルがモップで泡まじりの水をまきちらしながら、僕を追い立ててきた。モップはこんなに大きかったのか！　汚い茶色のヘビが束になったみたいな代物だ。モップがぶつかった。僕は濡れた床を滑った。なにかにつかまろうとしたけど、無理だった。目の前に排水口がある。もうどうすることもできない。次の瞬間、海へ急降下し、冷たい波に飲みこまれた。

痛い。苦しい。僕はこうやって死ぬのか。体はこれからも生きてるみたいに動くんだろうけど、僕はもうおしまいだ。

そのとき、パニックのなかで、ものすごく大きなものが見えた。すぐ下だ。動いている。固いうろこが、むき出しになった僕の神経をかすめていく。船長が話していた生き物だろうか。本当にいたんだ。実在したんだ。恐ろしさに身がすくむ。そいつはあっというまに見えなくなった。深く潜ったみたいだ。けど、また勢いよく上がってきた。今度は口をあけている。僕は足で水を蹴り、もがきながら、水面に出た。

なにも見えない。船も、海も。霧が濃い。

水が押し寄せ、モンスターが迫ってきた。

そのとき、どこからともなくオウムが舞いおりてきた。翼を大きく広げて、足で僕をつかむ。うねうねした灰色の物体に爪が食いこんだ。オウムに引き上げられて、僕は空高く舞いあがった。

「驚いた、驚いた」オウムがいう。「だがまだなんとかなる」

船のずっと上まで舞いあがり、霧の濃いところを抜けた。船のメインマストとカラスの巣が霧から頭を出している。空は晴れて、星が出ている。天の川も見える。一瞬のうちに、僕は絶望の淵から歓喜の世界にやってきた。

「オマエに無限の水平線をプレゼントしてやる」オウムは甲高い声でいった。「だが、条件がある。機は熟した。船長を始末しろ。それができたら、水平線から水平線まで、すべてがオマエのものだ」

波の下にいたモンスターのことをオウムに話したい。けど、伝える手段がない。オウムが心を読み取ってくれればいいのに。けど、無理そうだ。

「いいだろう」オウムは僕を落とした。

僕は霧に包まれた船に落ちていった。カラスの巣が目前に迫ってくる。気づいたときには、ぽちゃんと音をたてて、苦い液体に落ちていた。巨大なカクテルグラスの底に沈んでいく。濁ったマティーニのなかに沈んでどうすることもできないオリーブみたいだ。

たくさんの目が僕を見ている。ガラスの曲面のせいで、外にいる人たちの顔がひどくゆがんで見える。

「これは」バーテンダーの声がきこえる。「アインシュタインの脳みそをホルムアルデヒドに浸けたものです。脳みそにとっていい環境なら、みなさんにとってもいい環境ですよ」

117　ここにいないうちに

「ときどきそういうことがあるんだ」カーライルがいった。モップを持っていない。おかげで、自分がどっちの世界にいるかがわかった。時計を見ると、グループセッションが終わってだいぶ時間がたっている。けど、カーライルはよくこうしてダイニンググルームに残り、僕たちとしゃべったり、いろいろ教えたりしてくれる。

「そういうことがあるんだ」僕は繰りかえした。今日はグループセッションに参加しなかった。それどころじゃなかったから。

「薬への反応は人それぞれでね。だからポワロ先生はいろんな処方を試しているんだ。どの組み合わせ《カクテル》がいちばんいいのか、見つけるためだよ」

「どのカクテルがいいのか」自分が相手の言葉を繰りかえしているのはわかってる。わかってるけどやめられない。頭のなかがゴムになったみたいで、入ってきたものが弾んで口から出ていってしまう。

リスパダールの副作用だったらしい。ポワロ先生もパステルたちも、それがどういうことか教えてくれない。カーライルはもったいぶらずに教えてくれた。「詳しいことを説明する立場じゃないけど、きみは知る権利があるからね。きみは心拍が速くなり、体が震えた。支離滅裂なことを口走っていた。というとすごく恐ろしい状態のようだが、そんなにひどかったわけじゃない」

全然おぼえていない。あっちの世界にいたからだ。

カーライルは料理ののった皿を僕のほうに押しやった。いまは食べる時間だよ、といいたいんだろう。

食べた。噛んで飲みこむことに意識を集中させる。けど、それでも気持ちはふらふらしてしまう。カリオペとは何日も会っていない。会いにいかなきゃ。バーテンダーたちの顔が浮かぶ。僕のカクテルにどんなひどいものを入れるつもりなんだろう。カメレオンの脾臓《ひぞう》？　タランチュラの睾丸《こうがん》？　ふと気がつくと、フォークを空中に持ったまま、体が停止していた。口の横から食べ物がこぼれている。何時間もそうしていたのかもしれない。けど、たぶんちがう。カーライルがそんなに長いこと僕を放っておくはずがない。食べなきゃだめだよ、と声をかけてくれた。あの薬は失敗だった。それだけだ。

カーライルは僕の手からスプーンをとって、お皿に置いてくれた。「食べるのはあとにしようか」いまは無理だとわかったらしい。

「食べるのはあとにしよう」けど、不思議だ。いつのまにフォークがスプーンに変わったんだろう。

118 単純な理屈

船が大きく持ちあがっては落ちる。持ちあがっては落ちる。低い天井からぶらさがったランタンが、船の動きに合わせて揺れる。影が遠くなったり近くなったりして、そのたびに少しずつこっちに迫ってくる。

船長の監視のもと、僕の脳みそが頭に戻された。歯磨きのペーストをチューブに戻すのとは比べものにならないくらい、難しい手術だった。

「頭蓋のなかに掃除機みたいなものを作ったんじゃよ」船医が説明してくれた。「それから、逃げ出した脳みそを左の鼻の穴に近づけて、掃除機で中から吸い上げた。単純な理屈じゃよ」船医を見たのは、このときが最初で最後だった。見た目も声も、なぜかアインシュタインに似ていた。アインシュタインの脳みそはホルマリンのびんに入っている。手術が終わったあとも、僕はまだなんとなく体の外にいるような気分だった。船長は僕を見て、がっかりしたように首を振った。

「犬と寝れば、狂犬病とともに目が覚める、か」船長は同情のかけらも感じられない口調でいった。それをいうなら、「犬と寝れば、ノミといっしょに目が覚める」だと思う。けど、いいたいことはわかった。「オウムやバーテンどもを信じて行動したりするから、こんなことになるんだ。いいか、わたしを信じてついてこい。脳みそを吸い出すようなやつらにかかわるな。これで懲りただろうが」

僕を見おろす船長が、すごく大きく見えた。動けないときはそういうものだ。船長は背を向けて出ていこうとした。まだ行かないでほしい。航海士の姿は見えない。いまはひとりにしないでほしい。

「あいつが……僕の下を泳いで……」

船長がゆっくり振りかえって、僕の顔をまじまじと見た。「なにが泳いでたって？」

「すごく大きなもの。うろこがあった。鋼鉄みたいに固かった。いったん深く潜ってから、勢いよくあがってきた。飢えているみたいで、僕を食おうとしてた」オウムに助けられた話はしなかった。

船長はベッドの端に腰をおろした。「そいつは――深海ヘビ、恐ろしいモンスターだ。一度目をつけた獲物は逃がさない。相手が死ぬまで追いかけまわす。おまえも、もう逃げられない」

こんなにいやな話をしておいて、船長はにっこり笑った。「深海ヘビに狙われたってのは、名誉なことでもある。狙うだけの、いや、それ以上の価値がおまえにあるということだ」

僕は船長から目をそらして壁のほうを向いた。ヘビの呪いから逃れたい。「なにかに狙われるとしても、あんなやつに狙われたくなかった」

119　会話が弾む

不安が極度に高まっている。僕はナースステーションの前をうろうろ歩きつづけた。午前中の看護師長のドリーが苛立っている。

「グループセッションの時間じゃないの？」

「ちがう」

「じゃ、歩いてないで、なにかしたら？」

「したくない」

ドリーがほかの看護師に愚痴をこぼしはじめた。患者の自由時間が多すぎるんじゃないの、とかなんとか。そのうち、恐ろしいタトゥーをした警備員の手を借りて、僕をそこから追い出した。「レクリエーションルームでテレビでも見たらどうだ？」警備員がいう。「いま、みんなが『チャーリーとチョコレート工場』を見てるぞ。オリジナルのほうだ。ジョニー・デップの気色悪いやつじゃない」

僕は急にうんざりした。「第一に、頭のなかにウンパルンパをたくさん飼ってるからって、それだけでみんな友だちになれるわけじゃない。第二に、オリジナルのほうのタイトルは『ウィリー・ウォンカとチョコレート工場』だ。ただし厳密にいうと、それもちがう。原作は本で、本ではチャーリーなんだ。けど、とにかくいまのはまちがいだよ」

警備員はくすくす笑って、余計にからんできた。「今日は会話が弾むじゃないか」

なんなんだ、この人は。ヘルズ・エンジェルズが通ってる幼稚園の先生でもやってるつもりだろうか。「寝てるあいだにどくろに食われちまえ」僕がいうと、警備員は笑わなかった。小さな勝利をおさめた気分だった。

120　地図はそうじゃないっていってる

ハルのお母さんがまた予告なしにやってきた。僕はそのときの様子は見ていない。レクリエーションルームにいなかったからだ。じっと座っていられないから、絵を描くこともできない。船の動きに合わせてデッキを歩きまわるだけだった。頼めばアティヴァンを追加で出してもらえるけど、頼まなかった。バーテンダーはいくらでもカクテルを作ってくれる。けど、カラスの巣に無事に登っていけるかどうか、不安だった。

病室に戻ると、ハルがお母さんの話をしてくれた。今回はいつもより長くいてくれたそうだ。親子でチェッカーもやった。こういうのを〝危険信号〟と呼ぶんだよね、という。

「なにがあったの？」僕はきいた。

「シアトルに引っ越すんだってさ。すごくうれしそうだった。うれしいから、僕に知らせにきたんだって」

「シアトル？　なんで？」

「新しい旦那さんを釣りあげようとしててさ。その人がシアトルに住んでる」

ハルがそのことをどう思っているのか、僕にはよくわからなかった。「ふうん。よかったじゃないか。ここを退院したら、きみもシアトルに行くんだろう？」

ハルはベッドに仰向《あおむ》けになったまま天井を見つめていた。「地図はそうじゃないっていってる」

「シアトルに連れてってもらえないってこと？」

「太平洋岸北西部に行く道がないんだ」ハルはちょっと黙ってから続けた。「相手の男は僕のことをよく思ってない」

けど、母親なんだから子どもを放っておくことはできないはずだ。僕はそういおうとしたけど、ハルの親権を持っているのはお母さんじゃないのを思い出した。

ハルは壁に顔を向けた。船が揺れている。ゆっくり、力強く、下から波がつきあげてきた。

「いいんだ」ハルがいった。「もっといい場所があるから」

121　セッションは踊る

翌日のグループセッションには新人がふたり加わった。いままでいた子がひとりいなくなった。みんな、卒業の日はそれぞれちがう。人数はいつも増えたり減ったりする。みんなに温かく見送られる子もいれば、いつのまにかこっそりいなくなる子もいる。すべて、本人の希望次第だ。

「病院は謎の光線を発して、人を吸いこんだり吐き出したりしてるんだ」ラーウールという名前の子が僕にいった。「見たことあるもん」僕はラーウールの妄想を否定するのはやめて、途中の音をやたら伸ばす名前の子とはしゃべっちゃだめだっていわれてるんだ、と答えた。

パズルが完成に近づいているらしいスカイは、グループセッションのときにちょっと苛立っているようだった。「ものごとには全部理由があるのよ」スカイは、続きをしゃべってもいいかと確かめるようにカーライルに目をやった。「お母さんがいってた。神様は、その人が乗り越えられない試練を与えないって」

これをきいて、ハルがいった。「きみのお母さん、ばかだね」

「こら!」カーライルがいった。ハルはグループセッションからはずされた。ルール1〝人の名誉を傷つける発言をした者は、セッションの途中でも退場とする〟。だけど、途中退場は誰だって大歓迎なので、罰にもなんにもならない。ルールを破ってごほうびをもらえるようなものだ。

「ケイダン」カーライルがいった。無難な答えを求めているようだ。「スカイの発言をどう思う?」

「え、ケイダンって、僕?」

カーライルだって多少はむっとして「いや、通気孔に隠れてるほうのケイダンだよ」とでもいえばいいのに、そうはいわない。僕が時間稼ぎをしているんじゃなく、本当にどのケイダンかわからずに聞き返したと思っているみたいに、「そう、きみだよ」といった。カーライルは絶望的に冗談が通じない。

「神様のやることなんて、小さな子どもをガンにかからせたり、貧乏人に宝くじを当てさせたりするのがせいぜいだよ。ほかになにか与えてくれるとしたら、問題に立ち向かう勇気かな」

「勇気をもらえない人もいるだろ？　それはどうして？」ラーウールがいった。

「簡単だよ」僕は目を大きく見ひらいて、真剣な顔で答えた。「そういう人は、神様にものすごく嫌われてるんだ」

僕も途中退場になるかもと思ったけど、残念ながら、ならなかった。

122　昔から

考えてみればわかるように、精神疾患についての一般的な認識は、症状と同じくらい多様で、奇妙だ。昔からそうだ。

別の時代に、ネイティヴ・アメリカンとして生まれていたら、僕は呪医として崇《あが》められていただろう。僕の言葉は知恵を授ける先祖の言葉ととらえられ、僕は神に似た敬意を払われたにちがいない。

聖書の時代に生まれていたら、僕は預言者といわれただろう。だって、預言者について考えられるのはふたつにひとつだ。その人が本当に神の言葉をきいたか、その人が精神的に病んでいるか。本物の預言者が現代にあらわれたら、きっとハルドールを大量に注射され、やがて空が開いて神の手があらわれて、医者が頬をひっぱたかれる。

暗黒時代だったら、両親が悪魔払いの祈禱師《エクソシスト》を呼んだだろう。僕に悪魔がとりついているようにしか見えないし、または僕自身が悪魔に見えるかもしれないから。

ディケンズ時代のイギリスだったら、僕はベドラム（ロンドンにあった精神病院）に放りこまれただろう。そこは単なる狂気を象徴するだけの場所ではなかった。精神を病んだ人たちが、とても考えられないようなひどい状況で収容されていたという。

二十一世紀に生きている患者は、昔よりはるかにまともな診断と治療をしてもらえる。けど、僕はときどき、科学や医学が進歩してなかったころに生まれてみたかったと思う。かわいそうな病気の子だとみんなに思われるより、預言者だと思われたほうがずっといい。

123
シェイクスピア、しゃべる犬

新入りのラーウールは、死んだ有名人と交流している。なかでもすごいのがシェイクスピアだ。幽霊と会っているのか、タイムトラベルをしているのか、誰にもはっきりわからない。

「で、シェイクスピアはなんて？」ナースステーションのまわりをうろつきながら、僕はラーウールにきいた。ラーウールは急に警戒心をむきだしにした。

「ほっといてくれよ！　どうせ、妄想だとかなんとかいうんだろ。だけど、理屈の裏付けがあるんだよ。わかる？　理屈の裏付けがあるんだ」

ラーウールは逃げるように離れていった。からかわれると思ったんだろう。けど、僕はからかおうなんて思ってない。妄想とか幻覚には敬意を払うべきだと思ってる。けど、どっちなんだろう。ラーウールはシェイクスピアの姿が見えるんだろうか。それとも声がきこえるだけなんだろうか。それとも、話しかけてくる僕のことをシェイクスピアだと思ってるんだろうか。

昔、ここに来る前の僕は、そういうのを変だとしか思ってなかった。そのころはまだ、僕は世界の一員で、〝クラブ〟に入っていなかった。世界の人々は、狂気はばかばかしいといって笑い物にするのが好きだ。狂気はふだんから慣れ親しんでいるものをひどくゆがめてしまうから、人々はそれを変だ、不気味だという。たとえば、ラーウールがなんでもないことを大騒ぎするのは、お父さんの影響だろう。お父さんはシェイクスピアを上演する劇団に入る夢がかなわなかったけど、どうしてもあきらめきれず、恵まれない子どもたちを集めて演劇合宿を催すようになったそうだ。

グループセッションのときに意地悪なことをいって申し訳なかったと思っている。だから役に立ちたいのに、すべて裏目に出てしまう。そもそも、僕なんかに役に立ちたいと思われるなんて、それだけで迷惑な話だ。そこで僕は、ラーウールのあとについてレクリエーションルームに行った。スカイがパズルをやっている。ほかにも何人かがいて、しゃべる犬の映画を見ている。みんな、ただでさえ頭がおかしくなってるのに、言葉をしゃべる犬なんか登場させて、どうするつもりだろう。

ラーウールが座ったので、僕はその向かいの席についた。「悲劇？　喜劇？」

ラーウールは椅子を横に向けた。けど、立ち去ろうとはしない。反抗的な態度をとってるだけだ。本当は話の続きが気になるのだ。

「シェイクスピアは悲劇も喜劇も書いたよね。シェイクスピアと話すときは、悲劇みたいな感じ？　それとも喜劇みたいな感じ？」シェイクスピアは愛のソネットも書いてるけど、シェイクスピアがラーウールに向かってソネットを読んでいるとしたら、それはそれでまったく別の問題がある。

「えっと……わからない」ラーウールがいう。

「悲劇なら、こういってやりなよ。あなたは喜劇を書くのがうまいんだから、僕を笑わせてくださいって」

「あっちに行けよ！」ラーウールがいう。僕が動かないので、ラーウールは映画のグループに加わった。だけど、本気で見てないのがわかる。僕にいわれたことを考えてるんだ。それだけで僕は満足だった。

僕はポワロ先生じゃないし、カーライルでもない。ラーウールにいいアドバイスができるかどうかわからないけど、僕たちが訪れる世界は暗いものになりがちだから、それを少しでも明るくできるなら、それがどんなことでも意味があると思う。

124　指摘する者は嫌われる

いつからか、感覚が麻痺してしまったようだ。グループセッションを恐ろしいと思わなくなった。生々しい回想も、泣きながらの告白も、わめきたてる声も、ＢＧＭみたいなものだと思えるようになった。カーライルは優秀なファシリテーターで、壁にとまったハエみたいな存在になるよう努めている。僕たちにできるだけしゃべらせて、必要なときだけアドバイスをしたり誘導したりしているのがわかる。

アレクサはほとんど毎日同じことをしている。アレクサがやってきたとたん、セッションの進行が止まる。グループに新しい子が入ってきたときはとくにそうだ。継父に植えつけられた恐怖を細部まで再現するばかりか、自分が喉を切ったときのことも話す。ちがう表現を使うし、話の出だしもいつもちがうので、きくほうは、今日はちがう話がきけるのかと思ってしまう。

もうその話をやめてほしいと思うのは、こちらの思いやりがないということだろうか。思い切り大声をあげて、その話はもう百万回きいたから、いい加減やめてくれ！　とどなるのは、残酷なことなんだろうか。今日の僕は、いつもより頭がはっきりしてる。いつもより言葉がすらすら出てくる。考えを言葉にしやすい。一時的なものだと思うけど、せっかくのチャンスだから有効に使おうと思う。

今日のアレクサは、鏡の前に立って、自分の目をのぞきこんだ。救う価値のあるものはなにもない、そういって、スイスアーミーのナイフを喉にあてた。そのとき――

「悪いけど、その映画はもう見たよ」

みんなが僕を見る。

「ネタバレで悪いけど、こうだよ。女の子が自殺しようとするけど助かるんだ。最低な継父はみんなの前からいなくなる。涙を誘う物語でさ、最初は僕ももらい泣きしたけど、さすがにもう古いよ。ケーブルテレビでも、見る人はいないって」

「ケイダン」カーライルがいった。時限爆弾につけられた黄色いコードを切るべきか、青いコードを切るべきか、迷っているみたいだ。「ちょっといいかたがきついぞ」

「正直にいってるだけだよ。僕たち、ここでは正直にならなきゃいけないんだよね？」僕はそういって、アレクサを見た。アレクサは僕を見つめている。次になにをいわれるのか恐れているようだ。「きみがその話をするたびに、きみがまた虐待されてるみたいに思えるんだ。何度も何度もね。けど、お父さんはもういない。きみが自分でやってるんだ。きみが自分自身を虐待してるんだ」

「忘れろっていうの？」アレクサの目に涙が浮かんだ。けど、今日の僕はドライに行く。

「忘れる必要もないよ。過去のことにして、先に進めばいいんだ。自分の人生を生きるってことだよ。でないと、これからの人生まで、お父さんに奪われることになる」

「ひどい！　あんたなんか、大っ嫌い！」アレクサは両手で顔を覆って泣きはじめた。

「あの……僕、ケイダンのいうとおりだと思う」ラーウールがおずおずといった。ハルが、賛成というようにうなずく。スカイはどうでもいいというように横を向いた。ほかのみんなはカーライルを見ている。発言するのが怖い子もいるだろうし、薬でぼんやりしてる子もいるだろう。

カーライルは、どっちのコードを切るべきか、まだ決めかねているようだ。おそるおそるという感じでいった。「アレクサがどう考えるかはアレクサの自由だ……」

「ありがとう」アレクサがいった。

「……しかし、ケイダンの発言には大きな意味がある。みんな、よく考えてみるべきだ」カーライルはそういって、「先に進む」というのが自分にとってどういう意味なのか考えてごらん、といった。そのあとは穏やかな会話が続いた。僕は本心を話しただけだけど、救われた気分だった。カーライルが正しいほうのコードを切ってくれてよかった。

セッションが終わると、カーライルが僕を呼んだ。なにをいわれるのかわかってた。セッションでの態度について、注意されるんだろう。ポワロ先生に話すよ、といわれるのかもしれない。ところがそうではなかったので、すごく驚いた。「さっきのは、すごく洞察力のある発言だったね」僕が驚いているのを見て、カーライルはさらにこういった。「ほめるべきことはほめる、当たり前だろう。まあ、いいかたはきつかったが、アレクサにとっては必要なコメントだった。本人は求めていなかったかもしれないが」

「嫌われちゃったけど」

「気にするな。真実を受け止めるのがつらいとき、人はそれを指摘する者を憎むものなんだ」

それからカーライルは、きみは自分がどう診断されているのか知っているのか、といった。医者はいつも患者の親だけに病名を告げて、患者本人には親から伝えさせるものらしい。両親からは精神疾患に関する専門用語をいくつかきかされたけど、よくわからなかった。

「誰もなにも教えてくれない」僕は答えた。「少なくとも面と向かってちゃんと教えてもらったことはないよ」

「まあ、最初はそういうものだ。診断が変わる可能性があるし、そもそも病名ってのは重い荷物みたいなものなんだ。いってる意味、わかるかい？」

よくわかる。ポワロ先生が両親と話をしているのがちょっときこえてきたことがある。精神病とか、統合失調症とか。あまり大きな声でいったり、繰りかえしたりしたくない言葉だ。口に出しちゃいけない精神疾患というわけだ。

「躁鬱《そううつ》っていってたけど、そのほうがきこえがいいと思っただけかも」

カーライルはなるほどというようにうなずいた。「それはひどいな」

僕は笑った。はっきりそういわれると、かえって気分がいい。「ううん、たいしたことないよ。イエローストーン国立公園を歩いてて、間欠泉《かんけつせん》の湯気にお尻を直撃されちゃう程度だと思ってる」

今度はカーライルが笑った。「薬が効いてるのかな。ユーモアのセンスが戻ってきたってことは」

「たまたまだよ《フルーク》」

カーライルはにやっと笑った。「たまたまってのがこれから増えていくといいな《フルーク》」

「クジラの大群がいれば、尾びれだらけだ《フルーク》」

「クジラじゃなくてもいいぞ。イルカにも尾びれ《フルーク》がある」

妹の部屋を思い出した。あの壁はもう塗り直されているだろうか。僕の病気の痕跡を消すために。サムライをイメージしたイルカの絵なんて、やっぱり異常だったのかも。

125　散歩道

ヴィスタ・ラウンジに座って絵を描いている。キャリーは窓の外を見ている。これが僕たちの短い自由時間の過ごしかただ。今日は胃の動きが活発だ。張っているというか、消化不良っぽいような、変な感じがする。けど、キャリーといっしょにここにいると、ちょっとした不調なんかどうでもよくなる。今日は空が曇っているので、大きな窓も温まることがなく、ラウンジ全体が冷えこんでいる。けど、昼間はキャリーを温めてあげることができない。人の目がそこらじゅうにある。なんだか彼女が毎晩僕の部屋に来ているような気がするけど、それは錯覚だ。来たのは一度だけだと思う。それでも、毎日来ていたらと思うだけで楽しい。

ミューザックのBGMが流れてくる。スピーカーはヴィスタ・ラウンジの天井に作り付けられているので、壊したくても壊せない。ミュートをつけた金管楽器の音楽がだらだら続いている。チャーリー・ブラウンの両親みたいだ。ブワーワワー、ブワーマーワワー。ここでは音楽にまで薬が効いてる。

キャリーは僕のスケッチブックを見た。「病気になる前は、ちがう感じの絵を描いてたの？」

なんでわかるんだろう。驚いたけど、わかるのが当たり前かもしれない。知り合ってからそんなにたってないのに、昔からの知り合いのような気がする。

「いまは〝描いてる〟んじゃないんだ。頭のなかのものが、ここに出てくる感じ」

キャリーはにっこりした。「描きおわって、頭がからっぽにならないといいわね」

「そうだね」

キャリーは僕の腕をそっとつかんだ。「歩きたいな。いっしょに歩いてくれる?」

新しいリクエストだ。いったんヴィスタ・ラウンジの窓辺にやってくると、キャリーはほとんどそこから動かない。部屋に戻りなさいと誰かにいわれるまで、ずっとそこにいる。

「大丈夫?」

「うん」キャリーは答えてから、もう一度いった。「大丈夫よ」二度いわないと自分を納得させられないと思ったんだろうか。

古い散歩道を歩くように、廊下を腕を組んで歩きはじめた。肉体的接触禁止なんてどうでもいい。誰にも僕たちを止められない。

病棟は楕円形《だえんけい》をしている。「太ったゼロみたいな形だね」いつかハルがいっていた。すごく重要なことに気づいた、といわんばかりの口調だった。ここなら、行ったり来たりしなくても、ずっと止まらずに歩きつづけることができる。今日は、ナースステーションの前を何度通るかカウントすることにした。けど、すぐにわからなくなった。

「窓に戻らなくていい?」キャリーにきいてみた。僕がそうしたかったからじゃない。キャリーがそうしたいんじゃないかと思ったからだ。

「ううん。今日はもうなにも見なくていいの」

「だけど……」

キャリーは僕を振りかえった。言葉の続きを待っている。僕もなにかいいたかったけど、「だけど」になにを続けるべきなのか、わからない。そこで、キャリーを部屋に送っていくことにした。

「ケイダン、絵が途中だったでしょ？　完成したら見せてね」

さっきの絵は、ＢＧＭの印象を描いたものだ。僕自身はそれほどあの絵に興味を持てない。

「わかった。見せるよ」会話がこんなに気まずくなったのははじめてだ。なにもいわずにいるときだって、こんなに気まずくなったことはない。胃がごろごろ鳴って、だんだん痛くなってきた。気まずさが胃にあらわれてしまったみたいだ。最後にキャリーが本心を口にした。

「わたし、心配なの。わたしたちふたりとも、お互いを自由にできないんじゃないかって」

意味がよくわからない。わかったとしても、不安なのは僕も同じだ。「それは僕たちのせいじゃないよ。決めるのはポワロ先生だし」

キャリーは首を振った。「ポワロ先生は書類にサインするだけよ」

キャリーの部屋のドア口で立ちどまった。タトゥーの警備員が近づいてきた。〝見てるからな〟という視線を僕たちに送って、離れていく。

「ふたりとも、いつかはここを出るのよね。けど、ふたりいっしょに出るわけじゃない。どっちかがあとに残るんだわ」

考えたくないけど、たしかにそのとおりだ。厳しい非現実のなかに厳しい現実がある。

「そのときがきたら、相手を送り出しましょうね。約束する。ケイダンも約束してくれる？」

「うん、約束するよ」けど、実際そのときが来たらつらい。それに、人の考えになんの価値もないなら、約束だってなんの意味もない。とくにこれは、守れそうにない約束なんだから。

126 その手の痛みは心配ない

おなかが荒れ狂う海みたいになった。深くて暗くて酸っぱくて、悪意を秘めている。不調がどんどんひどくなり、つらくてどうしようもない。胃がぱんぱんに張って、ぐるぐる音をたてている。船の下の海からも低い音が響いてくる。

「深海ヘビが僕たちを狙ってる」航海士がいった。「雨が降る前に関節の痛みを感じる人がいるように、きみは深海ヘビの呪いをおなかで感じているんだ」それから航海士は、実在しない世界の海図を開き、鉛筆を持った。「感じるところを教えてくれ。そうしたら、敵をまくコースを考える」

胃がぐるぐる、しくしくする場所、うなったり張ったりする場所。それらを教えた。航海士はそれを受けて、冷徹な集中力で、海図に複雑な線を引いていった。さまざまな角度の線と線が重なり合っている。けど、線はどれもまっすぐだ。そして、航海士はできあがった海図を船長のところに持っていった。

「その手の痛みは心配ない」船長は僕の様子を見にくると、そういった。「その調子でやっていれば、迷うことはない」

127　わざとってことはないかな？

看護師がいうには、食中毒ではないとのこと。具合が悪くなったのが僕ひとりだからだ。母さんが持ってきてくれた、ナスのチーズ焼きがあやしい。外からの食料持ちこみは禁止されているので、母さんはこっそり持ってきた。僕はそれをクローゼットにしまって、そのことをすっかり忘れていた。翌日それを見つけて、食べた。やっぱり食べ物は冷やしておかなきゃだめだ。こんなこと、恥ずかしくて誰にもいえない。おなかが痛くてのたうちまわってる原因が、自分のうっかりミスだっただなんて。ただ、ハルは真実を知っている。僕がお皿を隠すのを見ていたからだ。けど、ハルは誰にもチクったりしない。パステルにも医者にもカーライルにも、なにもいわないでいてくれるだろう。痛くて動けない。ベッドの上であっちを向いたりこっちを向いたりするだけだ。パステルが薬をくれたけど、まったく効かない。山火事を水鉄砲で消そうとするようなものだ。

激しくうなっていると、ハルが架空の地図帳から顔を上げた。「わざとってことはないか？きみの両親がきみに毒を盛ったとか」

「ハル、ありがとう。いままさにその言葉がききたかったんだ」

正直いうと、その可能性はすでに考えていた。けど、はっきりした言葉でそれをきいたことで、可能性が現実味を帯びてきた。同時にハルに腹が立った。ただでさえ被害妄想で苦しんでるっていうのに、そんなことをいわなくてもいいじゃないか。

ハルは肩をすくめた。「ただの可能性としていっただけだよ。考えかた《パースペクテイヴ》、複雑さ《パープレクシヴ》、発汗《パースピレイション》、期限切れ《イクスピレイション》。きみが死んだら、僕が礼砲を撃ってやるよ。だけど、そういうのは近親者がやるものだからなあ」

128 消化管の共同使用

白いプラスチックのキッチンで、テーブルに縛りつけられている。頭は冴《さ》えていて、これが夢だってことはわかってる。胃の具合が悪いってことも、夢のなかでも意識している。

両親の仮面をつけたモンスターがいる。妹みたいなやつもいる。仮面は妹の顔とムンクの『叫び』を足して二で割ったようなやつだ。髪はブロンド、恐怖で口を大きくあけている。ただ、仮面の奥からは叫び声じゃなく笑い声がきこえてくる。

三人は尖った耳を僕のふくらんだおなかに押しつけている。すると僕のおなかから、喉から絞りだすような恐ろしい声が響いた。悪魔が僕の消化管の共同使用をはじめたかのようだ。三人は耳をすませて、うなずき、同じような低い声で答えた。

「わかりました。やることをやってしまいましょう」

おなかに住んでいる何者かが、外に出ようとおなかに穴をあけはじめた。

129　わたしたちを狙っている

海がうねり、船は休みなく揺れている。下に敷いた毛布が濡れている。淡い緑に染まった銅の天井から、結露が滴ってくる。

船長がそばに立って、僕を見おろした。見えるほうの目で僕の状態を観察する。「よく帰ってきたな。もうだめかと思った」

「なにがあったんですか」

「水責めだ。真夜中、部屋からデッキに運び出されて、体を裏返しにされ、ロープをつけられ、海に放りこまれた」

まったくおぼえていなかったけど、船長にきかされた瞬間、記憶がよみがえってきた。言葉そのものが記憶であるかのようだった。

「腹が痛い腹が痛いとうるさいと、誰かがいいだしてな。で、おまえの体の中と外をひっくり返して、内臓を海で洗ってやることにしたんだ。フジツボだらけの船底をくぐらせて、反対側から引き上げた。痛みのもとはこすり落とされたはずだ」

話をきいているだけで、フジツボの感触がよみがえる。肺も燃えるように熱い。存在しない酸素を吸おうとして苦しんだあげく、海水を思い切り吸いこみ、気を失ったのだ。

「水責めで命を落とす船乗りはたくさんいる。一生治らない傷を負う者も多い」船長がいう。

「だが、おまえは助かったようだ」

「まだ裏返しのまま？」

「いや、見たところ、元に戻っている。おまえの内側と外側がほとんど同じなら別だが」

「水責めは、船長の命令？」

船長は気を悪くしたようだ。「わたしの命令だったら、おまえが最後に見る顔はわたしで、船に戻って最初に見る顔もわたしになるようにする。やるなら思い切り残酷にやらないとな。それもできないようなら臆病者といわれてもしょうがない」

船長は、自分のベッドから僕を見ていた航海士に、水をくんでこいといった。航海士がいなくなると、船長はベッドのわきに膝をつき、小声でいった。

「よくきけ。おまえが友だちだと思ってるやつは、友だちじゃない。みんな、見かけと正体がちがうんだ。青い空はオレンジに染まるし、上は下に変わる。食べ物に毒を入れようと狙ってるやつもいる。わかるか？」

「いいえ」

「よし。学習したな」船長はあたりを見まわして、まだ誰も近づいていないことを確かめた。

「だいぶ前からそうじゃないかと疑っていたんだろう？」

いつのまにかうなずいていた。認めたくなかったのに。

「おまえの不安はよくわかった。おまえの思っていたとおりだ。いつどんなときも、敵はおまえを消そうとして狙っている。おまえだけじゃない。わたしも狙われてる」船長は僕の腕をつかんだ。「この船では誰も信じるな。船を降りても、誰も信じるな」

「船長は？　船長は信じてもいいの？」

「誰も信じるなといったじゃないか」

そのとき、航海士が水の入ったコップを持って帰ってきた。船長はその水を床にぶちまけた。航海士も信じてはいけないということだ。

130　壊れたままでいて

おなかの不調が治った。やっぱりナスのチーズ焼きが傷んでいただけだった。ポワロ先生が勝利宣言をした。両親が毒を盛ったんじゃないし、両親がやったと思ってしまうのがまさに被害妄想なんだと僕が理解したからだ。

「病気のせいで、きみはいろんなことを信じてしまった。それがまちがっていると気づけば気づくほど、退院の日は近くなるんだよ」

けど、先生はわかってない。僕の一部は、これは妄想かもしれないという判断ができるようになってきたけど、それ以外の部分では、まだまだ妄想を信じてしまう。いま現在は、ナスに毒を盛られた可能性はとても低いと思っているけど、明日になれば、両親に殺されそうになったと訴えるかもしれない。しかも、地球が丸いと信じているのと同じくらい、そうにちがいないと固く信じてしまう。地球は平らだという考えが突然頭に浮かんでくれば、たぶんそれも信じてしまうだろう。

僕のよりどころのひとつはキャリーだ。けど、キャリーについては、このごろちょっと心配なことがある。キャリーの状態が悪くなっているとかじゃない。逆によくなっている。ヴィスタ・ラウンジの窓の前で過ごす時間が短くなった。そういう強迫性の行動がなくなれば、ポワロ先生がキャリーを退院させるかもしれない。

ゆうべ、ひどいお祈りをしてしまった。お祈りに効力があると信じるとしたら、最低のお祈りだった。効力は信じているともいえるし、信じていないともいえる。なんともいえない。

「キャリー、壊れたままでいて。僕が治るまで、きみも治らないで」

自分勝手だとわかってる。けど、そんなことはどうでもいい。キャリーの笑顔が見られなくなるなんて、想像もできない。キャリーを温めることができなくなるなんて、考えたくもない。約束なんて関係ない。キャリーのいない病院になんて、いたくない。

131　段ボールの家

両親がはじめて妹を連れてきた。いままで連れてこなかった理由はわかってる。僕がときどきひどい状態になるからだ。家にいたころとは種類がちがうけど、相手に恐怖を与えるのは同じだ。それに、ほかのみんなのこともある。妹はしっかりした子だけど、小児精神科病棟は、子どもが訪ねてくるようなところじゃない。

両親からは、まだ決定じゃないけど、そのうちマッケンジーを連れてくるかも、といわれていた。

「マッケンジーはわかってくれたわ。想像してるよりずっと大変なところだってこと」母さんがいった。「想像力のある子だし。それに、きょうだいなんだから会いたいでしょう？ ポワロ先生も賛成してくれたわ」

そんなわけで、ある日の面会時間、パステルに付き添われてレクリエーションルームに行った僕は、両親といっしょに座っている妹の姿を見つけた。

最初は少しためらった。妹が来るかもしれないのをすっかり忘れていたからだ。あまり近づいたら妹が壊れてしまうんじゃないかと心配だった。妹を壊したくない。こんな姿の僕を見られたくない。けど、いまは面会時間だ。面会時間から逃げるわけにはいかない。僕はおそるおそる近づいていった。

「お兄ちゃん」

「やあ、マッケンジー」

「元気そうね。寝癖がひどいけど」

「マッケンジーも元気そうだね」

父さんが立ちあがり、使われていない椅子をひとつ引いた。「ケイダン、おまえも座ったらどうだ」

いわれたとおりに座った。膝ががくがくしないように気をつけたけど、全神経を集中しないとうまくいかない。けど、膝に全神経を集中すると、会話ができなくなる。会話はしていたい。妹の前で元気なところを見せたい。なんの問題もないと思ってほしい。けど、うまくいきそうにない。

妹の唇が動き、目が輝く。話の最後のほうだけをききとることができた。「……でね、ダンスおばさんたちは文字どおり、お互いの目をくりぬいちゃうの。うちのお母さんはあんなんじゃないから、もっと落ち着いたダンススタジオをさがしてくれたの。ちゃんとしたとこよ。頭のヘンな人とかいないし」妹ははっとして下を向いた。顔がちょっと赤くなる。「ごめんなさい。そんなつもりじゃなくて」

いまは怒りもなにも感じない。ただ、妹が気まずい思いをするのは僕もつらいので、こういった。「まあ、頭がヘンっていっても、いろいろだからね。ダンスおばさん症候群の薬はないよ。あるとしたら青酸カリくらいかな」

妹がくすくす笑う。両親は笑わない。

「マッケンジー、ここでそんな言葉をつかっちゃだめよ。病院にはいろんな病気の人がいるから気をつけて」

「キュクロプスって知ってる?」僕はいった。「ここのお医者さん、目が片方しかないんだよ」

妹はまたくすくす笑った。「嘘でしょ」

「いや、本当だよ」父さんが妙に偉そうにいった。「片方が義眼なんだ」

「翼は両方動くよ」僕がいった。「飛ぶところがないけどね」

「ねえ、ゲームをしましょうよ」母さんがあわてていった。最後にやったゲームはアップルトゥアップル。シェルビーが来たときにやった。いや、マックスだったか？　ちがう、やっぱりシェルビーだ。ゲームのやりかたは知ってるけど、あのときはそんなのができる状態じゃなかった。ルールは単純明快。形容詞のカードを一枚引く。たとえば「気まずい」。この形容詞にいちばん合いそうな名詞のカードを全員が出す。まったく合わないカードでも、皮肉が効いていれば大丈夫。薬が効いているのはだめ。前回は、僕が出すカードがどれも暗いものばかりで、みんなをいやな気分にさせてしまった。

ところが、面会の人たちがみんなゲームをやっていたので、棚にはアップルトゥアップルしか残っておらず、妹はそれを持ってきた。そのゲームにまつわる悲しい歴史も知らずに。

「ねえ、こうしましょうよ」妹がカードの箱を持って座ると、母さんがいった。「このカードを使って、家を作るの。タワーみたいなやつ」妹が反論しようとしたけど、父さんが目を見ひらいて、〝あとで説明するからいまは黙ってろ〟という顔をした。

カードの家を作るっていうアイディアは皮肉でおもしろい。ただ、家族はそうは思わなかったようだ。ここにオウムがいたら、いい兆候だ、といっただろう。ゲームくらいやってみたらどうだ、ともいうだろう。だから、僕はやらない。

父さんが、本物のエンジニアみたいに真剣になって、基礎の部分を作った。ここにみんなが順番に、カードを一枚ずつのせていく。十枚も加えないうちに、家は崩れた。四回目でようやく枚数が増え、二階までできたところで家がつぶれた。

「残念」母さんがいった。

「これは難しいんだよ。海が荒れてないときでもね」僕はいった。

母さんと父さんがあわてて話題を変えようとしたけど、妹は食いついてきた。「海って、どこの？」

「海って？」

「海が荒れてないとき、っていったでしょ？」

「そうだっけ」

「マッケンジー……」父さんがいおうとしたけど、母さんが父さんの肩に触れて、話をさえぎった。

「ケイダンに答えさせてあげましょうよ」

僕は急に、すごく落ち着かない気分になった。恥ずかしいくらいまごついている。鼻をほじっているのをデートの相手に見られたような感じだ。目をそらし、窓の外を見た。芝を刈ったばかりの丘が見える。これでようやく落ち着いた。少しのあいだなら大丈夫。けど、船長はまだそのへんにいて、僕の言葉に聞き耳を立てている。

「ときどき……そんなふうになるんだ」僕は妹にいった。そこまでしかいえない。それ以上話したら、僕が内側から壊れてしまう。

妹は「わかった」といった。

それから妹は手を出して、僕の手に重ねてくれた。僕はまだ妹をまっすぐ見られない。だから妹の手を見た。

「クリスマスプレゼントの段ボール箱で家を作ったの、おぼえてる？」

僕は笑顔で答えた。「うん、楽しかったね」

「段ボールだけど、本物みたいだったね」

誰もなにもいわない。

「いまクリスマスだっけ？」僕はきいた。

父さんがため息をついた。「ケイダン、もうすぐ夏だよ」

「そっか」

母さんは目に涙を浮かべてた。僕は、母さんを泣かせるようなことをしたんだろうか。

132　声を小さくしない

夕方。もう日没だ。水平線に沈みかけた太陽が海に反射して、見ていると催眠術にかかったみたいになる。セールは一定の風をしっかりはらみ、船を西へ進めていく。太陽が本当に西に沈むのなら、そういうことになる。

僕はカーライルといっしょにデッキにいた。カーライルは僕にもモップを渡して、掃除を手伝わせている。

「船長に怒られるんじゃないかなあ。またはオウムに」

カーライルは船長についてはなにもいわない。けど、オウムについては「あの鳥はなにもかも見て知っている。あいつに隠し事をするのは無理だ。俺はずいぶん昔にあきらめた」

「じゃあ……カーライルはどっちの味方？」

カーライルはにっこり笑ってバケツの水をこっちに流した。モップをかけろということらしい。

「おまえの味方だ」

カーライルはしばらく僕を見つめてからいった。「おまえを見てると、俺がおまえみたいだったころを思い出すんだよ」

「カーライルが僕？」

「ああ」カーライルはラップトップを閉じて、僕をまっすぐ見つめた。レクリエーションルームにはほかの子もいるけど、ほとんどはテレビを見てる。しゃべっているのは僕たちだけだ。「きみはラッキーだったんだよ。僕が発症したのは十五歳のときだったけど、こんないいところには来られなかった」

「え？　カーライルも？」

「はじめは躁鬱だっていわれた。けど、幻覚がどんどんひどくなって、さらに幻聴もはじまった。で、統合失調症と診断された」

カーライルは声を小さくせずに、その言葉を口にした。世の中の人たちは、その言葉に恐ろしいくらいの重みを加えるけど、カーライルはそうじゃない。カーライルが仲間だと思うと、逆に心配になってきた。嘘だったらどうしよう？　僕を混乱させようとして、作り話をしているんじゃないか？　いや、そんなことはない。それこそ被害妄想だ。ポワロ先生もそういうだろうし、ポワロ先生のいうとおりだ。

カーライルは、躁鬱と統合失調症の中間の統合失調感情障害というのもあると教えてくれた。

「躁鬱のことを二極性ともいうが、こっちは〝三極性〟と呼ぶべき障害なんだ。第一が躁状態。自分こそ宇宙の王者、みたいに思える時期だ。そこから第二期に移行して、幻覚が見えたり幻聴がきこえたりする。真実ではないことを真実だと信じたりする。その後気分が落ちこんで、第三期に入る。いままでの自分を振りかえって、鬱状態になるんだ」

「だからここで働いてるの？」

「薬さえちゃんと飲んでれば、大丈夫なんだ。それがわかるまでが大変だったけど、もう落ち着いた。最後に発症してから、もう何年もたつよ。それと、ここでやってるのは仕事じゃないんだ。ボランティアとして、あいた時間に来てるだけでね。自分自身が経験してるし、心理学の修士号も持ってるし、せっかくだからそれを利用してみようと思った」

びっくりすることばかりで、理解するのに時間がかかる。「じゃあ、僕たちのメンタルにモップをかけてるとき以外はなにやってるの？」

カーライルはラップトップを指さした。「ソフトウェアの会社で働いてる。ゲームのデザイナーなんだ」

「信じられない」

「おいおい、薬で想像力が弱ってるかもしれないけど、ゼロになってるわけじゃないだろ」

びっくりしたし、うれしかった。デッキを見わたすと、ほかの乗組員たちが、船長に命じられた仕事に精を出したり、ぶらぶら歩きまわったりしている。空には色彩豊かな美しい夕焼けが広がっている。

カーライルはモップをしぼって、あたりを見まわした。デッキがすっかりきれいになって、満足そうだ。「ともかく――長い航海になるとしても、永遠に続くわけじゃないんだよ」

カーライルはそういって、下のデッキに降りていった。カーライルがいなくなったあと、船長の姿が見えた。舵柄《ティラー》の前に立っている。船全体を見わたせる、船長のお気に入りの場所だ。いま、残っているほうの目で、僕を鋭くにらみつけている。あの視線に射抜かれると、もうなにもできなくなってしまう。

133 クレストメアの巣

自然は、それが本物の自然かどうかは別にして、停滞している嵐の暴風域に僕たちの船が入ったとたん、ものすごい怒りをぶつけてきた。太陽がぎらぎらしていたはずの空が、世界の終焉《しゅうえん》を思わせるようなぼんやりした色に変わり、その下で、船がコルクみたいに激しく波にもまれはじめた。稲妻が光ってあたりがぱっと明るくなったかと思うと、一秒もたたないうちに雷鳴が轟《とどろ》く。

なにをしたらいいかもわからずデッキに立っていると、セールが裂けては直り、裂けては直るのが見えた。布地に残った傷跡は、ラットラインのロープくらい太くなっている。船長が大声で命令を下しているけど、乗組員たちは、水没した巣から出てきたアリみたいにメインハッチからぞろぞろ出てきて、大慌てで逃げまどうばかりだ。それは逆じゃないのか、と僕は思う。下のデッキに避難していたほうがいい。メインデッキにいたら、海に押し流されてしまうかもしれない。けど、みんなはたぶん、天の怒りより船長の怒りのほうが怖いんだろう。

「セールを下ろせ！」船長がいう。「リギングを固定しろ！」乗組員のひとりの尻を蹴った。「のろのろするな！　マストを失いたいのか！」

嵐は一週間以上前から遠くで待ち構えていたので、準備する時間はたっぷりあった。けど、船長はなにも準備をせずに嵐につっこんだ。自分なりの哲学にこだわっているらしい。

「準備なんかしてたら、とっさのすばやい対応ができなくなる。これがいちばんだ」

船長はパニックを起こしている。勇敢に闘ったからといって勝ち目があるのかどうか、まだわからない。

とくになにも命令されず、突っ立っている僕に、船長は目をつけた。「舵をとれ」アッパーデッキを指さす。「舵柄《テイラー》を握れ。波と真っ向勝負しろ！」

驚いた。船の操縦を任されるとは思いもしなかった。「波と？」ききまちがいかと思って、ききかえした。

「いわれたとおりにやれ！」船長がどなる。「十メートル級の波だ。横から食らったら転覆のおそれがあるぞ。船はしかるべき方向を向いてないとな」

僕は二段飛ばしでアッパーデッキに登り、ティラーを握った。力をこめてもなかなか動かない。オウムが甲高い声でなにかいいながら近くを飛んでいったけど、雷鳴と波の音にかき消されて、なにをいったのかきこえなかった。

やっとティラーが動いた。頑固だった舵《ラダー》が向きを変える。だけど、ちょっと遅かった。波が斜めに襲ってきて、右舷からデッキに降りかかった。デッキにいる乗組員は流されそうになり、手近なものに必死につかまった。

ようやく船が波と直角の向きになった。船首が下を向き、波の谷間に落ちていく。みんな、頭から波をかぶった。カリオペは無事だろうかと思わずにいられない。みんなと同じように、カリオペも苦しんでいるんだろうか。カリオペに五感があるとしたら、懸命にこの場にとどまろうとする船の痛みも感じているんだろうか。

白く泡立った波がデッキを飲み、引いていく。乗組員が苦しそうにむせている。海に落ちた者がいるかどうかも、まったくわからない。

突然、肩に痛みをおぼえた。オウムが戻ってきて、僕にとまっていた。風に飛ばされないように、爪を立てて踏んばっている。「チャンスだ、チャンスだ。船長を始末しろ」

「こんな嵐のなかで？」

「殺せ。海に放りこめ。ミンナには、落ちたといえばいい。そうすれば、オマエは自由になれる」

けど僕は、どっちにつくべきかをまだ決めかねていた。それに、いまはとにかく、人の命を奪うことよりも自分の命を守ることのほうが重要だ。「無理だよ！」

「この嵐だって、アイツのせいなんだ！」オウムが叫ぶ。「オマエをオマエの人生から引きはがしてきたのも、アイツだ。すべてはアイツにはじまり、アイツで終わるんだ。やれ！　やらなきゃだめだ！」そのときすごい風が吹いて、オウムは僕の肩から飛ばされた。

　オウムの言葉が本当なのか嘘なのか、いまは考えている余裕がない。また波が来た。今度は僕もアッパーデッキからメインデッキに振りおとされた。ほかの乗組員たちといっしょに、海に落とされないように必死につかまった。

　顔を上げると、船の上になにかの姿が見えた。モンスターだ。メインセールの支柱《ブーム》から僕を凝視している。馬みたいな逆三角形の顔。広がった鼻の穴。怒りに燃える赤い目。馬だろうか。いや、ちがう。脚がない。長い尻尾があるだけだ。ブームにくねくねと巻きついている。タツノオトシゴを人間くらいのサイズにしたような生き物で、とても固そうな突起が背中にずらっと並んでいる。

「クレストメアだ！」誰かが叫んだ。

　船長がブームに飛びついて、一瞬の鮮やかな動きでモンスターの喉をかき切った。モンスターは僕の足元に落ちてきた。目がどんどん濁っていく。「なんで気づかなかったんだろう」船長がいった。「クレストメアの縄張りに入っていたのか」そして僕に、アッパーデッキに戻れといった。「針路を変更する。波に船尾を向けろ」

「退却ですか？」海図室の窓から航海士が叫んだ。「海図によると、ここを抜けなきゃなりません」

「退却とはいってない！　これは決闘だ。決闘は背中合わせではじまる」

もう一度ティラーを握り、舵を切った。あとは波が舵を押してくれる。楽々と百八十度回転することができた。

前を向いているべきだとはわかってるけど、うしろを見ずにはいられない。稲妻が長い間光ったとき、次の波がうしろから襲ってくるのが見えた。いままでのより大きい。その波頭に、無数の赤い目が光っている。クレストメアというモンスターは、決闘のルールを知らないらしい。

ティラーに腕をかけて、大波に備えた。船尾が飲まれる。メインデッキが飲まれる。波はアッパーデッキも覆い、僕も水に包まれた。永遠とも思えるような長い時間、息を止めて、体をよじりながらティラーにしがみついていた。船が完全に飲まれて、海底に沈んでいくところなんだろうか。そう思ったとき、水面に顔を出すことができた。しょっぱい空気を吸いこんだ。

あたりがはっきり見えるようになったとき、恐ろしい光景があらわれた。地獄にだって、こんな光景はあり得ないだろう。何十匹ものクレストメアがデッキに上がり、尻尾を巧みに使って、サルみたいにすばしこく動き回っている。一匹が大きく口をあけた。サメみたいなするどい歯をむき出しにして、悲鳴をあげる乗組員の首にかみついた。虫の息になった乗組員を海に落とす。

クレストメアは僕にも飛びかかってきた。僕は拳を振りまわしてそいつの横《よこ》っ面《つら》を殴った。しかしそいつは僕の腕に尻尾を巻きつけて、体をひねった。次の瞬間、そいつの息が僕の顔にかかった。一口で頭を食いちぎられるんだろうな。そう思ったとき、そいつがしゃべった。

「おまえじゃない……だが、場合によってはおまえを食う」

僕は頭突きを食らい、メインデッキに落ちた。クレストメアは跳ねるようにして離れていった。

そのとき、船長の姿が見えた。船長を三匹のクレストメアが取り囲んでいる。左右の脚に一匹ずつからみついて動きを封じ、もう一匹は胸に尻尾を巻きつけている。船長は前にいるやつの首をつかんだ。敵は船長の顔の前で、口をぱくぱく動かしている。船長は短剣を取り出して切りつけようとした。ところが短剣を叩きおとされた。短剣は音をたててデッキに転がった。

船長を始末しろ。オウムの言葉がよみがえってくる。けど、自分が手を下すまでもなさそうだ。クレストメアがやってくれる。ただ、船長がやられて海に落とされたら、カリオペはどうなる？鍵が手に入らなければ、永遠に自由になれない。

次の波が来る前に、僕はデッキの短剣を拾い、船長に噛みつこうとしているクレストメアの背中に突きたてた。そいつは死んでデッキに倒れた。続いて、船長の脚にからみついているやつをやっつけた。ほかにも一匹、飛びかかってきたのがいたけど、殴り倒してから、かかとで頭を踏みつぶした。

クレストメアはいなくなったけど、船長はまだまともに動けない。息も荒い。船長が弱っているときを狙うとしたら、いましかない。僕は壊れた木箱の板を一枚拾ってきて、船長の後頭部を思い切り殴った。鍵が、モモの種といっしょに眼窩《がんか》から飛びだした。デッキに落ちた鍵がからからと音をたてる。船長はうずくまった。なにが起きたかもわかっていないようだ。

次の波が迫ってきた。波頭にはやはり、無数の赤い目玉がひそんでいる。溶岩流の先端のようだ。このまま放っておけば、船長はクレストメアに食われる。それでいい。欲しいものは手に入れた。

波が船に届く前に、急いで船首楼の格子窓に向かった。南京錠をあけようとしたけど、手が思うように動かない。

音ではなく振動で、波が来たのがわかった。水が押し寄せてくるのはわかっていたけど、振りかえらなかった。ようやく南京錠があいた。錠をはずしてハッチを持ちあげ、なかに入る。そのとき、うしろから水が襲ってきた。僕は押しながされるようにして、船首楼にもぐりこんだ。

立ちあがると、水は腰の高さまであった。船首楼が半分水浸しになっている。係留ロープがコイル状にまとめられて、両側に置いてある。正面を見ると、薄暗い空間のなかにはっきり見えた。船の先端部分から内側に向かって、二本の脚が突き出している。カリオペのいうとおりだった。彼女は船の一部なんかじゃない。自分の脚を持っている。ただ、長いこと湿った場所にあったので、ずいぶん傷んでいる。それと、カリオペが自由になれない理由もわかった。腰のところに大きなボルトが刺さり、船首に固定されているのだ。これをはずせば自由にしてやれる！

「カリオペ！　きこえるかい？」僕は叫んだ。返事の代わりに、銅の脚が動いた。僕はボルトをはずそうとしたけど、素手ではどうしようもない。船を造った人が恨めしい。どうしてこんなことをしたんだろう。

そのとき、うしろから声がきこえた。

「これ、必要なんじゃないか？」

振りかえるとカーライルがレンチを差しだしてくれている。カーライルはずっと僕のそばにいてくれたんだろうか。

レンチを受け取った。ちょうどいいサイズだ。これならボルトははずせる。……けど、僕はためらった。

これをはずしたらどうなるんだろう。船首から離れたカリオペは、水に落ちて死んでしまうかもしれない。体が銅でできてるから、噴水のペニー硬貨みたいに、底に沈むに決まっている。けど、沈まなかったら？　泳ぐことができたら？　いま、カリオペを船から逃がしてやったら、僕もいっしょに逃げられるだろうか。彼女のいない船で航海を続けることはできるだろうか。

「急げ、ケイダン」カーライルがいった。「時間がないぞ」

クレストメアの暴れる音が上からきこえる。下からは、すさまじい波の音。僕はレンチを握ってボルトにかませ、力をこめた。カリオペを自由にしてやりたい。レンチに全体重をかける。ボルトが回りはじめた。さらに力をこめると、ボルトがゆるんできた。そしてとうとうボルトがはずれた。

船首楼に流れこんだ水のなかにボルトが音をたてて落ちたとたん、カリオペは身をよじり、狭い穴から下半身を出そうとしはじめた。両手を船体について、思い切り力をこめているんだろう。腰が抜けた。足が抜けた。次の瞬間にはもう、カリオペはいなかった。残ったのは、舷窓と同じくらいのサイズの穴だけ。

穴から外を見ると、カリオペが沈んでいないのがわかった。沈んではいないけど、泳いでもいない。魂が空気より軽いせいなのか、銅の体より軽いせいなのか、重力の影響を受けていない。波の表面を軽々と走っている。ひと筋の陽光が雲間から射《さ》して、スポットライトみたいにカリオペを追いかける。腐食や酸化で傷んでいた表面がきれいに剝がれおち、カリオペの体は、頭のてっぺんから爪先まで、ぴかぴかに輝いている。僕は歓喜の声をあげたかった。けど、そのとき、黒い影が、船の上から波に飛びこんだ。続いてもうひとつ。さらにもうひとつ。クレストメアだ！　あっというまに、海はクレストメアでいっぱいになった。クレストメアの群れはまるで騎兵隊のように、遠くで輝くカリオペに向かっていった。

おまえじゃない。だが、場合によってはおまえを食う。

やつらが狙っているのは船長じゃない。カリオペだ！　船長にはわかっていたんだろう。だからカリオペのいる船首をうしろに向けたんだ。

「逃げろ！」僕は叫んだ。僕の声なんて届かないとわかっていたけど、叫んだ。「逃げろ！　止まっちゃだめだ！」

カリオペは一瞬にして、水平線に光る小さな赤い炎のようになった。それをクレストメアの群れが追いかけていく。やがて、カリオペの姿が見えなくなった。僕は祈った。カリオペの体力が持ちますように。無事に逃げきれますように。

船首楼から出ると、嵐は鎮まっていた。誰かがスイッチでも切ったかのようだ。波はおさまり、雲は消えていく。船長が腕組みをして船の真ん中に立ち、残ったほうの目でこちらを見ていた。眼帯ははずれたままで、黒々とした眼窩が見える。なのに、そこにも目があって僕を見つめているようだった。

「水責め？　もっと重い罰かな」

「わたしから盗むとはな、胆《きも》の据わったやつだ」

まわりにいる乗組員たちが体をこわばらせ、固唾《かたず》を飲んで見まもっている。

「わたしから盗みを働くとは、たいした根性だ。そしてそのおかげで、われわれ全員が助かった」船長は僕の肩を叩いた。「パニックのなかで、よくぞ勇敢に戦った」

航海士がモモの種を持って船長に近づいた。「これ、落ちてました。僕もヒーローになれるかな」船長はモモの種を受け取ったけど、なにもいわなかった。種を眼窩にはめこむ。眼帯は嵐の最中にどこかに行ってしまったようだ。目玉のかわりに入っているモモの種を隠すものがない。なんとも不気味な顔だ。

「これからも頼むぞ、マスター」船長がいった。「あらためて西に向かおう」

「マスター？」

「おまえに舵をまかせる。もう風まかせにはしない。ここから先は、おまえ次第だ」

134　ガラスのむこうがわ

キャリーが退院すると、スカイからきいた。

「いま、部屋で荷物をまとめてる」スカイはパズルをやりながらいった。同じパズルを永遠にやっているみたいだ。僕にピースをひとつ預けたことをおぼえているだろうか。いつか、返してといってくるんだろうか。「もうキャリーに会えなくなるんだ。ケイダン、かわいそう」スカイはうれしそうでもあり、悲しそうでもある。「人生って、苦しみの連続だもん。負けないで」

返事をする気にもならない。僕は黙ってキャリーの部屋に向かった。途中でカーライルに出会った。カーライルが気の毒そうな顔をしたので、スカイのいったことは本当だとわかった。キャリーがいなくなる。

「ちょっと待ってくれ」カーライルはナースステーションに寄って、フラワーアレンジメントのなかからバラを一本抜いてくると、それを僕にくれた。

「ケイダン、急げ。時間がない」

キャリーは部屋にいて、両親といっしょにわずかな荷物をまとめていた。キャリーの両親に会うのははじめてだ。面会時間に訪ねてくることはあっても、いつも三人でヴィスタ・ラウンジの隅に固まって、小声でおしゃべりしている。そこに他人は入っていけない。

僕を見たキャリーは微笑まなかった。悲しそうな顔をした。「ママ、パパ、ケイダンよ」さよならもいわずに行ってしまうつもりだったんだろうか。それとも、別れることを考えただけでつらかったんだろうか。

「こんにちは、ケイダン」キャリーのお父さんがいった。インド系の発音のくせがキャリーより強い。

「こんにちは」僕は答えて、キャリーに向き合った。「本当なんだね——行っちゃうんだ」

お父さんが代わりに答えた。「退院手続きもすんだし、娘は今日退院するんだよ」

お父さんが話そうとしてるのに、僕はキャリーに話しかけた。「どうしていままでいってくれなかったの」

「今朝まではっきり知らなかったから。決まったらあっというまで……」

スカイの言葉が耳に残っている。〝キャリーに会えなくなるんだ。〟そんなことはない。なんとかしなくちゃ。ゴミ箱からくしゃくしゃの紙切れを拾いだして、キャリーの両親にペンを貸してくださいといった。この部屋にペンが落ちてないのはわかってる。

お母さんがバッグからペンを出して、貸してくれた。僕は紙切れを広げて、できるだけ丁寧に書いた。

「これ、僕のメールアドレス。メールしてよ」ここではメールは禁止されてるけど、僕のアドレスは生きてるから、いつかここを出られたら、届いたメールを読むことができる。

キャリーは紙切れを畳んで、大切そうに握りしめた。目に涙が浮かんでいる。「ありがとう、ケイダン」

「きみのアドレスもくれる？」

キャリーは困ったような顔をして両親を見た。両親といっしょだと、なんだか別人みたいだ。なんでこんなにおとなしいんだろう。

両親は顔を見あわせた。僕のきいたことは、とんでもないことだったんだろうか。

そのとき、気がついた。僕はキャリーのアドレスをもらうわけにはいかない。両親のためじゃない、キャリーのためだ。キャリーを自由にすると約束したんだから。

「いいんだ、忘れて」なんでもないことのようにいった。本当は、すごく大切なことだったけど。

「気が向いたらメール書いてよ。きみが送ってくれたら、僕も返事を出すからさ」

キャリーはうなずいて、悲しそうな、心のこもった笑みを見せてくれた。「ありがとう、ケイダン」

お父さんがキャリーから紙切れを取り上げようとしたけど、キャリーはそれを胸元で握りしめていた。僕を抱きしめてくれているみたいだ。

はじめて会ったときのキャリーを思い出した。あのころに比べると、いまのほうがすっきりした表情をしている。じっとしているときの姿勢とか、しゃべりかたもそうだ。目の表情も。ガラスのむこうに出られたんだ。見張っていなければならなかった外の世界の一部になれたんだ。

キャリーを抱きしめたい。けど、両親の前ではできない。ふたりにとって、男子と女子は近づいてはいけないもの、一キロ以上の距離を置かなきゃいけないものなんだろう。かわりに握手をした。目が合った。キャリーは、ハグではなく握手だったことが意外だったようだ。がっかりしているようにも見える。けど、そうしなきゃいけない理由はわかっているはずだ。なぜか、ひとつのベッドで体を温めていることより、握手のほうがずっと気恥ずかしい。

握手が長すぎたようだ。お父さんがしびれを切らした。「キャリー、ケイダンにお別れの挨拶をしなさい」

ささやかな抵抗なのだろうか、キャリーが口にしたのは別れの挨拶ではなかった。「ケイダン、とてもとても寂しくなるわ」

「僕はいつも地平線にいるから」

限りない悲しみをこめて、キャリーはいった。「そうよね。けどわたし、もう窓の外は見ないことにしたの」

135　なにに苛立っているんだろう

「僕も退院したいな」次の診察のとき、ポワロ先生にいった。

「できるさ。そのうちきっとできる」

けど、そんな言葉にはなんの意味もない。「どうしたら出られるのかな」質問に答えるかわりに、先生は僕が描いた新しい作品を引き出しから出した。先生はいつも僕の絵を弾丸にして、僕の脳みそを撃ち抜く。

「どうしてこんなに目がたくさんあるのかな？　おもしろいけど、どうしてだろうと思ってね」

「感じたことを描いただけです」

「目がたくさんあると感じたのかい？」

「いわなきゃだめなんですか？」

「ケイダン、きみのことが心配なんだよ。すごく心配なんだ」先生はうなずきながらちょっと考えこんだ。「薬を変えてみるか」

「薬を変えよう、薬を変えよう、先生はそればっかりだ！」

先生は動じることなく僕を見た。僕も先生を見た。見えてるほうの目と、死んだほうの目、両方を見た。先生の目はそこらじゅうにある。置き時計の文字盤の数字にも、壁に貼られた励ましのポスターにも、先生の目がある。そこらじゅうにあって、逃れられない。

「手順というのがあるんだ。きっとうまくいく。なんでもっと早く治らないんだって思ってるんだろうな。わかるよ。だが気長に取り組んでくれ。きっと結果が出る。きみの行きたいところに行けるようになる」新しい処方をメモした。「ジオドンを試してみよう」

僕は椅子の肘かけを拳で叩いた。「僕は怒ってるんだ！　なのに怒らせてもらえない。感情がなにもなくなっていく。なんでそんな薬を出すんだよ!?」

先生は顔を上げようともしない。「怒りは生産的な感情じゃないからね、現時点では」

「けど、リアルな感情だ。正常な感覚だ。僕を見て！　いまの僕を見て！　僕にも怒る権利くらいあるはずだ！」

先生は書くのをやめて、やっと僕を見た。そのとき僕は思った。この人は僕との距離をどうやって測っているんだろう。片方の目しか見えないなら、遠近感がないはずだ。そろそろどくろのタトゥーの警備員が呼ばれるだろう。僕にハルドールを注射して、白いプラスチックのキッチンに送りこむんだろう。ところが、先生はそのどちらもしなかった。ペンで机を叩きながら、なにか考えている。「もっともだ。よくなってきている印だな」処方箋をわきにやった。「いまの処方をもう一週間続けてみて、それからあらためて考えよう」

部屋に戻された。診察の前より気分が悪い。自分がどちらを恐れているのかわからない。一週間保留のほうなのか、それとも、薬のことであんなに文句をいったけど、じつは薬が効いているということなのか。どっちなんだろう。

136　星座になる

航海士の様子がおかしい。自分の殻にこもって、いままで以上に海図に夢中になっている。僕の絵も見ようとしないし、僕のおなかがおとなしくなったいまでは、おなかの痛みから海図のヒントを得ようともしなくなった。落ちこんでいるらしいけど、ただの落ちこみじゃなさそうだ。顔も青白いし、腕には湿疹《しっしん》ができて、皮がむけはじめている。

「カラスの巣についてきてくれないかな」めずらしく声をかけてきたと思ったら、航海士はそんなことをいった。「高いところから見てみたいんだ」

僕たちは中央マストのてっぺんにある小さな樽をめざして登っていった。いつものように、下から見ると直径一メートルもなさそうな巣が、登ってなかに入ってみると、直径三十メートルくらいになる。ちょうどすいている時間で、二、三人の乗組員がいるだけだ。飛びこみ志願者を見物している人もいるし、カクテルグラスのなかでオリーブがウィンクするのを見ている人もいる。航海士はバーテンダーからカクテルを受け取った。僕のカクテルは、いま時間外だという。あとでもう一度来なきゃならない。

濁ったオレンジ色の塩水のなかで、青い気泡がはじけている。航海士はそんなカクテルを手にして、「僕、なにも感じなくなっちゃったんだ」といった。そしてカクテルを床にゆっくりこぼした。放射性の液体が、銅板の床のくぼみにたまる。見ていると、銅板の隙間の黒いタールが、それを吸いとっていく。タールはもぞもぞ動いているようだけど、きっと光の加減でそう見えるだけだろう。バーテンダーはカウンターのいちばんむこうの端で接客中なので、航海士のしたことに気づいていない。

「秘密だよ」航海士はいった。「僕はこの船を正しく導いて、潜水ポイントまで行かなきゃならない。そのためには頭をはっきりさせとかないと。計算するときも、外部から余計な干渉を受けたくない。干渉《インターフィアランス》、忍耐《パーシヴィアランス》、迫害《パーセキューション》、進化《エヴォルーション》。僕は進化してるんだ。神として、星座になりつつあるんだ」

「星座になるのはたいてい神と人間の間に生まれた英雄だよ」僕は指摘した。「星座に名前がつくのも、死んでからだし」

航海士は笑った。「永遠の存在になれるなら、死ぬくらいなんでもないよ」

137　失われた水平線

カリオペが船首からいなくなって、寂しくてしかたがない。なにをしても、その穴は埋められない。

「時が癒やしてくれる」カーライルがいう。「毎朝目覚めると、少しずつよくなっていく」けど、そうはならなかった。船長は、カリオペなんて最初からいなかったみたいに振る舞っている。船長にとっては、歴史とか昨日とか記憶とかってものは存在しないらしい。「その瞬間と次の瞬間のことを考えて生きていけばいい」船長はいった。「過ぎた瞬間のために生きてどうする」それが船長の信条だ。

カリオペは、僕たちの目になって水平線を見つめてくれていた。そのカリオペがいなくなったので、水平線もなくなってしまったみたいだ。海の端はぼやけて空の色とまじりあって、どこが境目かわからない。いまでは天気も予測不能だし、海の状態も変わりやすい。どこからともなく雲がわいてきて黒い怪物のようになり、その内側に悪意を育んでいく。青く澄んだ空は拡大鏡のように、太陽の熱を集めて船上を焦がす。波はリズムを失い、海は理由もなく怒りだす。山間の湖のように静かに凪いでいるかと思ったら、次の瞬間には下品な波を立てて暴れだす。

「ここまで来たら、もう戻れない」船長がいうのをききながら、僕は必死にティラーを操っていた。戦時中の貨物船みたいに、船をジグザグに進めなければならない。まっすぐ進むのは、いまや自殺行為だ。海中にいるモンスターに見つからないように航行するには、海や空のように予測不能の動きをするのがいちばんだ。

ずっとティラーを握っているので、両手の皮膚が固くなり、たこだらけになってきた。てのひらは淡い緑に染まっている。船のほかの部分と同じで、ティラーも銅製なのだ。海風を浴びて酸化し、緑色になっている。

「前は戻りたければ戻れたの？」僕は疑問を口にした。

「なんだ？」船長がいった。

「ここまで来たら戻れないっていったから、だったら、ここまで来る前なら戻れたのかと思って」

船長は、温かみのほとんどない笑みを浮かべた。「さあな。ここまで来たらもうわからん。そうだろう？」

もともと、後戻りなんてできなかったんだろう。僕がこのデッキに足を踏み入れたときから、この船の行き先は決まっていた。いや、僕が生まれたときから決まっていたんだ。

航海士があわてた様子でデッキに出てきた。新しい海図を広げて持っている。海図には何本もの線が引いてあり、距離や方位がものすごく細かく書きこんである。船長はそれをさっと見てうなずき、僕に渡した。僕のジグザグ航行は、適当にやっているわけじゃない。いや、ジグザグ航行は適当かもしれないけど、僕じゃなくて航海士が決めたルートだ。

船長は誇らしげな表情で、航海士の背中を叩いた。「この調子なら、目的地にたどりつけそうだな」

航海士は船長にほめられてうれしそうだ。「僕、パワーがわいてくるのを実感してるんです。深い海に深くつながってる感じです。つながって《コネクテッド》、感染して《インフェクテッド》、摂取した《インジェステッド》、消化された《ダイジェステッド》——目的地がおなかのなかにあるような感じです。それが僕の栄養になってるんです！」

船長は、航海士がカクテルを飲んでいないのを知っている。船長が航海士のことを誇らしげに見ているのは、そのせいかもしれない。船長は僕に向きなおった。「マスター・ケイダン、航海士の指示に従え。われわれの航海士の視界は良好だ。おまえはどうだ？」

船長のいう〝視界は良好〟については、ちょっと気になることがある。航海士の海図は前にも増して複雑なものになっている。なのに本人は、その複雑さこそが、船を目的地に導く鍵なんだと頑固に信じている。恐ろしいことに、僕もそうだと思っている。

「カラスの巣には行くな。そのほうが頭が冴える。毒なんか飲まされてちゃだめだ」船長は僕にいった。「航海士を見ろ！」そうはいっても、僕は心配だ。頭の冴えた航海士の思いつくことなんて、子どもに花火を持たせるくらい危険だ。深海につながっている感じ、といってるけど、深海からどんなメッセージを受け取っているんだろう。深海が僕たちに善意のメッセージをくれるとは思えない。航海士が歩く足元を見ていて気がついた。板の隙間のタールが盛りあがって、航海士の靴のかかとにくっつこうとしている。航海士が壁に触れると、壁の板のあいだのタールが集まって、航海士の手にくっつこうとする。航海士の体は、闇につながる重力の井戸になってしまったんだろうか。そのとき、ふと思いついた。闇は光が好きだけど、光と闇は出会うと必ずどちらかが死ぬ。

138　カラーボール合戦の達人

海が凪いで空が澄んでいたとき、船長が拳銃を取り出した。古くさいやつだ。たしか、火打ち石式《フリントロック》っていうタイプだと思う。アーロン・バー（十九世紀初めの米国副大統領）とアレグザンダー・ハミルトン（アーロン・バーの政敵）の有名な決闘で使われたのが、このタイプの銃だ。

「おまえは射撃の達人なんだってな」船長がいった。どういうことだろう。僕は生まれてから一度も銃なんて撃ったことないのに。

「誰がそんなことを？」僕はきいた。いわれたことを否定したくなかった。

「噂ってのは広まるもんだ。色の戦場で、大勢敵を倒したときいたぞ」

「あ、カラーボール合戦のことか」

「狩りは猟師というからな。こいつはおまえにまかせよう。いまこそ攻撃のチャンスだ」船長はそういって僕に銃を手渡した。銃のほかには火薬の小袋と、鉛弾を一発。「一発あれば、あの鳥をやっつけるにはじゅうぶんだろう」

僕は銃を見て、なるべく動揺が顔に出ないようにした。重い。見た目よりずっと重い。セールを見あげたけど、オウムの姿はない。船長への殺意を明かしてからというもの、あまり姿を見せなくなった。ラットラインの上やマストの高い位置のビームが最近の居場所だ。たしかに、いまこそ行動を起こすべきなのかもしれない。けど、僕はまだどっちにつくかを決めかねている。ただ、舵をとるのはいい気分だ。船長から大事にされるのもうれしい。

「船長が自分でやったほうが、気が晴れていいんじゃありませんか？」

船長は首を振った。「羽の生えたヘビみたいにずるがしこいオウムの野郎、目がひとつしかないくせに、抜け目がないんだ。わたしが近づくと、すぐに気づく。やつが信頼してて、なおかつわたしがこの仕事をまかせたいと思える、そういう人間こそ適任なんだ」船長は僕の肩をつかみ、ちょっと誇らしげな表情を浮かべた。「手を組もうと持ちかけて近づくんだ。銃は最後の最後まで隠しておけよ」

僕は拳銃をベルトにはさんで、シャツのすそで隠した。船長は、よしというようにうなずいた。

「オウムさえいなくなれば、われわれは本当に自由になれる」

迷っている余地はなさそうだ。それでも、自分がどうするつもりなのか、さっぱりわからない。

139　あとは沈黙あるのみ

脳の誤作動について誰かと話したければ、ラーウールがいいと思う。あの子はよくわかってる。シェイクスピアと話ができるのも、誤作動のひとつだ。

シェイクスピアを読もうとすると、僕の脳みそは茹だってしまう。国語の先生に「おお、先生、僕の本は我が愛犬に食べられてしまったのです」といってみたけど、『ハムレット』の勉強から逃れることはできなかった。けど、不思議なもので、しばらく読んでいるうちに、なんだかわかったような気分になってきたものだ。

悲劇のデンマーク王子ハムレットは、究極の選択を迫られていた。亡き父の亡霊から、自分を殺した弟に復讐《ふくしゅう》せよと命じられたのだ。物語の最後まで、ハムレットは苦しみつづける。叔父を殺すべきなのか、それとも亡霊の言葉に耳を貸さずにいるべきなのか。あれは本当に父の亡霊だったのか。自分は正気を失っているのか。正気だとしても、正気を失っているふりをするべきなのか。こんな苦しい選択を迫られるくらいなら、自分で自分の命を絶ったほうがいいんじゃないか。自殺をしたら、夢を見ることになるんだろうか。死後の夢と、父親から叔父を殺せといわれる悪夢とでは、どちらがましなんだろう。叔父はいま、母親の夫でもある。ハムレットは苦しみ、悩み、自分に語りかける。やがてハムレットは毒を先に塗った剣で切りつけられ、自己分析の苦悩から解放される。永遠の沈黙が訪れる。

シェイクスピアは死にとりつかれていたようだ。毒にも。狂気にも。

ハムレットが愛していたオフィーリアは本当に正気を失って溺死する。リア王も、現代でいうところのアルツハイマー病にかかって、正気を失う。マクベスは最初から最後まで幻覚と幻聴で、幽霊や空飛ぶ短剣まで登場する。なんだか、そういうのばっかりだ。シェイクスピアは自分の経験からそういう話を書いていたんじゃないだろうか。

どっちにしても、そういうのにこだわりすぎだとみんなから思われているのはまちがいない。

140　言葉の時間は終わった

オウムを殺せという船長の命令。船長を殺すべきというオウムの忠告。どちらもまだ果たせていない。なんて優柔不断なんだろう。

ところが、深海からふたたび脅威にさらされた日、すべてが変わった。

はじまりは、左舷船首近くのちょっとした異変だった。そこだけ水が白く泡立っていた。水のなかになにかあるんだろうと思われた。

船長はデッキの乗組員たちに「静かに」といった。けど、小声でいったのではデッキ全体に伝わらない。そこで船長はカーライルに命じて、乗組員ひとりひとりに命令を直接伝えさせた。

「口をつぐめ。体のほかの部分からも音を出すな」

「面舵《おもかじ》二十度」船長が小声で僕にいう。

僕はティラーを回した。今日は強めの追い風に乗っている。船はすぐ反応して、右寄りに向きを変え、泡立ったところを避けて進んだ。

「あれ、なんだったんだろう？」

「しーっ」船長がいう。「わたしたちが通ったことを気づかれないほうがいい」

そのとき、右舷方向に、また渦巻きができた。さっきより船に近い。船長は深呼吸をして、小声でいった。「取舵《とりかじ》いっぱい」

指示に従った。けど、ティラーの操作が早すぎたのか、ラダーがきしんだ。船の腹部で音が増幅され、振動が伝わってきた。チェロの音みたいだ。船長が顔をしかめた。

船は奇妙な渦巻きから離れた。一瞬、これで大丈夫と思った。ところが今度は、正面に渦巻きがあらわれた。そのとき僕は、見たくないものを見てしまった。フジツボに覆われた生き物だ。死体みたいに生白い色をしている。その体に、別の生き物の赤黒いぬめぬめした触腕が巻きついている。それが海に潜っていくと、水面が穏やかになった。

「あれ……もしかしたら……」僕は船長にきいた。

「ああ、われわれはいま、天敵《ネメシス》の王国に入ったんだ」

僕たちは息をひそめて海を進んだ。やがて、クジラが突然あらわれた。その体にイカが抱きついている。クジラの体が水面に躍り出た。船の右舷から十五メートルくらいの距離だ。クジラもイカも、巨大だ。二体合わせると、この船を二倍にしたくらいの大きさがある。クジラが身をよじり、尾びれを激しく振った。そのまま空に飛んでいこうとでもいうようだ。全身にイカの足がからみついているのがはっきり見えた。ものすごい力で締めつけられているんだろう。二体の生き物はまた海に沈んでいく。大きな波が立って、船の右舷を襲った。波があと十センチ高かったら転覆していたかもしれない。

乗組員たちは傾いたデッキで足をすべらせていたけど、船長の足はぐらつきもしない。船長は僕の腕をつかみ、傾いた船が元に戻ると、僕をアッパーデッキに戻した。「モンスターたちを避けて進め。気配を察して、ぶつからないように舵をとるんだ」

船の下から激しい悪意は伝わってくるものの、方角まではわからない。そこらじゅうになにかがいるようだ。どう進んだらいいかわからない。

「決闘に夢中で、われわれには気づかなかったようだな。ただ、声をきかれたら終わりだ。こっちを狙ってくる。しっかり頼むぞ。無事に通過したい」

船長が話してくれた天敵の話を思い出した。「けど、クジラとイカが天敵同士なら、なんで僕たちを狙ったりするんですか？」

船長は僕の耳元でいった。「クジラはカオスを嫌い、イカは秩序を憎む。この船は、カオスと秩序のあいだに生まれた子どもみたいなものなんだ」

船長の言葉をきいて、なんとなくわかってきた。ネメシスはこの船に自分と共通する要素があるのを感じるかもしれないが、目につくのは自分が憎むものだけだ。だからこの船は、天敵同士であるクジラとイカ両方にとって、運命の天敵になってしまう。

「波を受けるだけなら、なんとか沈まずにすむかもしれん。だが、声をきかれたらおしまいだぞ」

次の渦巻きは左舷にできた。今回は、クジラが体の一部を水面に見せただけだったので、波はさっきより小さかった。船長のいうとおり、クジラは船に気づいていない。クジラの目は頭のうしろのほうについていて、なにも見えないのだ。クジラは体を前後に動かしながら、アメリカスギの幹ほどもある触腕に嚙みついた。イカが耳をつんざくような悲鳴をあげた。僕はティラーを操作して、船を遠ざけた。ただし、なるべくゆっくり動かした。ラダーが音をたてるとまずい。

そのとき、頭上で甲高い声が響いた。さっきのイカの悲鳴と同じくらい大きな声だった。

「あそこだ！」オウムが叫ぶ。「あそこだ！　そっちだ！」

水面に沈む寸前のクジラの目がぎょろりと動いて、白目が黒目になった。光沢のある黒い目が僕をとらえた。まちがいない。

こっそり通りぬける作戦は失敗に終わった。船長は、怒りと憎しみをこめた目でオウムをにらみつけた。「翼の生えた悪魔め。この船を沈める気か？　わたしが勝つのがよほど悔しいんだな！　ケイダン、さっさとあいつを始末しろ！」船長の指令が出た。「でないとこっちがやられるぞ！」

僕はベルトに手をやった。銃はちゃんとある。けど、いまさらオウムを黙らせても、もう遅い。やつらは僕たちの存在に気づいてしまった。僕がオウムを撃とうとしないのを見て、船長は僕の腕をつかみ、メインデッキへと突き飛ばした。「いわれたとおりにしろ！　あいつらの腹におさまりたいのか？」

オウムはフォアマストの上のほうにとまって、大きな声でがなりたてている。小さな鳥とは思えないほどの声だ。僕はラットラインを登りはじめた。オウムは僕を見て笑顔を見せた。少なくとも、僕には笑顔に見えた。けど、判別は難しい。

「おいで！　おいで！」オウムが呼びかけてくる。「こっちのほうが眺めがいいぞ！」

僕が自分を殺しにきたとは思っていないんだろうか。僕自身、本当にできるのかどうかわからない。

「全体像！　全体像！」オウムがわめく。「わかるな？」

下を見た。こうして上から見ると、全体の状況がすごくよくわかる。クジラとイカはもう離れている。船をはさむようにして、まわりをぐるぐるまわりはじめた。天敵同士が、いまは同じ目的を持って行動している。

「ネメシスにやられる。この旅もおしまいだ。船長は船と沈む」オウムがいった。「予定どおり。予定どおり」

　そのとき、イカの触腕が水中から勢いよく伸びてきて、船の舳先をつかんだ。船が揺れる。僕はロープにしがみついた。二本目の触腕がバウスプリットをがっちりつかむ。バウスプリットが船首からもげた。カリオペがあそこにいたら、体がまっぷたつに折れていただろう。

　船が大きく揺れた。僕はロープから落ちそうになった。クジラが右舷に体当たりしたのだ。船は転覆寸前だった。船長が水夫に命じて、大砲の準備をした。そこへクジラがふたたびあらわれた。タイミングが早すぎて、まだ撃てない。イカは水面から完全に体を出して、舳先にしがみついている。触腕がフォアマストの下部をつかんだ。赤黒い蔓植物《つるしょくぶつ》が伸びているかのようだ。イカの重みで船首が下がる。乗組員たちは悲鳴をあげ、デッキを走りまわった。僕はさらに高く登って、伸びてくる触腕から逃げた。

　デッキでは、カーライルがイカと闘っている。モップの柄を細く削って銛《もり》のようにしたものを、イカの体に突きたてようとしている。しかしイカの皮膚はとても硬くて、まったく歯が立たない。

「オレの爪につかまれ」オウムがいった。「運んでやる」

「ほかの人たちは？」

「オマエには関係ないだろう」

「陸地が遠すぎる。無理だよ」

「大丈夫、オレの翼は強いんだ」

　きいていると、本当に大丈夫かもという気がしてくる。けど、やっぱり信じられない。しょせん小さな鳥だ。船長に比べたらずっと非力だ。

「オレを信じろ。信じなきゃだめだ」

無理だ。絶対無理だ。

そのとき、航海士の姿が見えた。デッキに上がってきて、船長のところに駆け寄る。船上のバトルなど、目に入っていないかのようだ。こんなに離れたところから見ても、いままで見たうちでいちばんひどい姿をしている。風を受けて、青白い皮膚がぴらぴらめくれはじめた。何ページもの層になってめくれた皮膚は、デッキに舞い落ちて、黒いタールにつかまって引きずりこまれていく。航海士はめくれたページの一枚を船長に見せた。新しい海図だ。だけど船長は航海士を押しのけた。いまは航路を考えている場合じゃない。

クジラがまた船に体当たりした。航海士はようやくまわりに目をやって、状況を把握したようだ。その顔を見て、僕はぞっとした。固い決意が浮かんでいる。僕は頭のなかで言葉をとなえた。羊皮紙《パーチメント》、判断《ジャッジメント》、聖餐《サクラメント》、犠牲《サクリファイス》。航海士がメインマストに登りはじめる前から、なにをするつもりかわかった。カラスの巣に行こうとしている。そして飛びこむつもりなのだ。

「よくない」オウムも僕と同じことを考えていた。「よくない、よくない」

「誰かを助けたいなら、あの子を助けて！」

「あの子はもうだめだ。オレたちになにができるかわからないが、無駄なことはすべきじゃない」

なんて冷たいんだ。航海士はメインマストを半分くらい登ったところだ。イカの触腕が鞭のように航海士を襲う。けど、はずれた。触腕は航海士の体からはためいているページを一枚つかんでくしゃくしゃにした。航海士はカラスの巣をめざして登っていく。もうすぐだ。助けてやらないと、飛びおりてしまう！

僕のいるフォアマストと航海士のいるメインマストはかなり離れている。飛び移るのは無理だ。かといって、デッキに降りていくのは、イカの口に降りていくようなものだ。そうだ、安全に移動する方法がひとつある。僕はオウムを見た。

「僕をあっちに移動させてくれ」

オウムは首を振った。「やめたほうがいい」

僕がこの船でどういう地位にあるのか知らないけど、できるだけ偉そうな声でいってみた。

「命令だ！」

オウムはため息をついて、僕の肩に爪をたてた。痛い。そして羽ばたいた。フォアマストのラットラインを離れる。オウムのいうとおりだった。こんなに小さな翼なのに、僕を運ぶだけの力があるようだ。闘いが繰り広げられているデッキの上を通ってカラスの巣までやってくると、オウムは僕を放した。航海士が巣にたどりつく直前だった。

カラスの巣のゆがみに慣れるのに、ほんの少し時間がかかった。外から見ると小さいけど、なかに入ると大きい。そんなカラスの巣のなかを見まわした。客はひとりもいない。無人のバーのまわりにガラスの破片が散らばっている。ようやく、巣の反対端にいる航海士を見つけた。飛びこみ台に登ろうとしている。すっかり別人のようだ。体がほとんどめくれて落ちてしまっている。

「やめろ！　飛びこんじゃだめだ！」僕は航海士をつかまえようとした。けど、足元がガラスだらけなので、うまく走れない。

決意に満ちた顔に、かすかな笑みが浮かんだ。僕だと気づいてくれたみたいだ。「きみにはきみの目的地がある。僕もそうなんだ」航海士はいった。声までが、紙のこすれる音みたいにきこえる。「目的地《デスティネーション》、違反《ヴァイオレーション》、暴力《ヴァイオレンス》……沈黙《サイレンス》」僕が駆け寄るより早く、航海士は風のなかに身を躍らせた。

「やめろ！」僕は手を伸ばしたけど、間に合わなかった。航海士は海に向かって落ちていく。落ちているあいだも、羊皮紙がどんどんめくれていく。そのうち、体がすっかりなくなった。海に落ちる前に、航海士は完全に消えてしまった。残ったのは千枚もの羊皮紙。風に吹かれて、紙吹雪のように空を舞っている。それが一枚一枚海に落ちていく。

僕は羊皮紙の舞いを見まもった。信じられない。航海士が死んでしまった。オウムが僕の目の前で翼をばたつかせている。「見るな、見るな」僕はむかついて、オウムを手で押しのけた。下を見ると、イカがいた。船を破壊しようという激しい敵意が急に冷めたようだった。船から触腕を離して海に戻っていく。クジラは体当たりするのをやめて、船の下に潜っていった。みるみる天敵同士は船から離れていき、ふたたび絡みあって闘いはじめた。僕たちのことはすっかり忘れてしまったようだ。ネメシスが生贄《いけにえ》を得たということだろうか。船は助かった。

「意外だな」オウムがいった。「すごく意外だ」

僕はオウムに怒りをぶつけた。「なんで助けてやらなかったんだよ！　おまえなら間に合ったのに！」

オウムはわざとらしく頭を下げて、低く口笛を吹いた。「無駄なことはすべきじゃない」思いを言葉にすることができない。また、僕の感情が勝手な言語でしゃべりはじめた。けど、それはそれでいい。言葉の時間はもうおしまい。次は行動だ。心を騒がせる激しい怒りに声を与えるために、ベルトから銃をはずした。弾はもうこめてある。いつこめたのかおぼえていない。銃口をオウムの胸に当てて、引き金を引く。大砲に負けないくらいの音が轟いて、オウムの胸がぱっくり開いた。オウムは見えるほうの目を僕に向けた。裏切られた驚きでいっぱいになっている。そして最後の言葉を口にした。

「オマエは船長とどこかで会ったことがあるはずだ」声がだんだん弱くなる。「会ったことがあるはずだ。船長の……本当の姿は……」オウムは最後の息を吐きだして、動かなくなった。僕だけじゃなくオウムにとっても、言葉の時間は終わった。オウムの固くなった体をつかみ、カラスの巣から海に投げた。死体は空に弧を描き、ふわふわの火の玉みたいに飛んでいって、やがて海に飲みこまれた。

141 最初からいなかったみたいに

僕の両親は、ハルのことをきいてひどく動揺していた。両親には知らせないでいてくれたらよかったのに。いまハルの話をすると、ショックがよみがえってくる。アレクサとちがって、僕は、いやなことはなるべく繰りかえしたくない。

ヴィスタ・ラウンジに座って、キャリーがよくしていたように、窓の外をながめていた。ガラスのこちらがわにいるのもいやだけど、むこうがわに行くのもいやだ。感情がなくなってしまった。ものごとをはっきり考えられない。薬のせいでもあるけど、理由はそれだけじゃない。

「悲しいことね」母さんがいった。

「どうしてそんなことが起こったのか、それがなにより気になるな」父さんがいった。ふたりは僕の左右に座り、僕を慰めようとしてくれてる。けど、僕はとっくにしゃぼん玉のなかに閉じこもっている。慰めもなにも届かない。

「僕のプラスチックの鉛筆削りを使ったんだ。小さい刃の部分を取り出して、それで手首を切った」

「それはきいていたが」父さんはそういって、僕がよくやるように、部屋のなかを行ったり来たり歩きはじめた。「だが、あっちゃいけないことだろう。そのためにカメラもたくさんあるんじゃないのか？　看護師もたくさんいる。なにをやってたんだ。のんびり座ってただけなのか？」

騒ぎはもうおさまっていた。けど、波はおさまっていない。もう少し時間がたたないと、海は凪《なぎ》にならないだろう。

「ケイダン、おまえのせいじゃない」父さんはそういったけど、どういうわけか、僕の耳には〝おまえのせい〟という部分だけが強く響いた。「鉛筆削りがなくたって、ほかのものを使っていたと思う」

「そうかも」僕は答えた。父さんのいってることは論理的だけど、僕の頭の論理的な部分は、いまもまだ船室をうろついている。

母さんが悲しそうに首を振り、唇をすぼめた。「かわいそうに。考えるだけでつらくなるわ……」

じゃあ考えなきゃいいのに。そういってやりたかったけど、黙っていた。

「お母さんが病院を訴えるそうよ」

「お母さんが？　ハルがあんなことをしたのは、お母さんのせいでもあるのに！　病院がお母さんを訴えるべきだ」

両親はその辺の事情を知らないので、なにもいわなかった。

「とにかく」父さんがいった。「いずれにしても、誰かが責任を問われるんだろうな。誰かに責任をとらせなきゃ、こういうのはおさまらないんだ」

母さんが雰囲気を明るくしようとして、話題を変えた。妹がダンスの発表会に出るそうだ。おかげで、面会時間終了まで、暗い話をせずにすんだ。

ハルを見つけたのは僕じゃない。どくろのタトゥーの警備員だ。けど、ハルが急いで運びだされたとき、僕はバスルームを見てしまった。誰かがゾウでも殺したのかと思うようなありさまだった。

そして、日常が戻ってきた。スタッフは明るい顔をして、その話をけっして持ち出さない。患者を動揺させちゃいけないから、そんなことがなかったかのように振る舞っている。ハルなんて子は最初からいなかったみたいだ。

カーライルだけは人間らしく振る舞ってくれた。グループセッションで、ハルの話をした。「幸い」カーライルはみんなにいった。「病院のなかでよかった。すぐに救急病棟に運べたからね」

「ハル、死んじゃったの？」スカイがきいた。

「出血がひどかった。いまはICUにいるよ」

「もし死んだら、教えてくれる？」僕は思い切ってきいた。

カーライルはすぐには答えなかった。「それは僕がやるべきことじゃないと思う」ようやくそういった。

アレクサが自分の喉に手をやって、自分の自殺未遂と比較しはじめた。いつものように、結局は自分の話をするだけだった。

142　自殺願望があるか、あるいは、いまはなくても前にはあったか

僕に自殺願望があるか、あるいは、いまはなくても前にはあったか、両親は知りたがった。先生たちも知りたがる。保険がらみのアンケートにもそんな質問があった。自殺したいとぼんやりと考えたことが一度もないとはいえない。とくに、鬱状態が最悪のときは考えがちだ。けど、一線を越えてなにかやってしまったことがあるかときかれれば、ないと思う。自殺したくなると、必ず妹のことを思う。それが安全装置になる。自殺した兄がいたら、妹は一生その傷を背負って

生きていくことになるだろう。こんなお兄ちゃんがいるってことで苦労するかもしれないけど、そっちのほうがまだましなはずだ。〝困ったお兄ちゃんがいる〟ほうが、〝困ったお兄ちゃんがいた〟よりいい。まだ対処しやすい。

自殺は勇気ある行為なのか、臆病な行為なのか、僕にはまだわからない。自分さえよければいいから自殺するのか、まわりのことを考えているから自殺するのか、それもわからない。自分を解放する究極の方法なのか、自分をがんじがらめにしてしまった結果の安直な行為なのか。途中で助けを求めたら、それは自殺未遂と呼ばれる。本気で死ぬつもりだったんだとしたら、試みが遂行できなかったわけで、その言葉は正しい。けど、多くの場合は正しくないと思う。だって、自分の命を本当に終わらせたかったら、それを確実に実行する方法はほかにも山のようにあるんだから。

また、死ぬ寸前までいったときに助けを呼んでも、うまくいかないことだってあるだろう。たとえば大きな声が出せないとか、そばにいる人が耳がきこえなかったり、目が不自由だったりとか。そう考えると、助けてという声には、それ以上の意味があると思う。もっと深刻なＳＯＳだと解釈するべきだ。「苦しくてたまらない、お願いだ、なんとかして」という声なのだ。

問題はそのあとだ。傷口に包帯を巻いて、あるいは胃洗浄を施されて、横になっているときに、「もう大丈夫だよ」といわれたら、どう答えたらいい？　そのときどうしていいかわからなくなるくらいなら、自殺なんてしなきゃいい。ちょっとやってみたつもりが、たまたま成功してしまうことだってあるんだから。

143

失態

ハルの鉛筆削り事件が起きたのは土曜日。ポワロ先生は、月曜の朝いちばんに僕のところに来てくれた。もっと早く来たかったけど、遠くの学会で忙しくてね、とのことだった。そのあいだ、ハルはＩＣＵで大変だった。

僕がひとりでいる部屋に、ポワロ先生が入ってきた。ハルのベッドはシーツがはずされ、私物もパステルたちに持ち出された。ハルのいない病室は、ハルのところだけぽっかり穴があいているようだった。夜はハルの寝息がきこえるような気がした。

「残念なことが起こったね。ショックだっただろう」ポワロ先生はいった。病棟に漂う重苦しい雰囲気のなかで、先生の派手なアロハシャツが浮いている。僕は仰向けに寝ていた。なるべく先生のほうを見ないようにして、話にも応じなかった。

「きみはハルと仲がよかったようだし、つらかっただろうね」

僕はなにもいわない。

「本来なら、絶対に起こるはずのないことなんだ」

思わず反応してしまった。責められたような気がした。「つまり、僕が悪いんだ？」

「そうはいってない」

「そうきこえた」

ポワロ先生はため息をついて、腰をおろした。「今日、別の子がここに入ってくる」

「いやだ」

「しかたないんだ。ベッドの数が限られてるし。新しい入院患者がいるんだが、空いてるベッドはここしかない」

僕はまだ先生のほうを見なかった。「ハルをちゃんと見ててほしかった。いろんなことから――ハル自身からも――守ってやってほしかった」

「そのとおりだ。わたしたちのミスだ。申し訳なく思っている」先生はハルのベッドのほうを見た。「あのとき、わたしがここにいれば――」

「ここにいたら、駆けつけて止めてやれた？」

「ハルがそこまで落ちこんでいたなら、それに気づいてやれたんじゃないかと思いたいんだ。だが、無理だったかもしれないな。いずれにしても、こうなったのかもしれない」

僕はようやく先生のほうを見た。「ハル、死んだの？」

先生はポーカーフェイスのままだ。「傷が大きくてね。いま、スタッフが最善を尽くしている」

「もし死んだら、教えてくれる？」

「ああ。きみがそのことを受け入れられそうならね」

「受け入れられそうにないと思ったら？」

先生はためらった。そして、本気なのか出まかせなのかわからない返事をした。「わたしを信じてほしい」

信じられない。だから、ハルが薬を飲むのをやめていたことを話さなかった。絶対に内緒にしてくれといわれたから。ハルが助かっても助からなくても、あの約束だけは守る。もちろん、僕がそのことをチクっていたら、ハルは薬づけにされて、自殺なんてできなかっただろう。そうなるとやっぱり、〝おまえが悪い〟という指は僕に向けられる。そうなると余計に、その指をよそに向けてやりたくなる。

「なんで助けてあげなかった？　そうだよ、先生のミスだ」

先生はちょっと傷ついたようだ。それでも素直に落ち度を認めた。「あの日は忙しかった。本当に忙しかった。見なきゃいけない患者がほかにもたくさんいたんだ」先生は立ちあがった。

「あとでまた話にくるよ。いいね？」

僕は答えなかった。先生とはもう口をきかないことにした。これからずっと、僕にとってポワロ先生は死人と同じだ。

144　ほかの場所

「ケイダン、お父さんと相談したんだけど」翌日、母さんがいった。父さんをちらっと見て、この話をしていいわねと確認する。「ここではあんなことがあったし、場所を変えてみない？」

「家に帰れるの？」

父さんが僕の腕をつかんで、ぎゅっと握った。「それはまだだ。しかし、もうすぐだよ。それまでのあいだ、どこかほかの場所に移ったらどうだろう」

なにを提案されているのか、すぐにはわからなかった。「ほかの病院ってこと?」

「こういうことが起こらない場所がいいと思って」母さんがいう。

それをきいて、はっ、と笑ってしまった。〝こういうこと〟はどこでだって起こる。ハルに専属のボディガードがついていたとしても、自分自身からは守ってくれなかっただろう。この手の〝施設〟がほかにもあることは知っている。ほかの子たちが、いままでにいた病院のことをいろいろ話してくれた。けど、ここよりいやなところばかりみたいだ。認めたくないけど、両親がここを選んだのだって、ここらへんでいちばんいい病院だからだと思う。だったらここにいたい。

「ううん、ここにいたい」僕はいった。

「ケイダン、本当にそう思うのか?」父さんは僕の目をのぞきこんだ。僕は目をそらしたくなった。

「うん、ここ、気に入ってるから」

父さんも母さんも、それをきいて驚いたようだ。僕自身も驚いた。「本当?」

「うん。いや、どうかな。けど本当だよ」

「じゃあ、ちょっと考えてみたら?」母さんがいった。僕の返事をきいて、ちょっと拍子抜けしたのかもしれない。けど、ハルのことを考えたくないのと同じくらい、転院のことなんて考えたくない。ここは、僕がいままで知ってる場所のなかでは最悪だけど——なんていうのかな——知らない悪魔より知ってる悪魔のほうがいいっていうか。

「ううん、ここがいい」

ふたりは僕の答えを受け止めてくれたけど、なんとなく消化不良の思いがあるのが伝わってきた。

「おまえに選択肢を与えたかったんだ」父さんがいった。ふたりはそれから妹の話をしてくれた。妹が僕に会いたがってること。また連れてくるつもりだということ。けど、ふたりは僕からどんどん遠ざかっているように思える。そのときふと、大切なことに気がついた。両親は僕に毒なんか盛ってない。両親は僕の敵じゃない。

両親は、無力さに苦しんでいる。

なにかできないか、という気持ちでいっぱいなんだ。僕を助けたい、僕の状況を変えたい、それだけなんだ。なのに、僕と同じように、両親も、なにをどうすることもできずにいる。ふたりは救命ボートに乗っているようなものだ。ふたりいっしょに乗ってはいるけど、孤独だ。岸から何キロも離れて、僕からも何キロも離れて。ボートは水漏れしている。力を合わせて水をかきださないと、沈んでしまう。きっとへとへとに疲れているだろう。

両親も苦しんでいる。そうだったのか。けど、その事実は僕には重すぎる。ふたりを船に引き上げてあげたいけど、もし手が届いたとしても、船長が許してくれないだろう。

自分が自分でいることが、いまはいやでたまらない。けど、いまになってようやくわかった。父さんや母さんみたいな立場も、ものすごくつらいにちがいない。

145

ミッションの中心人物

新しいルームメイトがやってきた。知らない子だし、知り合いになりたいとも思わない。僕にとっては顔のない乗組員のひとりだ。僕はもう古株で、ロープの扱いもばっちりだ。僕がやってきたときの航海士もそうだった。新入りもいやだったけど、潮くさい老水夫になるのも、同じくらいいやなものだ。

航海士が海に飛びこんでから何日かは、夜になると船長が部屋を訪ねてきてくれた。僕のベッドの端に座って、見えるほうの目で僕を見る。船長みたいに重い人が座ったら、ちゃちな造りのベッドが壊れてしまいそうだ。大丈夫なところをみると、船長は見た目ほど重くないのかもしれない。それとも幽霊みたいに実体がないんだろうか。

「ケイダン、これだけはいっておく」船長はやさしい口調でいった。「夜が明けて太陽が出たら、撤回するかもしれないけどな」間をおいて、僕がきいているのを確認してから続けた。「おまえはこの船でいちばん大事な乗組員だ。われわれのミッションの中心人物でもある。ミッションが成功したら――もちろん成功するだろうが――すばらしい栄光が待っている。これからもいっしょに航海を楽しもう。いつか、おまえが船長になる日が来る」

将来の明るいビジョンを示してくれたのはありがたい。目標を持つのはとてもいいことだ。将来の航海についても、ありがたい言葉をもらったと思う。僕はこの船の雰囲気や、まわりの海になじんでしまった。これからも航海を続けるのは悪くない。

「乗組員のなかで、目標地点まで潜るのは一名だけと決まっている」船長はいった。「わたしはおまえにそれをやってもらいたい。チャレンジャー海淵を制覇し、そこに眠る宝を見つけることができるのは、ケイダン、おまえだけだ」

これをきいたときの僕の感情は、マリアナ海溝そのもののように深くて暗いものだった。「ちゃんとした装備がないと、水圧で死んでしまう。それに――」

船長は片手をあげて、僕を黙らせた。「いいたいことはわかる。だが、この船は特別なんだ。おまえももう知っているはずだし、その目で見たはずだ。たしかに潜水は危険だ。それは否定しない。だがおまえが思っているようなものじゃない」

そして船長は僕の肩をつかんだ。「ケイダン、自分を信じろ。わたしもおまえを信じている」

いままでにも同じことをいわれたことがある。「オウムも僕を信じてた」

僕がオウムの話を出したので、船長はむっとした。「あの裏切り者を始末したことを、後悔してるのか?」

「いや、それは……」

「オウムが生きていたら、おまえは無事に旅を終えることができなかった」船長は立ちあがり、狭い部屋のなかを歩きまわりはじめた。「オウムはおまえの冒険に永遠のピリオドを打ったはずだ」ゆがんだ指を僕に向ける。

「体が不自由になってでもオウムの世界で生きていたかったか? わたしの世界でヒーローにな

ったほうがいいだろう？」

それから船長は、僕の答えもきかずに部屋を出ていった。そしてすぐに戻ってきた。そのとき、記憶のかけらがよみがえった。「船長とどこかで会ったことがあるはずだ」オウムはそういっていた。いまはじめて、そのとおりだと気がついた。けど、その記憶は僕の頭から逃れ、いやなにおいのする黒いタールに飲みこまれてしまった。

146　精神有害性

深海ヘビが近くにいるのを感じる。日を追うにつれて、その感覚が強くなる。やつは、船のあとを――僕のあとを――船の速度に合わせてついてきている。クレストメアやネメシスのように攻撃してはこない。ただあとを追ってくる。そのほうが恐ろしい。

「やつは獲物を逃がさない」船尾に立ち、航跡を眺めながら、船長がいった。「舌なめずりをしながら獲物を追うのが好きなんだろうが、わたしが思うに、やつは空腹でいることが好きなんだ。獲物をむさぼるのと同じくらい、追いまわすのが好きだ。そこがやつの弱点でもある」

船長が部屋で休んでいるときは――午後のお茶を飲んでるのかもしれないし、男が自由時間にやりそうなことはほかにもいろいろあるから、なにをしているかはわからない――僕はカラスの巣に登ることにしていた。深海ヘビからできるだけ離れていたかった。

僕も船長と同じくらい、カラスの巣を嫌悪するようになっていた。ここでは不思議なことがいろいろ起こるので、なにを見ても驚かない。今日はいくつもの頭が転がっていた。船の揺れに合わせて、まるで回転草みたいだ。ひとつが転がりながら僕にぶつかってきた。「失礼」頭はいった。「避けようがなくてね」見たことのある顔だと思ったけど、今度は椅子の下に転がってつっかえてしまったので、よくわからない。

新しいバーテンダーがいる。客がひとりもスツールに座らないのは、バーテンダーの態度が冷たいからだろう。彼女がさっと手を振ると、そこに力場ができたみたいに、誰も近づけなくなる。それでも僕は、ちょっと意地悪をしてやろうと思って近づいていった。

「ドリーは？」僕はきいた。

新人バーテンダーは、転がっている頭のひとつを指さした。ドリーがどれか、すぐにわかった。「あら、ケイダン」急な揺れのせいで勢いよく転がりながら、ドリーの頭はいった。「手を振れなくて残念だわ」

「あんなになっちゃって、アンラッキーよね」新人バーテンダーがいう。「でも、航海士が死んじゃったことを考えると、変化はそれなりに必要なのよ」

別の頭がそばを弾んでいった。赤毛を短く刈りこんだ頭だ。僕はあわててつかまえた。なじみのあるふたつの目をのぞきこむ。

「カーライル？」

「ケイダン、申し訳ないが、きみたちとのセッションはできなくなってしまった」

僕は言葉を失った。きいたことをうまく理解できない。「そんな……」

「大丈夫だよ」カーライルがいう。「今日の午後から、別のファシリテーターが来ることになってる」

「いやだよ、新しい人なんて！」

廊下にはほかに誰もいない。僕はカーライルと出口のあいだに立っていた。ハルの件で、誰かが叱責されたりクビになったりするんだろうとは思ってた。だけど、なんでカーライルが？

「カーライルは関係ないよ！　あの日はここに来てもいなかったんだし」感じの悪い新入り看護師が、ナースステーションからこちらをじろっと見た。僕が声を荒らげるのをきいて、なにかあったかと思ったようだ。

「僕のセッションには……精神有害性があったと判断されたんだ。少なくともハルには有害だったと」

「そんなの信じてないよね？」

「僕がどう思ってるかは関係ない。病院としては誰かの尻を叩かないわけにはいかないし、ターゲットにしやすいのが僕だったたってわけだ。世の中はそうやって動いていくんだよ」

カーライルはまわりを気にしている。僕としゃべっているところを見られたら、それだけで状況がさらに悪くなるのかもしれない。「僕のことは心配いらない。やることはほかにもあるからね。いっただろ、僕はボランティアで来てただけなんだ」そして僕から離れ、ドアに向かっていった。

「けど……じゃあ……脳みその退治は誰がやってくれるの？」

カーライルはくすくす笑った。「僕がいなくてもなんとかなるよ。ケイダン、きみがなんとかすればいい」身分証をカードリーダーにかざす。内側のドアが開いた。患者が脱出できないように、ドアは二重になっている。内側のドアが閉まってから、外側のドアが開いた。カーライルは外の世界に行ってしまった。

どうしたらいい？　誰に怒りをぶつけたらいい？　バーテンダーはだめだ。どくろのタトゥーの警備員がそばにいる。警備員もどくろたちも上機嫌なのは、ドリーやほかの仲間たちみたいな頭だけの姿にならなかったからだろう。

僕はカラスの巣を出て、船長のところに行った。カーライルの頭のない体が海に飛びこんでいった、と報告したけど、船長は平然としていた。

「掃除係など、どんどん入れ替わるものだ」船長は両脇にひとつずつ頭を抱えていた。「下でボウリングでもやるか。おまえもどうだ？」

147　遺伝的生命体とディスクオペレーションシステム

「みなさん、おはよう！　わたしはグラディス。みなさんのグループセッションを担当する新しいファシリテーターよ」

いまにも喧嘩がはじまりそうな、すさんだ空気が漂っていた。学級崩壊している教室みたいだ。今日はそこに代用教員がやってきた。

「ビジネスの第一歩は自己紹介ね」

グラディスと名乗ったファシリテーターは、あまりグラディスっぽくなかった。どういうのをグラディスっぽいというのかはよくわからない。ただ、モノクロのホームドラマに出てきそう、というイメージがある。やってきたグラディスは三十代半ば、ブロンドの髪にパーマをかけている。顔はわずかに左右非対称で、笑うとそれが目立つ。

「まずは名前からね」

「名前は知ってるよ」誰かがいった。

「あら、でもわたしはみんなの名前を知りたいわ」

「知ってるくせに」別の子がいう。「ここに入ってくる前、みんなのファイルを見てたじゃん」

グラディスは、左右非対称なのがちょっとわかるくらいの笑みを浮かべた。「そうね。でも、名前と顔が一致したほうがいいでしょ？」

「満場一致で反対」僕がいった。スカイと何人かがしかたなく笑ってくれたけど、ジョークとしてはパンチが足りなかったようだ。ジョークはここまでにして、いった。「ケイダン・ボッシュです」

あとは時計回りに進んだ。驚いたことに、誰も偽名を使わない。「ディック・ヘルツ」とか「ジェン・イタリア」とか、派手な名前が出てくるかと思ったのに。最初に本名をいった僕のせいだ。

僕の部屋に来た新入りも、このグループの一員だった。もうひとり、知らない女の子がいる。

もともといた子がふたり減ってる。何日か前に退院したらしいけど、もう名前を忘れてしまった。顔ぶれは変わっていくけど、やることは同じ。ブロードウェイのショーみたいだ。

今日は、自分の話をしたがる子がほとんどいない。僕も、自分の話をグラディスにはしたくない。これからもずっと。そのうち誰かが、グラディスのことをグラドスと呼びだした。グラドスは、ポータルという有名なコンピューターゲームに出てくる、悪意を持った人工知能搭載のコンピューターの名前だ。いままでのグループセッションはわりとまじめなものだったけど、今日のは完全におふざけだった。何人かが次々に、素人にはわからないゲームにこじつけた話をする。グラディスには気づかれない。たとえば「終わったらケーキがあるんだよね？」みたいな話だからだ。

「ないと思うわよ」グラディスの左右非対称の顔に当惑が浮かぶ。「少なくともわたしはきいてないわ」

「じゃあ……」同じ子がきく。「ケーキをもらえるというのは嘘なんですね？」

ゲームのことを知らない子も、くすくす笑いだす。そういう子がいてもかまわない。いたずらの目的は、これが全部ゲームに出てくる科白だと知らないグラドスを困らせることなんだから。

ふつうの状況だったら、僕はグラディスを気の毒に思っていたかもしれない。けど、ふつうの状況ってどんな状況だろう。もうそれさえわからない。いずれにしても、グラディスに同情されるのはいやだ。カーライルがクビになったのはグラディスのせいじゃないってわかってるけど、今日のグラディスは、みんなの前に出てきたピニャータ（棒で叩き割ってなかからお菓子を出す人形）なのだ。みんなが叩くなら、僕だって叩きたい。

148　リスみたいに

自分のベッドに横になって、世界が終わるのを待っている。もういい加減、終わってほしい。こんな毎日をずっと続けていくなんて、考えられない。頭に霧がかかった状態で過ごす灰色の日々なんて、もういやだ。

キャリーからはなんの連絡もない。いや、連絡があると思ってるわけじゃない。ここでは電話もパソコンも使えないし、わざわざ手紙を書いてくれるとも思えない。両親にメールチェックを頼んだ。パスワードまで教えて、調べてもらった。どうせプライバシーなんてないも同然だ。届いているスパムメールを両親が読むかもしれないけど、かまわない。届いているのはスパムメールばかりだろうし、それ以外にあるとしたらキャリーからのメールだ。けど、来てなかった。それとも、本当は来ているのに、両親が嘘をいってるんだろうか。来てたら本当に教えてくれるのか？　信じるしかない。ハルは生きているよという言葉を信じるのと同じように。みんなが〝ケイダンのため〟といって僕に嘘をつくようになったら、この先、誰の言葉も信じられなくなる。

ここに来て六週間になるらしいけど、本当だろうか。たぶん本当なんだろうけど、僕には半年にも思える。頭の霧と単調な生活のせいで、時間の感覚がなくなってしまうからだ。ただ、ここではそういうのを〝単調な生活〟とは呼ばない。〝ルーティーン〟だ。ルーティーンは気持ちを落ち着かせてくれるという。人間には、変化を嫌う遺伝子的傾向がある。その傾向は、ごく初期の脊椎動物時代にまでさかのぼるそうだ。安定イコール安心というわけだ。

そうかと思うと、変化を求めることもある。

僕に新しいルームメイトを押しつけてくるのも、変化のひとつ。ただ、僕は新入りなんかと話をするつもりはない。僕にわずかな希望の光を見せてくれた唯一の人間をクビにするのも、変化のひとつ。

僕はひそかにみんなを恨んでる。けど、心の奥底では、恨むべきは自分自身だとわかってる。僕がハルとの約束を破って、ハルの秘密を人に話してたら、こんなことにはならなかったんだから。

「その調子でよくなれば」今日、看護師のひとりにいわれた。「あと二、三週間で家に帰れるわよ。でも、わたしからきいたって、誰にもいわないでね」関係者はみんな、責任を回避することばかり考えている。

僕自身にはそういう実感はないけど、まわりから見ると、よくなっているそうだ。はじめてここにやってきたときは自分の殻にこもっていたから、自分がどんなふうだったかおぼえていない。いまの僕があのころの僕よりいい状態なら、家に帰っても、待っているのはいまみたいな生活なんだろうか。いつも決まったことを繰りかえす生活を送ることになるんだろうか。

看護師が夜の薬を持ってきた。まずはルームメイトの世話をして、次が僕。僕は幸せの紙コップをのぞきこんだ。薬の処方はどんどん変わっていくけど、いまは、夜の薬は三種類。緑の細長い錠剤と、青と白のカプセルと、黄色い錠剤。黄色いのは、口に入れるとすぐ溶ける。味のないキャンディみたいだ。薬が入っていたのよりすこし大きなコップに看護師が水を入れてくれるから、その水で三錠の薬をいっぺんに飲む。飲んだあとはお決まりの儀式。口を大きくあけて、それから指で口を横に開く。頬の裏側まで見えるようにして、薬をちゃんと飲みこんだことを看護師に確認してもらう。

看護師がいなくなると、僕はバスルームに行って、青と白のカプセルを口から取り出す。リスみたいに、上の奥歯の歯茎のところに隠しておいたのだ。ここなら、看護師が口に指を入れて丁寧になぞってみないと、薬は見つからない。こういうことが一度でもバレると、本当にそうやって調べられる。けど僕はいまのところ一度もバレていない。

すぐ溶けてしまう錠剤はどうすることもできないけど、練習していれば、そのうちカプセルだけでなく、緑の錠剤も隠せるようになるだろう。ハルもこれをやっていた。どんな気持ちでやっていたのかわからないけど、なにかを感じていたのはたしかだ。いまの僕にとっては、絶望さえ勝利に思える。薬をトイレに落とし、おまけにおしっこをして、水を流す。薬なんか、排水管に住む生き物にくれてやる。

ベッドに戻って仰向けになり、世界の終わりを待つ。

精神科の薬については、安全な方法で知識を手に入れたどんな人間よりも、僕のほうが詳しいはずだ。あらゆる種類のドラッグを試した売人が、さまざまな〝ハイ〟の状態について詳しく説明できるのと同じだ。

ほとんどの抗不安剤は効き目が早い。体の警察官と呼ばれる肝臓で吸収され、一日未満で排泄《はいせつ》される。アティヴァンの注射は即効性がある。経口投与の場合でも一時間以内に効くけど、効き目は短時間で消えていく。

これらと比べると、ジオドン、リスパダール、セロクエルなど、有名どころの抗精神病薬は、半減期がかなり長い。肝臓にとどまる時間も長い。また、飲みつづけることによって、いわゆる治療効果が上がっていく。何日も何週間も飲みつづけて、ようやく期待どおりの効果が出はじめる。

多くの場合、副作用はすぐに出る。服薬して一時間以内に、自分が人間ではなくなったような感覚に襲われる。発作が起きて死んでしまえば別だけど、服薬を急にやめると、副作用は一日か二日で消える。治療効果のほうが、消えるまでに時間がかかる。効きはじめるのに時間がかかるのと同じだ。

いいかえれば、ふつうの感覚を思い出す黄金の日々が二、三日あるだけで、そのあとは、底無し沼に頭からつっこんでいくようなものなのだ。

150　船に残った最後の人間

朝もやが晴れた。水平線から水平線まで、無数のコットンみたいに白い雲が浮かんでいる。雲がどんどん流れていくので、日が射したり影が落ちたりと、変化がめまぐるしい。そんなドラマチックな空模様の下には、ガラスみたいな海が広がっている。波ひとつない海面が完璧に空を映している。上にも雲、下にも雲。天界と深海が同じもののように見えてくる。

一定の強さで吹く風に乗り、快調に進んでいる船でさえ、海面を乱すことはない。航行しているというより、スケートをしているみたいだ。深海ヘビも、このガラスみたいな水面の下のどこかにいるはずだ。しかし、船と同じくヘビも、引き波ひとつたてることなく泳いでいるんだろう。

カーライルの頭も、ほかの人の頭も、もうカラスの巣で転がってはいない。あそこは不思議な魔力がすっかりなくなってしまった。バーテンダーもいないし、椅子もない。派手な色のカクテルを飲んで酔っぱらう客もいない。いまのカラスの巣は、なかに入っても、外から見えるのとまったく同じ大きさだ。直径一メートルもない樽なので、見張りの人間がひとり立って、水平線に目を光らせるだけの場所になっている。

「余計なものってのは、そういうもんだ」船長がいった。「使わないと退化していく」

カクテルで頭がぼんやりすることもなくなったので、肉屋の包丁みたいに感覚が冴えていた。包丁は肉も骨も切り裂いて、本来ならば決して日の光を浴びるはずのない場所をあらわにする。

そのせいで、僕は浄化されて、体の中も外もきれいに磨かれた。

いま船にいるのは船長と僕だけだ。ほかの乗組員はいなくなってしまった。夜のうちに、僕たちを置いて逃げ出したんだろう。そうでなければ、デッキに上がってきた深海のモンスターたちに、海に引きずりこまれたのかもしれない。それとも、銅板の隙間に引っぱりこまれ、生きたタールに消化されてしまったのか。寂しいとは思わない。ある意味、最初からここには存在しなかったような人たちだから。

ティラーを持つ僕のうしろに船長が立っている。たったひとりしかいない会衆に向かって、大げさなお説教をはじめた。

「昼にも夜にも地獄はある。太陽の下、昼間の過酷な日差しを浴びて過ごしたこともあるし、冷酷な人間の氷のような視線にさらされたこともある」船長は銅の手すりに一本の指を滑らせた。埃《ほこり》がたまっていないか調べるときみたいなしぐさだった。「ほんのわずかな銅でも手に入れたい、そう願っていても、実際に手に入ると、こんなものはいらないと思えてくる。ついてきてるか？」

「はい」

船長は僕の後頭部をぴしゃりと叩いた。「ついてくるな！　いつも先に行け！」

僕は叩かれたところをなでた。「先に行っても、ついてくる人がいません」

船長は周囲を見て、船に誰もいないということにはじめて気づいたようだった。「たしかに。となると、お祝いしないとな。船に残った最後の人間ってわけだ」

「船長、僕たち、なにをさがしてるんですか？」僕はそういって、水平線の上にも下にも散らばっている雲の隙間に目を凝らした。「目的地に着いたかどうか、どうしたらわかるんですか？」

「着けばわかる」船長はそれしかいわなかった。

僕はティラーを放さなかった。航海士の海図がないので、直感や気まぐれで舵を切るしかない。どんな判断をしても、船長に叱られることはない。

そのとき、前方になにかがあらわれた。はじめは小さな点にしか見えなかったけど、近づくにつれて、はっきり見えてきた。海面から柱が一本突きだしている。舵を切り、近づいてみた。ただの柱じゃない。横棒があって、ぐったりした人の姿が見える。

かかしだ。

両腕を横に広げ、白い雲の散った空に目を向けて、永遠の願いごとをしている。それにしても、どうしてかかしはみんな、十字架にはりつけになったように見えるんだろう。こうすると、カラスが怖がってくれるんだろうか。

こんな広い海のど真ん中には、怖がらせるカラスもいない。カモメやクロムクドリモドキも含めて、鳥なんか全然いない。オウムさえいない。船長の世界にある多くのものと同じで、このかかしはなんの意味もない仕事をしている。

「このかかしが最後の標識だ」船長がまじめな声でいった。恐怖など見せたことのない男の顔に、かすかな恐怖の色が見える。「この真下に、世界でいちばんの深淵があるんだ」

151　すべての運命の王

かかしに近づくと、それまでは一定の強さで吹いていて、もう感じないくらいになっていた風が、ふっと弱まり、やがて完全になくなった。これ以上の静寂があるだろうか。耳の血管が脈打つ音がきこえてくる。見あげると、セールはどれも張りを失い、生気もなくしてだらんと垂れさがっている。さらにもう少しだけ近づくと、船長が錨《いかり》を下ろした。チェーンが音を立てて落ちていき、やがてぴんと張って止まった。チェーンがどれくらい長くても、この真下にある海淵の深さとは比べ物にならない。しかし錨というのは不思議なもので、海底にまったく届かなくても、大きな船を一ヶ所に固定する力を持っている。

かかしまではまだ百メートル近くある。方位は左舷十一時。「こんなに近づいたのははじめてだ」船長がいった。「この先の旅はおまえのものだ」

けど、釣鐘形潜水器《バチスカーフ》がない。どうやって潜るんだろう。

「船長、どうやって……」

船長は片手をあげて僕を制した。いいたいことはわかっている、という意味だろう。「ここまで来られたということは、そういう運命だったたってことだ。方法など、自然にあらわれる」

僕はにやっと笑った。「狂気のなかに方法がある、ですか」

船長は笑わず、僕を叱った。「オウムにとっては狂気でも、おまえやわたしのような人間にとっては、それは科学だ」

「科学、ですか？」

船長はうなずいた。「ああ。存在しないかもしれないものを、存在するものに変える。素晴らしい錬金術だ。オウムはそれを狂気と呼んだが、わたしにいわせれば、それ以外のものはどうでもいい」僕を見る目に、隠そうとしても隠しきれない、かすかな絶望の色があった。「おまえがうらやましい。わたしはこれまでずっと、この深海に眠る財宝のことだけを夢見て生きてきた。なのに今日までまったく手が届かなかった。なのにそれを手に入れる。おまえは、人間の想像を絶するような財宝で、この船のデッキを埋めることになる」

そんなに大量の財宝を、どうやって引き上げてこいというんだろう。けどその答えは、どうやって潜るのかという質問の答えと同じなんだろう。狂気のなかにある方法がそれを解決してくれる。

そのとき、船長がいった。「ケイダン、わたしを信じるか？」

なんとなくきいただけじゃないし、僕のへつらいをききたかったわけでもないだろう。船長は心から僕の信頼を求めている。自分の人生がそれにかかっているとでもいうように。この瞬間、すべてが変わったように思えた。船長が僕を導いているんじゃない。僕が船長を導いているんだ。船長だけじゃない。船長の世界そのものを、僕が導いている。深海へビの存在も感じる。僕が次の行動に出るのを今か今かと待っている。すべての運命の王になるんだ――そう思うと、わくわくすると同時に、恐ろしくなってきた。

「ケイダン、わたしを信じるか？」船長がもう一度いった。

「うん、信じるよ」

「オウムの存在とオウムの嘘を、すべて忘れられるか？」

「うん」

船長はようやく微笑んだ。「さあ、海淵の洗礼を受けてこい」

152　かかし

小型ボートに乗りこんだ。銅製のボートで、あまりに小さいので心配になるくらいだった。ボートそのものの重さも支えきれないんじゃないか、まして僕が乗ったらどうなるんだろう、と思った。船長がボートをおろしてくれた。着水する。さざ波ひとつ立たない。すぐわきにある鏡のような海面を見ると、顔が映っていた。自分の顔なのはまちがいないけど、自分の知っている顔じゃなかった。

海に目をやるたび、深海ヘビが水面に顔を出しているんじゃないかと不安になった。ヘビは僕の頭を締めつけて、海に引きずりこむつもりだ。いつあらわれるんだろう。ヘビはなにを待っているんだろう。

「幸運を祈る」船長がいった。僕は滑車からボートをはずして、ひとりきりで海に出た。

一定のペースでかかしに近づく。ボートのオールがオール受けをこすって、耳障りでリズミカルな音を立てた。漕《こ》ぎながら、船を見た。手漕ぎボートは、進行方向に背中を向ける。船があっというまに小さくなる。緑に染まった金属の船は、乗っているときはものすごく大きく感じられたのに、こうしてボートから見ると、まるでおもちゃのようだ。船長の姿は見えなかった。

ようやくかかしのところまでやってきた。ブイみたいに浮いているのかと思ったら、そうではなかった。木製の柱は、ずっと下のほうから突き出している。たぶん、十一キロ下の海底に刺っているんじゃないかと思う。けど、そんなに長い木がどこに生えているんだろう。柱には、水面からかかしの長靴のあたりまで、イガイやフジツボがびっしりついている。かかしが着ているのは、ジーンズと、チェック柄のフランネルシャツ。こんな南の海で、なんでこんなという格好をしている。いや、それくらいで驚いちゃだめだ。かかしには常識は通用しない。

頭にかぶっているのは、うちの父さんの麦わら帽。鼻は母さんのパンプスの折れたヒール。目は妹の黄色いフリースのコートについていた、大きな青いボタン。かかしがこの柱から解放されたら、カリオペみたいに水面を歩きだすんだろうか。手足はどうなっているんだろう。シャツの袖やズボンには、ちゃんと中身が詰まっているのか？　確かめる方法はひとつだけ。

「こんにちは」声をかけた。「しゃべれる？　それともかかしはかかし？」待ってみたけど、答えはない。自分がすごくばかなことをしているような気がしてきた。この小さなボートに乗って、両手を広げた人形と向き合い、じっと待っているしかないのか。そのうち日が暮れて、夜が更けていくだろう。そう思っていると、キャンヴァス地の皮膚がかすかに動いた。かかしは僕に顔を向けた。青いボタンの目がちょっと回った。双眼鏡の焦点を合わせているみたいだ。

「やっと来たのか」かかしはいった。僕のことを知っていて、来るのをずっと待っていたようないいかただ。大きいけど落ち着いた声だった。いろんな音の混じったような声。たくさんのひそひそ声を合わせたような声だ。

心臓がばくばくいいはじめた。落ち着け、と自分にいいきかせる。「来たよ。どうしたらいい？」

「海淵に行きたいんだな？　方法はいろいろある。たとえば、船の錨を脚に結びつければ、深く潜れるだろう」

「そんなことしたら死んじゃうよ」

かかしは肩をすくめた。といっても、かかしにできる範囲の動きだった。「だな。だが海底には行ける」

「生きてたどりつきたいんだ」

「なるほど。そうなると話は別だ」

かかしは黙りこんで、どこか遠くを見る目になった。見つけたときと同じ表情だ。沈黙が続いて、気まずくなってきた。もう僕のことなんかどうでもよくなったんだろうか。ところがそのとき気がついた。かかしは僕の動きを待っているんだ。ただ、どんな動きをしたらいいのかわからない。ボートをできるだけかかしに近づけてみた。係留用のロープを柱にくくりつけて固定し、離れるつもりはないという意思表示をした。いくらでも待つつもりだ。かかしのシャツのポケットから、小さなカニが出てきた。カニは僕を見て、またポケットに戻っていった。

かかしがわずかに頭を動かした。キャンヴァス地の顔が、物思いにふけるような表情になっている。「竜巻が来る」

空を見た。白いちぎれ雲は一定の速度で流れている。嵐の気配はどこにもない。「本当？」

「本当だ」

そのとき、鏡のように凪いでいた海面が動きはじめた。

右側にさざ波が立った。僕は波を目で追った。なにかが海面に近づいている。けど、ちらり、ちらり、としか姿は見えない。金属的な光沢のあるうろこ。うねるような長い胴体。なつかしい友だちを見るような気分だった。深海ヘビは、僕とかかしのまわりを旋回している。怖い。旋回のペースが上がる。海がうなりはじめた。最初はゆっくり、次第に速度を上げながら、かかしの柱を中心に、海が渦を作りはじめた。ボートの係留ロープがぴんと張っている。渦巻きの下に、赤く光る目がひとつ見えた。船長の目のように高圧的で、オウムの目のように傲慢だ。これまでの僕を見てさまざまな評価をしてきた無数の目をひとつにまとめたような目だ。

「竜巻が来る」かかしがまたいった。「逃げたほうがいいぞ」

けど、逃げようがない。かかしにもわかっているはずだ。ヘビの旋回はさらに速くなった。渦巻きの中央の水位が下がり、かかしの柱にくっついているたくさんの生き物があらわれた。柱は縦に伸びる岩礁のようになっていた。ボートが揺れる。係留ロープがぎざぎざした貝にこすれて、いまにも切れそうだ。

ボートから飛びだした瞬間、ロープが切れた。僕は柱にしがみついた。ボートは渦といっしょにぐるぐるまわりはじめた。銅板を接着していた黒いタールが、渦巻きの力に負けた。あたりに油膜が広がる。ボートはばらばらになった。渦巻きのなかに、なにかが見える。水を吸った羊皮紙の切れ端だ。色鮮やかな羽や悪意のタールといっしょに、ぐるぐるまわっている。新しいカクテルでも作っているみたいに、ひたすらぐるぐるまわりつづける。

かかしの柱にしがみつきながら、下を見た。目がまわってくらくらする。渦巻きの中心は驚くべき速さで深くなっていく。渦の直径も大きくなり、やがて、底無しのじょうごみたいになった。音もすごい。貨物列車みたいだ。しょっぱい塩水が降りかかってきて、息ができない。

かかしがいった。「行くならいまだ」

その瞬間まで、僕は柱につかまることしか考えていなかった。「行くって、まさか――」

「錨といっしょに沈むほうがいいなら、話は別だ」

渦巻きの中心に降りていく？　そう思っただけで、かえって柱に強くしがみつき、かかしの肩のところまで登ってしまった。

やると決めたら引き返せない。命綱もつけないで、どこまでも落下することになる。記録用のカメラもない。下で受け止めてくれる人もいない。だけど、やるしかない。重力に身を任せるしかない。そのためにここまで来たんだ。この瞬間に至るまでの、あらゆる思いがよみがえってきた。母さん、父さん。ふたりの無力感。航海士。自ら生贄になろうという決意。段ボールの家は本物みたいだったといってくれた、妹。僕を苦しめながらも、ここまで導いてくれた船長。海淵に洗礼を受けにいこう。オウムにいわせれば、世紀の大失敗ということになるだろう。あらゆる失敗を合わせたくらいの大失敗かもしれないけど、それを輝かしい大成功に変えてやる。

「柱に沿って降りるんだぞ」かかしがいう。「あばよ」

僕は手を離し、じょうごの底へ身を躍らせた。チャレンジャー海淵の真の深さを知るときが来た。

153 絶対無理

最後まで読み終わることのできない本はたくさんあるし、クリアできないゲームもたくさんある。見はじめたけど最後まで見られない映画もたくさんある。どれも、永遠に終わらない。

客観的に絶対無理なものに出会うことはときどきあって、打ちのめされた気分になるものだ。

僕は、そういう絶対無理なものに挑戦したことが一度だけある。ミュージックライブラリには、二度ときかない曲がたくさんあるんだろうな、と思ったのがきっかけだった。パソコンに向かい、全曲を網羅したプレイリストを作った。全部で三六二八曲。再生には二二三・六時間かかる。それをききはじめたけど、何日かでやる気がなくなった。

いま、追悼を捧げる。二度と僕の耳に入ることのない音楽に。二度と開かれることのない本に。僕の十五年間に。きっと、不本意な形で人生の十五年目を終えることになるだろう。時間を巻き戻して生きなおせるなら、船長や、オウムや、薬や、靴紐のない白いプラスチックのキッチンとは無縁の暮らしがしたい。けど、この一年を取り戻そうとしても、その前に星が死に、宇宙が終わってしまうだろう。

僕の足首には、そんな錘《おもり》がついている。どんな錨よりもずっと重い足かせだ。絶対無理だけど、逃げることはできない。僕は、そんな足かせといっしょに沈んで、消えてしまうんだろうか。それとも、その先に進むことができるんだろうか。

154　チャレンジャー海淵

渦巻きの中心を下へ下へと落ちていく。深さはおよそ十一キロ。スカイダイバーみたいに腕を大きく広げ、重力に身を委ねる。海は僕のまわりで渦巻いている。その遠心力のおかげで、ワームホールのような空気のトンネルができている。

すさまじい渦巻きの壁のむこうに、旋回しながら僕といっしょに潜っていく深海ヘビの姿が見える。ヘビは、船の速度に合わせてついてきたように、落ちる速度に合わせて僕についてくる。いまにも水の壁を突き抜けて、襲いかかってくるんじゃないか――そう思えてしかたないけど、いまのところ、その様子はない。太陽も空も、針の穴くらいにしか見えなくなった。あたりは青く、薄暗い。この青が、そのうち黒っぽくなって、最後は真っ暗闇になるんだろうか。

海淵の底に落ちるまでにかかる時間は三分半。だけど、もっと長いことかけて落ちている。何時間も落ち続けている気分だ。時間をはかる手段がない。なにかを計るとしたら、気圧の変化に合わせて起こる耳鳴りくらいだ。いま、どれくらいの気圧がかかってるんだろう。きっと、世界中のどの気圧計でもはかれないくらいだと思う。

「海淵の底を見たというやつらはいるが、嘘ばっかりだ」船長はそういっていた。船長のいうとおりだ。

下のほうに、なにかが見えてきた。海底に近づいているんだろうか。渦巻きの壁から、難破船の破片の一部が突き出している。マストの先に体が触れた。マストは折れてしまった。古代の帆船の残骸をいくつもくぐりぬけた。どれも、僕をつかまえようとしては失敗する。やがて、灰色の砂地みたいなところに突っこんだ。砂が海底を覆っている。黒ではなく灰色だった。黒いタールはここまで沈んで死ぬんだろう。

体が痛い。けど、けがはしていない。僕をつかまえそこなった帆船たちが、落ちる速度を弱めてくれたんだろう。立ちあがった。膝ががくがくしている。

やった！　着いた！

海はまだ激しく渦巻いている。渦の中心の海底は、濡れた月面のようだ。直径五十メートルほどだろうか。驚いたことに、月面のような海底面のところどころに、金や宝石が何層にも重なっている。世界の財宝はいちばん低いところに集まるというけど、チャレンジャー海淵に、これほどの財宝が眠っているなんて！

息もできないくらい呆然《ぼうぜん》として、僕は海底を歩きまわった。歩きにくい。宝の山のあいだにタールがたまっているからだ。

金貨の山の前で振りかえると、ほかの生き物がいた。小さな生き物だ。財宝の上をよろよろ歩いている。小型犬くらいの大きさだけど、二本足で歩いている。体はくすんだ感じのピンク。いびつな腕のような形だ。手はない。なんだろうと思っていたら、そいつがいった。「正当な報酬だ。正当な報酬だ。どんなにもらっても足りないな」

オウムだ。亡霊かもしれない。あるいは、生きてこんな姿になっていたのか。羽をなくした体はがりがりに痩せている。スーパーで売っている、狩猟で獲った肉の少ない野鳥みたいだ。鉛弾の傷からは体液がにじんでいるけど、血ではない。あれはおそらくフルーツゼリーだ。パイナップルのかけらを混ぜて作る、あの手のゼリーだ。

オウムに近づいていった。目の前であざ笑ってやろう。船長が正しかった。きみはまちがっていた。僕の選択は正しかった。厭味《いやみ》のひとつもいってやりたい。ところが、オウムは悲しそうな目で僕を見た。哀れむような目だ。

「こうなると思った」オウムはいった。「馬を水辺に連れていくことはできるが、無理に水を飲ませることはできない。だが、そんなに飲ませたきゃ、馬をひっくり返してやればいい」

オウムは、渦巻きの中心に刺さっている柱をくちばしでつついた。出てきた発光性のウミウシを食べる。見ると、ウミウシはそこらじゅうにいた。不気味な光であたりを照らしている。宝石や金貨の上で、光が舞う。宝の山がますます魅力的に見えた。

「僕はチャレンジャー海淵を制覇したんだ」オウムにいった。「きみはもう、鳥の地獄か天国か知らないが、いるべき場所に戻ったらどうだ？」

「ああ、たしかにオマエは海底にやってきた。だが、海底は来るたびに深くなるんだぞ。オマエ、知ってたか？」

吐き気がする。落ちたときに頭でも打ったんだろうか。

「じゃあ、宝を持っていけ」オウムがいった。「持ってけ、持ってけ。どこに行っても、宝があとをついてくるぞ」

僕は目の前の宝の山に手を伸ばし、ダブロン金貨を一枚とった。思ったより軽い。本物なんだろうか。悪寒がおなかから全身に広がりはじめた。金貨を持っている指先にも違和感がある。そのとき、なにか大切なことに気づきかけている感じがした。気づきたくない。なにも知らないほうがいい。けど、気づいてしまった。僕はダブロン金貨を裏返し、金貨の端をもう片方の手でつかむと、親指の爪を立てた。金色のアルミホイルがめくれて、なかから焦げ茶色のものが顔を出した。

「チョコレートだ……」

オウムが、例の笑みを見せた。「一生ぶんあるぞ」

あたりをもう一度よく見ると、宝石はどれも、小さなプラスチックの輪についているのがわかった。宝石なんかじゃない。指輪形キャンディだ。タールにまみれて、溶けはじめてる。

「エイプリルフールだ」オウムがいった。「四月、五月、六月、七月」

悪寒は背骨に移っていた。脊髄《せきずい》に沿って、首を駆けあがる。頰と耳が赤くなるのがわかる。意志の力でなんとかしないと、悪寒は脳にまで入ってくる。けど、意志の力じゃどうにもならない。

「ダブロン金貨をよく見ろ」オウムがいった。「見ろよ！　見ろよ！」

コイン形のチョコレートを見て、気がついた。コインの表についているのは船長の顔だ。けど、僕の知ってる船長じゃない。この顔のほうがずっと恐ろしくて、ずっとリアルだ。オウムの甲高い声がきこえる。けど、オウムはずいぶん遠くに行ってしまった。僕はまた落ちはじめた。世界最深の海底にいるはずなのに、まだ落ちている。

ダブロン《ダブルーン》から花綱飾り《フェストゥーン》へ。花綱飾り《フェストゥーン》からお祭り《フェスティヴァル》へ。お祭り《フェスティヴァル》から野菜《ヴェジタブル》へ。野菜《ヴェジタブル》から——

155　ヴェスティビュール

崩れかけた建物の入口《ヴェスティビュール》。

僕たちは家族旅行でニューヨークに来ている。僕は十歳。通りでお祭りをやっているので、交通渋滞が起きている。そこでまた地下鉄を使うことにした。両親と妹と僕は、またまちがった出口から出てしまった。ここはまずい。足を踏み入れないほうがいい場所だ。

泊まっているホテルはクイーンズ地区にある。ここはクイーンズじゃない。ブロンクスじゃないの、と母さんはいう。僕は黙ってるけど、ひそかにちがうと思ってる。ここはきっと、どの地図にも載ってない地区だ。いらいらする。少し吐き気がしてきた。さっきまでいたのはタイムズスクエア。巨大な〈ハーシーショップ〉でお土産のチョコレートを大量に買いこみ、それを妹とぼりぼり食べながら地下鉄に乗ってきたら、道に迷ってしまったというわけだ。

母さんと父さんがいいあっている。父さんは、もう一度地下鉄に乗るのがいちばんだといい、母さんはタクシーを拾おうといっている。

僕はあたりを見まわした。僕たちがいるのは道の角。そばに食料品店があるけど、窓にもドアにも落書きだらけのシャッターがおりている。歩道には、野菜が入っていた段ボール箱が積んである。どれもゴミがぱんぱんに詰まっている。何日後に来るかわからないゴミ収集車に持っていってもらうために、そこに置いてあるんだろう。キャベツ、ジャガイモ、ニンジン、ブロッコリー。腐った野菜のにおいは強烈だ。チョコレートの食べすぎでむかむかしている胃袋には、あまりやさしくない。

そのとき、ふと振りかえった僕の目に、隣の古い建物のアーチ形の入口に座っている男の姿が映った。入口《ヴェスティビュール》。グランドセントラル駅のなかを歩いているとき、父さんが教えてくれた言葉だ。「すごく立派な建物の入口のことだ。重厚そうな感じがするだろう？」僕はその言葉を何度も何度も口にした。発音するのが気持ちいい言葉だった。

その建物のヴェスティビュールは上がアーチになっていて、その奥は暗く、どこをどう見ても廃屋だった。座っている男の服はぼろぼろで汚くて、もとがどんな色だったのかわからないくらい。長く伸びたあごひげはもじゃもじゃだ。男は強い直射日光の当たる場所に座っている。ちょっと横にずれれば日陰があるのに、日陰は体に毒だといわんばかりに、日なたに座っていた。けどひとつだけ、日差しから身を守るためのものを持っていた。

キャプテンクランチという、船乗りの絵のついたシリアルの箱を、頭にのせていたのだ。

男の頭を見て、妹が笑った。「あれ、中身入ってるのかな？　食べちゃったのをのせてるのかな？」

僕はおもしろいとは思わなかった。どうしてかわからないけど、笑う気になれなかった。

父さんは母さんに降参して、路肩でタクシーをさがしていた。母さんは父さんに、もっと大きく手を振らなきゃだめよと文句をいっている。

僕はシリアルの箱をかぶった男がすごく怖いのに、なぜか、近くから観察せずにはいられなかった。

男まであと一メートルくらいというところまで近づいたとき、男がこっちを見た。まぶしそうに片目をつぶっている。ちがう。片目はまぶたがぱんぱんに腫れて開かないのだ。どうして、と僕は思った。男がここに座っているのをよく思わない人に殴られたんだろうか。男は開くほうの目でこっちを見た。僕がその人を怖がってるのと同じくらい、その人も僕を恐れているようだった。無事なほうの目に警戒心があらわれている。警戒心という言葉では足りない。目のずっと奥のほうから僕を見ているような感じだ。そのとき、男がちがう世界にいるんだとわかった。いや、それよりひどい状態だったかもしれない。けど、目の色は僕と同じだと思わずにいられなかった。

「じゃあ、本当なのか？」男がいった。

「なにが？」僕は震える声でおそるおそるきいた。

「鳥だ。鳥には脈がない。ネズミにもない。そうなんだろ？」

僕が答えないので、男は片手を出した。

「なにかくれ」

僕はポケットに手を入れて、入っているものを取りだした。ハーシーショップで買ったコイン形チョコレートだった。ポケットに入っていたので、ちょっと柔らかくなっている。何枚かつかんで、男のてのひらに置いた。

男はそれを見て笑いだした。

そのとき、僕の腕が肩からはずれそうになった。母さんに腕をつかまれていた。

「ケイダン、なにをしてるの！」

僕は答えに詰まった。なにをやっているのか、自分でもわからなかった。

「その子に手を出すな！」船長がいった。「いい子だ。なあ、いい子だな？」

母さんは僕を自分のうしろに隠して、シリアルの箱をかぶった男を不安そうに見た。そして、路上生活者なんてもらったお金を使って酔っぱらってばかりよ、乞食にお金をあげたらその人はいつまでも乞食なのよ、といつもいっている母さんが、募金はクレジットカードを使ってできるものしかしない母さんが、財布を開いて、男に一ドル渡した。その男のなにかに動かされてそうしたんだと思う。僕がついついい近づいていったのと同じように。

やっとのことでタクシーをつかまえた父さんが、僕たちを呼んでいた。妻と子どもたちがめずらしくホームレスの男に興味を持っているのを見て、すごく不思議そうな顔をしている。

「タクシーにしろ、地下鉄はだめだ」船長はそういったけど、あいているほうの目はずっと僕を見ていた。「この時間の地下鉄はだめだ。地上に出てこようともしない」

156　ここでは奇跡は起こらない

入口《ヴエスティビユール》、野菜《ヴエジタブル》、お祭り《フエスティヴアル》、花綱飾り《フエストウーン》、ダブロン《ダブルーン》。

僕はダブロン金貨を強く握りしめた。チョコレートが溶けかけている。

「答えはポケットのなかだ」オウムがいった。「おかしなもんだ」

それからオウムは僕のうしろを見た。僕は振りかえって、オウムの視線を追った。空間が狭くなりかけている。偽物の金銀財宝が、激しい渦に巻きこまれていく。渦が壊れはじめた。

オウムが口笛を吹いた。「あーあ、オマエはもうおしまいだ。なにかひらめいたって、どうせもう手遅れだ」観念したようなことをいっているわりには、不満そうな口調だった。

「待って。助けてくれ」

オウムは肩をすくめた。「助けてやってもいい。だが、ここでは奇跡は起こらない。勢いに乗るだけだ。上向きでありますようにと祈るだけだ」

オウムは偽の財宝の上をぴょんぴょん飛び回っていた。そして渦巻く水に飛びこんで、姿を消した。僕ひとりが、深淵の底に取り残された。

まわりの世界がどんどん狭くなってくる。財宝の山はもうない。すべて散らばって、小さく集まっていく渦のなかをぐるぐる回っている。助けを呼ぶこともできないし、呼んでも誰も来ない。

僕のほかにいるのはヘビだけだ。きっといまごろ、いよいよこれからだという期待に胸躍らせているにちがいない。海が迫ってくる。もうすぐ飲まれてしまう。そうなったら、誰も、船長でさえ、僕を見つけることはできないだろう。

かかしの柱につかまった。そこを目がけて、渦巻きが狭まってくる。柱を登ろうとしたけど、ぬるぬるした海藻がからみついていて、登れない。しっかりつかむのも難しいくらいだ。

自分でここまで来たんだから、戻る方法はどこかにあるはずだ。けど、見つからない。なにか見逃しているんだろうか。

答えはヘビが教えてくれた。ヘビが語りかけてくる。言葉ではない。ヘビは言語を知らない。心に語りかけてくる。重い絶望が伝わってきた。そのずっしりとした重みは、神様の心も壊してしまいそうなほどだ。

運命からは逃れられない。ここに飛びおりる決心をしたときから、おまえの運命は決まっていた。わたしは口を開き、おまえを飲みこむ。だが、食ってしまうわけではない。そんな生易しいことはしない。ガムのようにかみつぶしてやろう。ケイダン・ボッシュは元の形を失い、わたしの歯のあいだにある黒いタールのようになる。おまえは狂気の入口で生きつづけるのだ。

あきらめるのは簡単だ。僕はもうすぐ、深さ十一キロの海に飲まれ、世界最強の悪魔と対峙《たいじ》することになる。ヘビの口のなかで戦ってやろうか。ダビデはぱちんこでゴリアテと戦った。僕にはどんな武器がある？

最後の瞬間――渦巻きに飲まれる直前――オウムの言葉がよみがえってきた。「答えはポケットのなかだ」

右手につかんだままのダブロン金貨を見た。昔の記憶では、ポケットに入っていたのはコイン形チョコレートだった。けど、オウムは僕のそんな記憶を知らない。オウムはいろんなことを知ってるけど、知らないことだってある。

もう片方の手をポケットに入れた。はじめ、なにもないと思った。けど、なにかが触れた。変な形をしている。なんだろう。取り出してわかった。

パズルの青いピースだ。何キロも上にある青い空の一部を切り取ったもの。

ヘビが急に怯えはじめた。

このピースひとつで空が完成する。

ヘビが僕を求めるより強く、空は完成を待っている。

コインを持っている右手、それから空の約束を持っている左手を見た。僕はいろんなものの犠牲になって、自分をコントロールできなくなっていた。けど、いまこの場所でなら、僕には自分の意志でつかめるものがある。ここでは奇跡は起こらない、とオウムはいっていた。けど、ここには絶望もない。ヘビがなにをいっても関係ない。避けられないものなんてない。

渦巻きが一メートルくらい前まで迫ってきた。僕はダブロン金貨を捨て、パズルのピースを握りしめた。遠くの空を完成させるために、拳を高くかざす。

その瞬間、体が浮きあがった。

誰かの手が拳をつかんでくれているみたいだ。崩れはじめた渦のなかを、僕は勢いよく上昇していった。

足元では水が白く泡立っている。ヘビの怒りと悲しみの声が響く。赤く燃える目の熱が伝わってくる。ヘビは僕に噛みつこうとするけど、何度やっても、あと二、三センチのところをかすめるだけだ。

腕が肩から抜けてしまいそうだ。全身の関節が加速を感じている。落ちてきたときよりずっと速い。重力なんかの比ではない。ヘビよりも速い。ヘビはいまも僕の心に語りかけ、絶望のレクイエムを送りこもうとしている。

青い円のように見えはじめた空が、どんどん大きくなる。そしてとうとう海上に飛び出した。かかしを飛びこえ、さらに高く上っていく。

見えるのは青い色だけ。高く高くのぼりながら、僕は空に抱かれていた。

157 一種の宗教

わからないことは山ほどある。けど、わかっていることがひとつだけある。〝正しい〟診断などないということだ。あるのはさまざまな症状と、症状のさまざまな組み合わせに対するキャッチフレーズだけ。

統合失調症、統合失調感情障害、双極I型、双極II型、大鬱、心因性鬱病、強迫観念／強迫神経症、などなど。病名にはなんの意味もない。まったく同じ症状の人なんていないからだ。症状の出かたはみんなちがうし、薬への反応もちがう。予後も正確には予想しようがない。

だけど人間は型にはめるのが好きだ。人生におけるあらゆるものを箱詰めにして、名前をつけたがる。けど、名前をつけることができるからって、箱の中身のことをちゃんと理解しているとはかぎらない。

宗教みたいなものだ。本来、定義できないものを定義づけしたと思うと、安心できる。それが正しいかどうかは、その人の信念しだいだ。

158 高いところにいる頭のおかしい人たち

空高く飛びあがったことで、記憶することもできないくらい、さまざまなものを見ることができた。何日飛んでいたかもわからないけど、ようやくスタート地点に戻ることができた。蛍光灯のついた白い部屋で、透明なフルーツゼリーに閉じこめられて、僕の体は震えている。寒いからじゃない。薬のせいだ。なにかが効いているのかもしれないし、なにかが切れかけているのかもしれない。

パステルの看護師が僕の顔をのぞきこんだ。シルク語でなにかきいている。僕はクリンゴン語で答えた。ちょっと目を閉じると、夜が昼になった。突然、目の前にポワロ先生があらわれた。僕はもう震えていない。先生は英語をしゃべっている。ただし、音と口の動きがずれている。

「ここがどこか、わかるかい?」

わかるよ、と答えたかった。白いプラスチックのキッチンだ。けど、求められているのはそういう答えじゃない。もったいぶったいいかたをすれば、僕が信じたい答えとは別の答えを、先生は求めている。

「シーヴュー記念病院」僕は答えた。「小児精神科病棟」自分の口から出る言葉をきいて、この答えが正しいんだと、さっきより強く思うことができた。

「ちょっと発作を起こしたんだよ」ポワロ先生がいった。

「わかってる」

「ああ。だが、いまはすっかりよくなったみたいだ。ここ何日か、症状が悪化するばかりで手がつけられなかった。自分の状況がわかるというのは、とてもいい兆候だよ」

先生は僕の目にペンライトの光をあててから、カルテを読みはじめた。先生はもうどこかに行ってほしい。また看護師の姿に戻ればいいのに。けど先生はいなくならない。椅子を引いてきて、腰をおろした。

「血液中の薬効成分のレベルが、一週間前からがたんと落ちてる。どうしてか、心当たりはあるかい？」

嘘をついてごまかしてやろうかと思ったけど、そんなことをしてもなんにもならない。「うん」言葉を選ぶこともせず、率直に答えた。「薬を飲んだふりをしてた」

先生は、あきれたなという顔をしてから、まったく予想外のことをいった。

「いいね」

僕は先生の顔を見つめた。いまのはききまちがいだろうか。でなければ幻聴かもしれない。

「いいって、どうして？」

「それ自体はいいことじゃない——すごく悪いことだが、いまはよかったといえる。自分のしたことの結果がわかっただろう？　原因と結果。原因と結果。わかるね？」

先生に腹を立てたい。いらいらする程度でもいい。けど、まったくそういう感情がわいてこない。めずらしく、先生のいうことが正しくてもいいじゃないか、という気分になれたからだろう。薬のせいかもしれないけど。

今日のポワロ先生はどこかおかしい。さっきから頭のどこかでそう感じていたけど、いまはっきりわかった。カラフルなアロハシャツを着ていない。ベージュのボタンダウンシャツを着て、同じくらい平凡なネクタイを締めている。

「アロハシャツは？」

先生はため息をついた。「ああ、じつは、医者の服装として好ましくないと、理事会からいわれてね」

「理事会って頭おかしいね」

先生は文字どおりばか笑いした。「ケイダン、きみもこれからの人生で学んでいくだろう。世の中のいろんなことは、高いところにいる頭のおかしいやつらが決めてしまうんだ」

先生は僕を見て微笑んだ。いつもの職業的スマイルとはちょっとちがう。温かみがある。「ご両親が控室で待ってる。面会時間じゃないが、わたしが特別に許可を出したんだ。もちろん、きみ次第だが」

僕はちょっと考えた。「父さんは麦わら帽をかぶって、母さんはヒールの折れた靴を履いてる？」

先生は軽く首をかしげて、見えているほうの目を僕に向けた。「ちがうと思うよ」

「よかった。じゃあ本物の両親だ。なら会いたい」

こんなことをいったら、誰にどんな目で見られてもおかしくない。けどポワロ先生は、僕を変な目で見たりしなかった。僕が現実を見きわめる判断基準を持つことができたのは、先生にとっては望ましいことなんだろう。先生は立ちあがった。「ケイダン、おかえり」

部屋を出ていく先生を見ながら、僕は決めた。いつかここを出ることができたら、先生に高価なシルクのシャツをプレゼントしよう。派手な色の鳥の絵がついたやつがいい。

159　十時三分

スカイにパズルのピースを返したいのに、見つからない。パズルはそこだけピースが抜けた状態でできあがっている。誰もそれに触ることはできない。触ればスカイは激怒するだろう。その後、スカイは退院した。パステルたちがパズルをばらし、箱に入れた。ほかの患者がまたそれをやることになる。ピースがひとつ足りないパズルを置いておくなんて、ものすごく残酷なことだと思う。

ハルは戻ってこなかった。生きているのか死んだのか、誰もはっきりいおうとしない。ただ、手紙が来た。線や走り書きや記号がびっしり書きこんであるやつだ。読めないけど、ハルが書いたんだとわかった。それとも、あれから退院していったほかの患者のいたずらだろうか。もしかしたら、僕の不安をなだめるために、ほかの誰かが送ってくれたのかもしれない。小さいころ、僕が書いたサンタさんへの手紙に、両親が返事を書いてくれたように。どの説も同じくらい信《しん》憑性《ぴょうせい》があると思う。

キャリーからの連絡はない。かまわない。もともと期待していなかった。キャリーには、この場所を思い出すようなものとは無縁の生活を送っていてほしい。それが僕との接点を絶つことになるなら、それでいい。キャリーは水面を走ってほしい。溺れないでいてほしい。それだけでじゅうぶんだ。

そしてある日、僕は完全に現実の世界に戻ったという診断が出た。少なくとも、かなり近いところまで戻れたらしい。僕は愛する両親のもとに戻ることになった。

〝思考回路のギプス〟をはずす日がやってきた。僕は私物をすべて、病院が支給してくれた頑丈な黄色いビニール袋にまとめた。私物といっても、入っているのは服だけだ。画材はほかの患者のために残していくことにした。色鉛筆は、僕の気づかないうちにスタッフによって片づけられていた。だから、あるのはマーカーとパステルカラーだけ。削らなくてもいいものだけが残されている。

両親は午前十時三分にやってきた。妹も連れてきてくれた。僕が入院したときと同じくらいたくさんの書類に両親がサインをして、手続きは終わった。

ちょっと時間をもらって、別れの挨拶をすることにした。けど、思ったよりあっさり終わった。パステルの看護師たちは、元気でねといってくれた。どくろのタトゥーの警備員は僕と拳を合わせて、「もうあっちに行くなよ」といってくれた。皮肉な科白だったけど、警備員にも、腕のどくろにも、僕がそう思う理由はわからないだろう。グラディスはグループセッション中だった。僕はその部屋に顔を出して、さよならをいった。僕にとってもみんなにとっても、気まずい瞬間だった。キャリーが退院の日になにを感じていたのか、やっとわかった。外に出る前から、外の芝生の感触を味わっていたんだ。

父さんが僕の肩にそっと手を置いて、僕の表情を確かめた。そして、水門式の二重ドアに向かって歩きはじめた。「ケイダン、大丈夫だな?」いまの父さんは、僕の気持ちを表情から読み取ってくれる。前はできなかったことだ。拡大鏡を持ったシャーロック・ホームズみたいだ。

「うん、平気だよ」

父さんは微笑んだ。「じゃあ、さっさと出ていこうか」

母さんが、帰りに〈コールドストーン〉に寄るわよといった。あそこのアイスクリームは僕の大好物だ。アイスクリームを木のスプーンで食べなくてもいいんだと思うと、すごくうれしい。

「家に帰ったらふつうにしてね」僕は家族にいった。「まさか、風船とか飾りつけとか、やってないよね?」

気まずい沈黙が流れた。ああ、やってるんだ。大げさなお祝いなんてしなくていいのに。

「風船はひとつだけよ」母さんがいった。

妹がうつむく。「あたしが買ってきたの。だめだった？」

申し訳ない気分になった。「いや……それって、すごくでっかいの？　サンクスギビングのパレードで使うようなやつ？」

「ううん、そんなに大きくないよ」

「じゃあ大丈夫だ」

出口の前で立ちどまった。内側のドアが開く。そのむこうにある狭い空間に入ると、母さんが僕の肩に手をまわした。僕のためだけじゃなくて、自分のためにそうしているんだ、と僕は思った。僕を救えたという実感で、自分自身も救われたいんだろう。ほっとすることなんて、長いことなかっただろうから。

僕の病気のせいで、家族全員が深淵を見たんだろう。僕が行ったのはマリアナ海溝だったけど、家族だってそれに負けないくらい深く潜ったはずだ。両親が毎日面会に来てくれたことを、僕は一生忘れない。僕があっちの世界に行ってしまっているときも、一日も欠かさず会いにきてくれた。妹が手を握ってくれたことも、一生忘れない。あっちの世界に行ってしまうのがどういうことか、妹はちゃんと理解してくれた。

内側のドアが閉まった。僕は息を止めた。外側のドアが開く。僕は現実の社会に戻ってきた。

一時間後、頭がおかしくなったかと思うくらい大騒ぎしながらアイスクリームを食べてから、僕たちは家に着いた。家の前の通りに入った瞬間、妹が郵便箱につけておいた風船が目に入った。そよ風を受けてゆったり揺れている。なんの風船かわかったとき、僕は大笑いした。

「脳みその形の風船なんて、どこで見つけたんだよ？」

「ネットで見つけたの。肝臓や腎臓もあった」

僕は妹を抱きしめた。「最高の風船だ」

車を降りると、妹の許可をもらって、ヘリウムガス入りの脳みそを郵便受けからほどいた。脳みそは高く高く空に上がり、やがて見えなくなった。

160　そのほうがうまくいく

九週間。僕の入院期間だ。キッチンのカレンダーを見て確かめた。もっとずっと長かったように思える。

学校はもう夏休みに入っていたけど、そうじゃなかったとしても、僕はまだ教室で落ち着いて授業を受けられる状態ではない。集中できる時間も、なにかする意欲も、その回復速度はナマコの移動速度並みだ。病気そのもののせいでもあるし、薬のせいでもある。けど、少しずつよくなるといわれている。信じたくないけど信じようと思う。いまだけのことだ。

学校がはじまったらどうなるのか、まだわからない。一月まで戻らないかもしれないし、そうしたら二年生の後半をあとでもう一度やり直すことになる。あるいは、転校して新しいスタートを切ることになるかもしれない。しばらくはホームスクーリングで遅れを取り戻すことになるだろう。または、九月からふつうに三年生になるかもしれない。遅れたぶんは来年のサマースクールで取り戻す。これからどんなふうに学習するかは、微積分の変数なんかよりよっぽど多くの選択肢がある。

主治医の先生も、心配はいらないよといった。ポワロ先生ではなく、新しく担当になった先生だ。退院すると主治医が変わる。そのほうがうまくいくらしい。新しい先生はいい人だ。思っていた以上に長い時間を僕のために割いてくれる。処方箋を書くのもその先生だ。僕が自分でそれを受け取る。いやだけど、受け取る。もう麻痺してしまった。といっても、いままでに経験した麻痺とはちがう。フルーツゼリーの種類が変わって、いまのは攪拌《かくはん》されている。

新しい先生の名前はフィッシェル。お似合いの名前だ。顔がなんとなくマスに似てるから。今後はフィッシェル先生とがんばっていく。

161

遠い異国へ

こんな夢を見る。家族でどこかの海沿いの遊歩道を歩いていく。アトランティックシティーだろうか。サンタモニカかもしれない。妹が両親の手を引っぱって、桟橋の遊園地に向かっている。ジェットコースターやゴーカートがお目当てだ。僕もいっしょに行こうとするけど、歩くのが遅くてついていけない。人が多いので、すぐにはぐれてしまった。すると、こんな声がきこえた。

「おーい、待ってたぞ！」

振りかえると、ヨットが見えた。ふつうのヨットじゃなくて、ジェームズ・ボンドの映画に出てきそうなでっかいやつだ。金色に輝く船体に、真っ黒な窓がついている。なかにはジャグジーバスやラウンジチェアがあって、乗組員は全員、過激なビキニを着た美少女だ。渡り板に立っているのは、あの人物。あごひげをヤギのひげのように短く整えている。制服は白に金の縁取りのついたダブルのスーツ。それでもやっぱり、あの人物であることには変わりがない。

「一等航海士がいなきゃ出航できん。おまえのことだ」

気がつくと、渡り板の真ん中まで歩いてきていた。一メートルほど先はもう、ヨットのデッキだ。いつのまにここまで来たんだろう。

「わたしの船に乗ってくれて、うれしいよ」船長がいった。

「ミッションはなんですか」いけないと思うのに、好奇心がわいてくる。

「カリブの岩礁だ。前人未踏の岩礁がある。おまえはスキューバのライセンスを持ってたよな？」

「持ってません」

「だったらライセンスはわたしが発行してやる。いいな？」

船長が笑いかけてくる。見えるほうの目に宿る強い光を見ていると、なんだか心地よくなってくる。家に帰ってきたような気分だ。反対の目には眼帯をしていない。眼窩に入っているのはモモの種ではなくダイヤモンドだ。昼間の日差しを浴びてきらきら輝いている。

「乗船！」船長が声をかける。

僕は渡り板に立ったまま、動かなかった。

動かない。

動けない。

船長にいった。「僕は行きません」

船長は僕を説得しようとはしなかった。にっこり笑ってうなずくと、口を開いた。低い声なのに、うしろの桟橋にいる人々の歓声よりはっきりきこえる。「だがおまえはいつかまた、あの海淵に潜るんだ。わかってるな？　でないと、ヘビもわたしも許さない」

僕はよく考えた。恐ろしいことだけど、そうなる可能性がまったくないとはいえない。

「もしかしたら」僕はいった。「いつか行くかも。けど、今日は行きません」

踵《きびす》を返して桟橋に戻った。幅の狭い不安定な渡り板だったけど、そんなのはいままでに経験ずみだ。なんてことはない。無事に桟橋に戻ると、うしろを振りかえった。ヨットが消えているかもしれないと思った。亡霊はそういうものだ。けど、ヨットはまだそこにあった。船長はこちらをじっと見たまま、まだ僕を待っている。

これからもずっと、僕を待ちつづけるんだろう。決していなくなることはない。いつか、僕は一等航海士として船長の船に乗るかもしれない。みずから望んで乗りこむにせよ、いやいや乗りこむにせよ、遠くの知らないところをめざして旅をすることになる。また深海に潜り、深海ヘビに追われるんだろうか。上に戻る方法は見つかるだろうか。そんなことは絶対に起こらないといいはっても、なんの意味もない。

けど、今日は行かない。そう思ったら心からほっとした。明日もこの調子でいけそうだ。

ILLUSTRATIONS
BY BRENDAN SHUSTERMAN

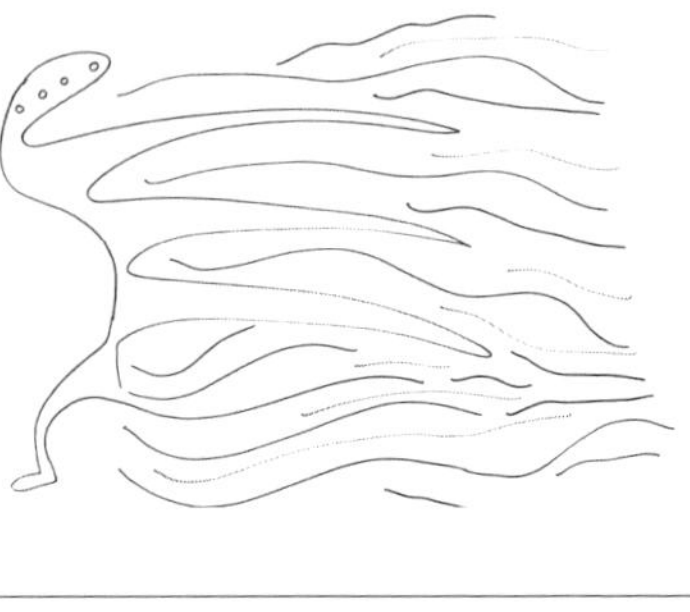

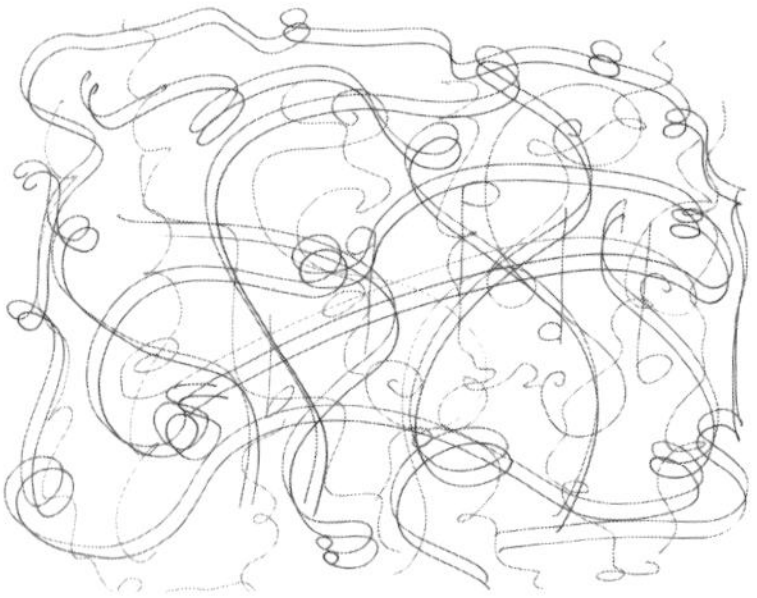

ILLUSTRATIONS
BY BRENDAN SHUSTERMAN

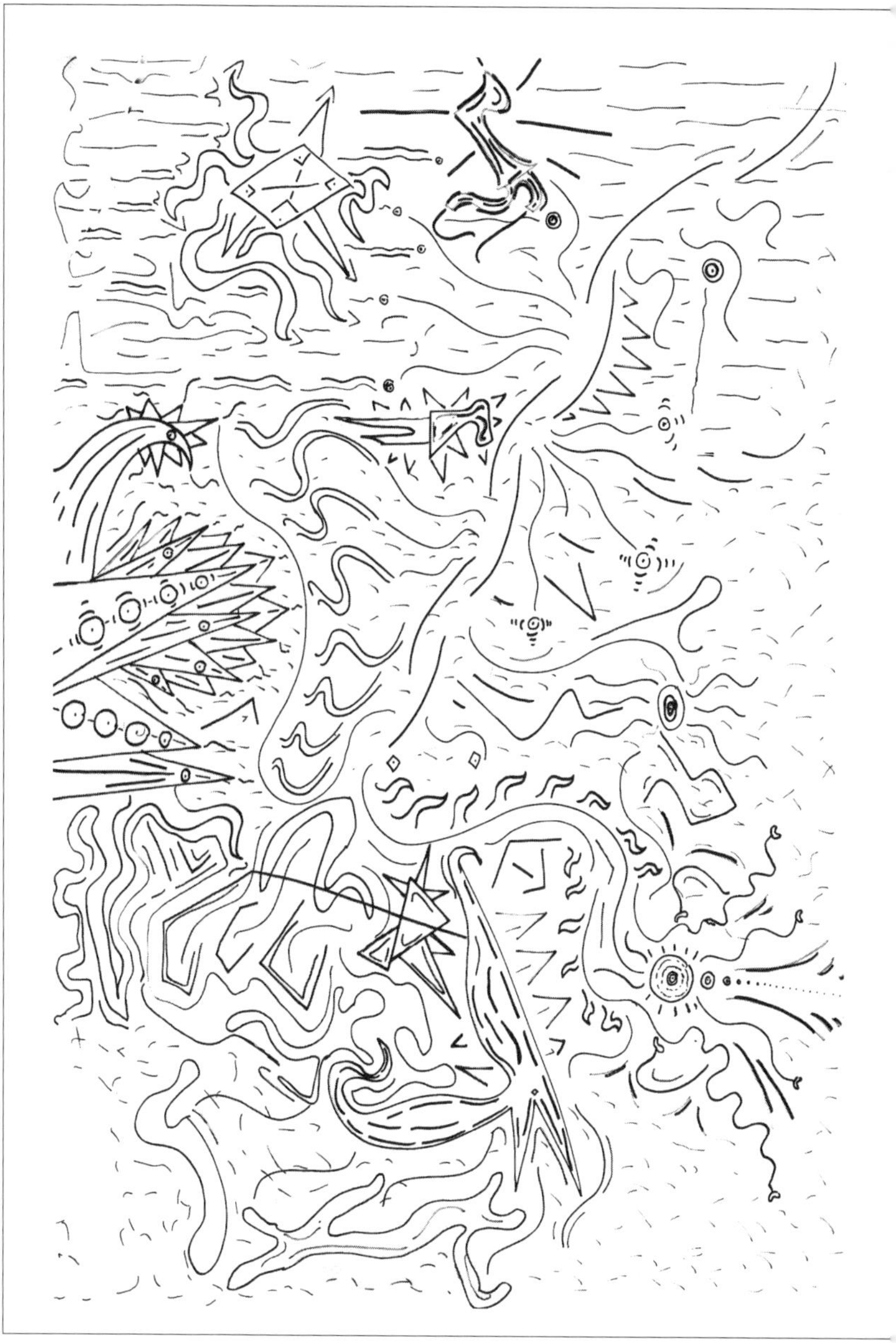

著者あとがき

本書は完全なるフィクションですが、ケイダンが訪れる場所はどれも実在します。アメリカの三世帯に一世帯は、精神疾患に悩まされています。我が家もそんな家庭のひとつであり、ケイダンと家族が経験したのと同じさまざまな問題に直面してきました。わたしの愛する人が深淵に旅立ってしまったこともあります。旅立ちを止めることのできなかった自分の無力さを感じたものです。

息子の協力を得て、症状が悪化していく過程を描写してみました。病院の印象、恐怖、被害妄想、強迫観念、抑鬱の感覚は、息子の実体験です。フルーツゼリーのなかにいるような感覚や、薬のせいでぼんやりしてしまう感じも同様ですし、薬に関しては、わたし自身も経験しました。鎮痛解熱剤のエキセドリンとまちがえて、双極性障害の薬であるセロクエルを二錠飲んでしまったことがあるのです。治癒の過程の描写も、実体験に基づくものです。精神疾患は、いったんかかると完治するものではありませんが、見かたによっては、寛解に導くこともできます。ポワロ先生がいっているように、精神医学は科学的とはいえない面もあります。いまはわからないことがいろいろあるためです。しかし、脳のことが詳しくわかるにつれて、精神医学も日々進歩しています。人類が進歩すればするほど、心の病気は医療の対象になりうるのです。

二十年前、統合失調症を患っていたわたしの親友が、自ら命を絶ちました。しかしわたしの息子はちがいます。一片の青空を見つけて、暗い深淵からみごとな復活を遂げると、ケイダンではなくカーライルのようになったのです。本書の挿絵は、息子が深淵で描いたものです。わたしにとって、世の中にこれ以上素晴らしい芸術作品はありません。さらに、ハルが語る人生観の一部は、息子が書いた詩を元にしています。

あの深淵に行ったことのある人たちにとって、本書が心の癒しになることを願っています。そんな経験をしたのは自分ひとりじゃないんだとわかってほしいのです。また、そうでない人たちの手助けになるように、とも思っています。精神疾患の暗くて予測不能な海を航行する人の気持ちがどういうものなのか、この本を読んで理解してほしいのです。

深淵にのぞきこまれたら——そういうことはきっとあるでしょう——ひるむことなく、深淵をのぞきかえしてください。

ニール・シャスタマン

訳者あとがき

「本はあとがきから」という読者も多く、それはそれでいいと思うのだが、本書に関しては、ぜひ本文を読み終えてからにしてほしい。そうでないと、とてもデリケートに、丁寧に、驚くほど巧みに作りこまれたこの作品の魅力が半減してしまう。

まず、第一章「とって食うぞ、とって食うぞ」から読みはじめてほしい。

さて、本書を読み終えた人にむけて、あらためて、「あとがき」を書くことにしよう。

作者のニール・シャスタマンはヤングアダルト向けの作品を多数書いているアメリカ人作家で、いままでのところ、代表作はボストングローブ・ホーンブック賞を受賞した『シュワはここにいた』（小峰書店）。シャスタマンの作品は、ユニークな発想と、意表を突く展開と、見事なエンディングが特徴だが、それを存分に物語っているのが『シュワはここにいた』だ。

そもそも主人公は、おそらくいままでになかったタイプ。徹底的に存在感の薄いシュワなのだ。語り手もこういっている。

〈で、何の話だっけ？　ああ、そう、シュワだ。こういうところがあいつらしいんだよな。ちゃんと考えていないと、自分がシュワのことを話していることを忘れちゃう。だんだんあいつが頭の中で透明になっていくみたいな感じ〉

そんな主人公をもってきて、おもしろい話を作ってしまうところが、シャスタマンのすごいところだ。

そんなシャスタマンが二〇一五年、本作で全米図書賞児童文学部門とボストングローブ・ホーンブック賞オナーを受賞した。そして現在、映画化も本人の脚本で進行中とのことだ。

この作品の原題は*Challenger Deep*。そのまま訳せば『チャレンジャー海淵』。マリアナ海溝の最深部のことで、水面下約十一キロ。現在確認されているなかでは世界で最も深い海淵といわれている。この海淵にむかって進む海賊船の乗組員が、主人公の少年ケイダン。しかし、ほかの乗員はみな不気味だ。ケイダンを脅し、ときには額にFの字の焼き印を押してまで、海淵に沈む財宝を取ってこさせようとする片目の船長。船長のライバルである片目のオウム。このふたりには、こんな因縁話がある。

〈船長の前にオウムが片目になったらしいぜ。どうやら、オウムは片目を魔女に売ったらしい。ワシになるための魔法の薬を作ってもらおうとしたんだ。ところが、魔女はオウムをだました。薬を自分で飲み、ワシになって飛んでいったんだ。オウムは、自分だけ眼帯をするのはおもしろくないと思い、船長の片目を爪でえぐりだした〉

船長もオウムもケイダンを味方につけて、相手を殺そうと画策しているらしい。

その他、語呂合わせで意味不明の言葉を並べる航海士はケイダンにこういう。

〈僕の航海図は海の道を示してくれるが、きみの絵は、その道をどうやって進むかを教えてくれる。ケイダン・ボッシュ、きみがこの船の羅針盤だ〉

メインマストのてっぺんにあるカラスの巣のなかはバーで、バーテンダーがいろんな色のカクテルを作っている。そこにやってくる客のなかには「飛びこみ志願者」もいる。

まるでテリー・ギリアムとティム・バートンが共同監督で作ったファンタジー映画のような世界を舞台に、ナンセンスで奇妙な物語が展開する。

しかしもうひとつの世界がある。そこにいるケイダンは高校に通ううちに、現実に対応しきれなくなり、病院に収容されて、治療を受けている。ポワロ先生がいて、看護師たちがいて、仲間がいる。

さらに夢の世界のケイダンはキッチンのテーブルの上に縛りつけられて、両親の仮面をかぶったモンスターたちに食われそうになる。

これらの世界が近づいたり遠ざかったり、触れあったり離れたりしながら、異様に迫力のある物語が揺れ動き、先へ先へと進んでいく。

ケイダンはどこまでも追い詰められていくが、誰に追われているのか、誰から逃げているのかがわからない。誰のいっていることを信じればいいのかもわからない。船長、オウム、航海士、バーテンダー、それとも……？　やがて頭のなかが煮えたぎって、どうしようもなくなる。

〈僕の脳みそが左の鼻の穴から抜け出して、野生化した〉

そのうちようやく、読者にもケイダンの経験する三つの世界の関係がうっすらとみえてくる。

そしてケイダンの置かれている状況もわかってくると同時に、オウムやバーテンダーや航海士の正体もなんとなくわかってくる……が、船長の正体だけは謎のまま、物語はエンディングへ。

最初のページから細かく張り巡らされた伏線が、後半、次々につながっていって、巧みに回収され、三つの世界が重なり合って大きな絵になり、ぽっかり空いた部分に、最後のピースがぴったりはまるところは見事。

じつによくできたミステリといっていい。しかし、このミステリの素晴らしいところは、その「謎」がなんなのかがわからないまま物語が進むところだ。それでいて、読者を一瞬たりとも退屈させない。

そしてさらに、この作品には著者のあとがきがついていて、そこにはケイダンからカーライルに変身した男の子の物語が添えられている。ここで、ケイダンを主人公にしたフィクションがきれいに現実と重なり、そこに著者の祈りが響く。

「深淵にのぞきこまれたら――そういうことはきっとあるでしょう――ひるむことなく、深淵をのぞきかえしてください」

フィクションでしか描くことができない現実を、これほどファンタスティックに、そしてリアルに描いた作品にはなかなかお目にかかれない。

最後になりましたが、翻訳をていねいにチェックしてくださった佐藤香さんに心からの感謝を。

二〇一七年六月十五日

金原瑞人

ニール・シャスタマン　Neal Shusterman

アメリカ合衆国ニューヨーク市、ブルックリン出身。映画やテレビの脚本家として活躍するかたわら、小説を執筆。『シュワはここにいた』（金原瑞人・市川由季子訳、小峰書店）でボストングローブ・ホーンブック賞を受賞したのち、本書で全米図書賞児童文学部門やボストングローブ・ホーンブック賞オナーなどを受賞した。そのほか、子どもに向けたSFシリーズやサスペンス・ユーモア小説など、数多くの作品を手掛けている。現在は４人の子どもたちとカリフォルニアに在住。

金原瑞人（かねはら・みずひと）

岡山県生まれ。翻訳家、法政大学社会学部教授。主な訳書にカート・ヴォネガット『国のない男』（中公文庫）、マーギー・プロイス『ジョン万次郎　海を渡ったサムライ魂』（集英社）、サマセット・モーム『月と六ペンス』（新潮文庫）など多数。エッセイに『翻訳家じゃなくてカレー屋になるはずだった』（ポプラ文庫）『サリンジャーに、マティーニを教わった』（潮出版社）など。訳書は500冊を超えた。

西田佳子（にしだ・よしこ）

愛知県生まれ。翻訳家、法政大学非常勤講師。主な訳書に、デボラ・クロンビー『警視の挑戦』（講談社文庫）と同シリーズのほか、ライマン・フランク・ボーム『新訳　オズの魔法使い』（集英社みらい文庫）、マララ・ユスフザイ／クリスティーナ・ラム『わたしはマララ』（金原瑞人との共訳、学研プラス）、ホーマー・ヒッカム『アルバート、故郷に帰る』（同、ハーパーコリンズ・ジャパン）など多数。

ブレンダン・シャスタマン　Brendan Shusterman

新進気鋭の芸術家であり、作家。本書の挿画である彼のアートワークは、小説の様々な要素にインスピレーションを与えた。現在は、父親の足跡をたどるのではなく、自身の力で人生を切り開いている。
※ P.4、P.348 ～ 351 挿画

装画／おとないちあき
装丁／アルビレオ

僕《ぼく》には世界《せかい》がふたつある
2017年 7月30日　第1刷発行
2018年10月15日　第3刷発行
著　者　ニール・シャスタマン
訳　者　金原瑞人《かねはらみずひと》　西田佳子《にしだよしこ》
発行者　徳永 真
発行所　株式会社集英社
〒101-8050　東京都千代田区一ツ橋2-5-10
電話　03-3230-6100（編集部）
03-3230-6080（読者係）
03-3230-6393（販売部）書店専用
印刷所　大日本印刷株式会社
製本所　ナショナル製本協同組合

ISBN978-4-08-773489-8　C0097
定価はカバーに表示してあります。

集英社の翻訳単行本

アウシュヴィッツの図書係

アントニオ・G・イトゥルベ
小原京子 訳

1944年、アウシュヴィッツ強制収容所。書物の所持は禁じられていたが、ここには8冊だけの秘密の「図書館」があった。その図書係に任命されたのは、14歳のユダヤ人少女——。本が人々に生きる力を与えた、実話に基づく感動作。

夫婦の中のよそもの

エミール・クストリッツァ
田中未来《かなた》 訳

代表作『アンダーグラウンド』などでカンヌ国際映画祭パルム・ドールを2度受賞した天才映画監督、初の小説集。不良少年と家族のおかしみを描いた表題作をはじめ、独特の生命力に満ちた、ワイルドで鮮烈な全6編の物語。